전생 왕녀와 천재 영애의

The Magical Revolution of
Reincarnation Princess and Genius Young Lady....

마법 혁명

유필리아 마젠타 [15세]

마젠타 공작가의 영애.
아니스피아의 남동생인 아르가르드의 약혼자였다.
재녀로 공부, 마법, 정치, 무예에 이르기까지
완벽하지만 범접할 수 없는 쿨한 분위기를 지녔다.

아니스피아 윈 팔레티아 [17세]

팔레티아 왕국 1왕녀.
기행이 두드러져서 기상천외 왕녀라는
별명으로 불리고 있다.
선천적으로 마법을 쓰지 못하지만 마법을
유사하게 재현하는 마법과학, 줄여서 마학을
제창하여 매일 연구 중이다.

CHARACTER

레이니 시안 [15세]

원래 평민이었던 남작 영애.
평민 출신이면서도 귀족 학원에서
유력자의 아들들을 매료하여
소동의 발단이 됐다.

일리아 코랄 [27세]

아니스피아의 전속 시녀.
종자지만 언니처럼 아니스피아를
지켜보았다.
과거에 아니스피아에게 도움을 받은 적이
있어서 그녀에게 깊은 충성심을 품고 있다.

저는 무릎을 벨 수 있도록 앉았습니다.
그대로 아니스 님의 머리를 무릎에 올리고
얼굴을 들여다보았습니다.
아니스 님은 아주 만족스럽다는 얼굴로
완전히 안심한 표정을 짓고 있었습니다.

"무릎베개라니,
아르가르드 님께도
한 적이 없었네요."

"......"

"유피. 드래곤을 사냥하러 가자!"

"당신께서, 그러길 바라신다면,
어디까지라도 함께하겠어요."

CONTENTS

Author
Piero Karasu

Illustration
Yuri Kisaragi

The Magical
Revolution of
Reincarnation Princess and
Genius Young Lady....

전생 왕녀 ⑨ 천재 영애 ⑨ 마법 혁명

The Magical Revolution of
Reincarnation Princess and Genius Young Lady....

저자 **카라스 피에로**
일러스트 **키사라기 유리**

Author
Piero Karasu

Illustration
Yuri Kisaragi

The Magical
Revolution of
Reincarnation Princess and
Genius Young Lady....

오프닝

지금부터 시작되는 것은 어느 왕국의 왕녀님 이야기.

마법을 동경한 왕녀님이 전생의 기억을 되찾으면서 시작되는 이야기.

때로는 누군가를 휘두르고, 때로는 누군가를 매료하며, 마법의 매력과 진리를 쫓는.

이것은 그러한 이야기의 시작이다.

*　　*　　*

그저 「마법」이라는 말이 좋았다. 누군가를 행복하게 만들고 웃게 만드니까. 마법이라는 존재 자체를 사랑했다. 영원히 도달할 수 없는 것이기에, 실현되지 않는 것이기에. 만약 소원이 이루어준다고 하면 분명 나는 마법사가 되고 싶다고 했을 것이다.

불현듯 사소한 계기로 그런 「전생의 기억」을 떠올렸다.

내 이름은 아니스피아 윈 팔레티아. 팔레티아 왕국의 1왕녀. 다섯 살. 멍하니 하늘을 올려다보고 있을 때였다.

마법이 있다면 하늘을 날 수 있을 텐데. 어째선지 그런 생각을 했다.

왜 그런 생각을 했지? 의문이 들었을 때, 잊어버렸던 것을 떠올리듯 전생의 기억을 되찾았다.

퍼즐 조각이 딱딱 맞춰지는 감각. 마치 나라는 존재에 결여되어 있던 것을 발견한 것처럼. 이날 나는 인생의 전환기를 맞이하게 되었다.

되살아난 전생의 기억은 아주 신기했다. 하늘을 나는 비행기, 아스팔트가 깔린 도로, 그 도로를 달리는 자동차를 시작으로 전생에서는 당연했던 문명의 산물이 차례차례 뇌리를 스쳤다.

그것은 내게 미지의 존재였다. 내가 지금 사는 세계에는 비행기도 없고 자동차도 없었다. 하늘을 나는 것은 새나 마물이고, 도로도 아스팔트가 아니고, 달리는 것은 자동차가 아니라 마차였다. 귀족은 이야기 속의 존재일 뿐이었지만 지금 나는 왕족인 공주님. 그렇게 나는 떠오른 기억을 반추하고 한숨을 쉬었다.

"……곤란하네."

말이 소리가 되어 나올 정도로 곤란했다. 전생의 기억이 되살아나고 나서 내 사고방식과 가치관은 「아니스피아」로서 형성했던 것보다도 전생의 영향이 더 짙어지고 말았기 때문이다.

왕족의 책무라든가 귀족의 긍지 같은 게 지식으로는 있었다.

하지만 공감이 옅어져 버렸다. 전생에는 귀족이 없어도 세계가 돌아갔는걸. 그렇게 생각하니 위화감이 심해져서, 왕족으로 자란 자신과 맞물리지 않았다. 내가 이상하다는 건 안다. 하지만 그렇게 생각하는 자신이야말로 올바른 자신이라서 굽히기 싫었다. 이렇게 되니 전생의 기억이 되살아난 것은 전혀 좋은 일이 아니었다.

"뭐, 됐어!"

나는 깊이 고민하지 않기로 했다. 어쨌든 나는 아직 다섯 살이다. 가치관은 때와 상황에 따라, 그리고 경험에 따라 바뀔 것이다. 아마 어떻게든 되겠지. 나는 이때 아주 낙관적이었구나 하고 나중에 돌이킬 테지. 그렇게 나는 앞으로 닥칠 문제보다 당장에라도 손에 잡힐 듯한 소망을 이루는 것에 집중했다.

"그래. 이 세계는 「마법」이 있어!"

이 세계에서 마법은 동화 속의 기술이나 공상이 아니라 현실에 존재했다.

불을 다루는 자, 물을 다루는 자, 바람을 다루는 자, 흙을 다루는 자. 이치도 이론도 모른다. 그래도 기억에 확실히 남은 그 광경은 내 마음을 완전히 사로잡았다.

마법을 쓸 수 있다면 하늘도 날 수 있지 않을까. 그런 마법이 있다면. 한번 생각하니 멈추지 않았다. 상상이 부풀며 가슴이 뛰었다.

"쇠뿔도 단김에 빼야지."

나는 주먹을 움켜쥐며 새롭게 결의하고 방을 벌컥 뛰쳐나갔다. 그 기세를 몰아 왕성 복도를 달려갔고, 모퉁이를 돌면서 메이드 언니들과 만났다. 나는 가볍게 인사하고 그대로 옆을 지나가려고 했다.

"고, 공주님?! 복도를 달리시면 안 됩니다!"

뒤에서 끌어안은 손길이 나를 만류했다. 간단히 메이드의 품속에 들어가 버린 나는 발을 버둥거려 보았다. 하지만 결국 어린아이의 힘이었다.

메이드가 놓지 않겠다는 듯 힘을 주자 역시 도망칠 수 없었다. 포기하고 힘을 뺐다. 돌아보니 아는 얼굴이었다.

"어라, 일리아. 미안, 지금 조금 바빠."

"그렇다고 성을 뛰어다니시면 안 되죠."

"으으, 심술쟁이……."

탈출은 무리일 것 같아서 빠르게 포기했다. 일리아는 내가 저항하지 않는 것을 보고 나를 바닥에 내렸다. 그대로 쭈그려 앉아 눈높이를 맞췄다.

"공주님, 갑자기 무슨 일로 그러세요?"

"아바마마에게 상소를 올릴 거야!"

"사, 상소……?"

"마법을 배우고 싶다고 할 거야!"

"……하아, 마법이요."

내가 의기양양하게 말하자 일리아는 갑자기 웬 마법이냐는 듯 곤혹스러운 표정을 지었다.

　"일리아, 나는 마법을 쓰고 싶어."

　"의욕이 있는 건 좋은 일입니다. 하지만 왜 갑자기 마법을 배우려고 하시나요?"

　"하늘을 날고 싶어서!"

　"네?"

　"하늘을 날 거야!"

　"마법으로요?"

　"날 거야!"

　일리아가 「이게 무슨 소리지」 하는 표정을 지었다. 그야 그럴 것이다. 마법으로 하늘을 날고 싶다니, 내가 알기로는 전례가 없는 일이니까.

　"그건 하고 싶은 일 중 하나고, 아무튼 마법을 쓰고 싶어. 마법을 써서 나쁜 녀석들을 혼내 주거나 사람들을 위해 마법을 쓰고 싶어."

　"그건 참 훌륭한 꿈이네요. 하지만 폐하는 바쁘신 분이에요. 제가 말씀을 전해 드릴 테니 방으로 돌아가 주시겠어요?"

　"음, 어쩔 수 없지. 일리아를 봐서 상소는 그만둘게!"

　"감사합니다, 공주님."

　귀찮은 일이 벌어지지 않아서 다행이라며 일리아는 가슴을 쓸어내렸다. 그 가슴은 풍만했다. 자세히 보니 얼굴도 반

듯한 미인이었다. 왕성에서 일하는 메이드라 이렇게 눈길을 끄는 미인인 걸까?

아무튼 방으로 돌아온 내가 할 수 있는 일은 없었다. 전생을 떠올리기 전의 기억을 살펴봐도 오늘 할 공부는 끝난 상태였다. 그래서 내 방을 뒤적여 보기로 했다. 그것만으로도 기대로 가슴이 뛰었다.

나중에 전환기에 대해 회고하면 이때가 바로 나, 아니스피아의 시작이라고도 할 수 있었다.

나는 동경하는 마법사가 될 거예요!

＊　＊　＊

소녀가 각성하고 시간이 흘렀다.

팔레티아 왕국은 마법으로 발전한 대국이다. 그런 팔레티아 왕국에는 귀족과 왕족이 다니는 국영 학원이 존재했다. 팔레티아 국립 귀족 학원. 타국의 유학생도 받으며 학원이라는 작은 사회를 형성한 사교계의 축소도였다.

물론 학교로서의 의미도 있었다. 하지만 아무리 신분 차이를 신경 쓰지 않고 성적을 높여 학업 증진을 촉구하려는 의도가 있어도, 귀족은 귀족이고 왕족은 왕족이었다.

신분이 높은 자에게는 사람이 모이고, 신분이 낮은 자는 신분이 높은 자에게 빌붙어야 했다. 안 그러면 학원 내에서 지위를 잃고 있을 곳이 없어진다.

그렇다고 부모가 애들 싸움에 개입하면 새로운 싸움으로 발전할 우려가 있어서 팔레티아 국립 귀족 학원은 일종의 폐쇄 공간이 되었다.

여하튼. 오늘은 학원의 경사스러운 날이었다. 곧 졸업을 맞이하는 졸업생들의 마지막 시험이 끝나고, 그 성적과 지금까지의 노력을 기리는 축하 파티가 열리고 있었다.

악단이 연주하는 우아한 음악 속에서 사교에 힘쓰는 학생들. 여러 가지 의도를 간직한 채 겉으로는 호화찬란한 한때를 즐기는…… 그런 현란한 파티가 되어야 했지만.

* * *

"—지금 이 자리에서 선언한다. 나는 유필리아 마젠타와의 약혼을 파기하겠다!"

힘찬 선언이 드높이 울려 퍼졌습니다. 그렇게 선언한 사람은 팔레티아 왕국의 왕태자인 아르가르드 보나 팔레티아 님.

왕족에게 흔히 나타나는 햇빛을 연상시키는 백금색 머리카락, 온화한 색조와 달리 강한 의지를 간직한 파란 눈이 저를 노려보았습니다.

아르가르드 님의 입에서 나온 말은 약혼 파기를 알리는 말이었습니다. 아르가르드 님의 선언에 화려한 파티장은 눈

깜짝할 사이에 축하 자리에서 탄핵의 장으로 변모했습니다.

저, 유필리아 마젠타는 깜짝 놀라서 멍하니 있을 수밖에 없었습니다. 부끄럽지만 눈을 크게 뜬 채 아무 말도 못 하고 입술을 깨물 수밖에 없었습니다. 그저 믿을 수 없다는 생각만이 머릿속에 가득한 채 아르가르드 님을 바라볼 수밖에 없었습니다.

저는 팔레티아 왕국 마젠타 공작가의 딸. 그렇기에 차기 국왕인 아르가르드 님의 약혼자로서, 차기 왕비로서 지금까지 노력해 왔습니다. ……그랬는데.

"……아르가르드 님. 왜, 약혼을 파기하시겠다는 건가요?"

겨우 쥐어짜 낸 말은 아르가르드 님을 향한 질문이었습니다. 약혼자로서 한심한 이야기이지만 아르가르드 님은 저를 좋아하지 않았습니다.

그래도 우리의 결혼은 국왕 폐하가 정한 것. 나라에 필요한 약혼이었습니다. 그래서 저는 언젠가 아르가르드 님이 이해해 주실 거라고, 그렇게 생각했었습니다.

솔직히 말하자면 국왕의 책무를 짊어질 아르가르드 님을 연모하지는 않았지만, 그 버팀목이 되겠다고 자기 자신에게 맹세했습니다. 그것이 아르가르드 님의 약혼자로서 제가 이 나라에서 해야 할 역할이라고 여겼습니다.

그렇게 믿고, 설령 냉대받아도 신경 쓰지 말자며 노력해 왔는데.

"너는 내 약혼자로 적합하지 않다고 판단했다. 네가 레이니에게 한 잔인무도한 짓들을 모른다고 하지는 않겠지!"

레이니 시안. 그 이름을 가진 소녀가 아르가르드 님의 옆에 있었습니다. 시안 남작가의 딸이지만 최근까지 평민으로 지냈던 아이였습니다. 시안 남작도 원래 평민이었으나 공적을 쌓아서 귀족의 말석에 앉게 된 자였습니다.

그런 그녀의 외모는 아주 사랑스럽다고 표현해야 할까요. 반드르르한 흑발은 밤하늘의 색 같았고, 내리깐 눈에서는 애교가 느껴졌습니다. 소박하지만 눈을 뗄 수 없고. 그렇게 눈이 가면 사랑스러움을 깨닫게 됩니다. 그 외모와 출신 때문에 여러모로 주목을 모으는 인물이라는 것은 알고 있었습니다.

왜 제가 그녀를 알고 있느냐면, 제 약혼자인 아르가르드 님이 관심을 두는 영애이기 때문입니다. 원래부터 아르가르드 님의 약혼은 국왕 폐하가 원한 정략결혼이었습니다. 그래서 그런지 제가 그러하듯 아르가르드 님도 저를 사랑하지 않았습니다. 서로 나라를 짊어진다는 의무감과 책임감이 있을 뿐이었습니다. 그러니 우리의 관계가 좋다고 하기는 아마 어려울 겁니다.

시안 남작 영애는 제게는 없는 매력을 가지고 있었습니다. 애교 있는 성격, 사랑스러운 소녀로서의 가련함, 무심코 지켜보고 싶어지는 한결같은 모습이 그녀의 장점이라고 할 수 있었습니다.

그런 그녀를 아르가르드 님이 곧잘 챙겨 준다는 소문을 듣고도 저는 위기감을 느끼지 않았습니다. 시안 남작 영애는 그 출신 때문에 학원에 잘 적응하지 못했기 때문입니다. 아르가르드 님은 그런 그녀를 걱정하여 자주 말을 거는 것 같았습니다. 그것 자체는 괜찮았습니다. 학우를 생각하는 마음을 제가 어찌 타박할 수 있을까요.

그래도 저와 아르가르드 님은 약혼한 사이입니다. 약혼자가 있는 남성에게 과도하게 접촉하는 것을 보고 조금 쓴소리를 한 적은 있었습니다. 그녀와의 접점은 그게 전부입니다. 그래서 아르가르드 님이 말한 잔인무도한 짓들이 무엇인지 저는 짐작이 가지 않았습니다.

"만약 레이니 양에게 쓴소리한 것을 말씀하시는 거라면, 그녀를 해하려는 의도는 없었습니다! 애초에 이런 일을 왜 지금 이 자리에서 말씀하시는 건가요?!"

오히려 저는 아르가르드 님의 생각 없는 행동에 충격을 받았습니다. 우리의 약혼은 나라에서 정한 것. 개인의 의지로 뒤집을 수 있는 것이 아닙니다. 하물며 이런 축하 자리에서 선언할 일이 아니었습니다. 이 야회에는 신하가 될 귀족들도 모여 있었습니다.

아르가르드 님도 그걸 아실 텐데 어째서 이런 행동을 벌였는지 저는 이해할 수 없었습니다.

"아르가르드 님. 혹시 이 이야기를 폐하께 승인받으셨는지요?"

"아바마마에게는 나중에 승낙받을 거다."

"부모가 정한 약혼을 독단으로 해소하시겠다니요! 자신이 뭘 하고 있는지 이해하고 계신 건가요?!"

"아바마마와 어마마마의 이의는 듣지 않을 거다! 나는 내 의지로 나의 길을 정해!"

아르가르드 님의 반론에 저는 숨을 삼키고 말았습니다. 정말로 아르가르드 님은 어떻게 되어 버린 걸까요. 저는 그저 혼란에 빠져서 고개를 가로저었습니다.

"그래도 지켜야 할 법도가 있습니다! 다시 생각해 주세요, 아르가르드 님! 설마 그렇게까지 눈이 멀어 버리신 건가요?!"

"하고많은 말 중에 눈이 멀었다고?! 눈이 먼 것은 너다, 유필리아! 왕비 지위에 눈이 멀어서 끔찍한 짓들을 저지르는 네게 왕비 자격 따위 없다!"

"저는 모르는 일이라고 말씀을……!"

변명하려고 했지만 그것을 막듯 아르가르드 님이 일갈했습니다. 그 눈에는 저를 향한 적의가 뚜렷하게 담겨 있었습니다.

"레이니에 대한 과도한 괴롭힘, 소지품 도난과 파손, 거기에 암살 기도! 전부 네가 배후에서 조종했다는 건 조사가 끝났다!"

아르가르드 님의 말을 정말로 이해할 수 없었습니다. 나는 그런 짓을 하지 않았다고 반론하려고 했을 때였습니다.

"증언합니다. 평소 레이니 양에게 저지른 그녀의 악행들은 우리가 보았습니다!"

아르가르드 님 옆에 남자들이 늘어섰습니다. 그 모습을 보고 저는 무심코 이를 갈았습니다.

"나블 스프라우트 님, 모리츠 샤르트뢰즈 님, 사란 메키까지……!"

늘어선 분들은 이 나라에서 주목받는 이들의 자식이었습니다.

나블 스프라우트 님은 왕도를 지키는 근위 기사단장의 아들입니다. 호청년이라고 할 만한 사람이었습니다. 어떻게 빛을 받느냐에 따라 흑발로도 보이는 짙은 녹색 머리. 벌꿀색 눈이 지금은 날카롭게 저를 노려보고 있었습니다.

옆에는 신경질적으로 보이는 청년이 서 있었습니다. 삐죽삐죽한 은색 머리와 날카로운 보라색 눈을 가진 그는 모리츠 샤르트뢰즈 님. 팔레티아 왕국의 국가 기관인 「마법부」의 장관을 맡은 백작가의 아들이었습니다.

그런 두 사람 뒤로 한 걸음 물러나 있는 아름다운 이는 사란 메키.

수수하고 차분한 색조의 금발에 적갈색 눈을 내리뜬 그는 귀족은 아니지만 큰 영향력을 지닌 상회의 아들이라 특대생으로 입학했습니다.

전부 학원에서 주목받는 이들이어서 숨을 삼키고 말았습니다. 저는 입술을 깨물 뻔하며 그들을 노려보듯 응시했습니다.

그들이 아르가르드 님을 따르는 것은 이해가 갔습니다. 그들도 시안 남작 영애와 함께 있는 모습이 자주 목격되었으니까요. 마침내 저는 레이니 양을 괴롭혔다는 혐의를 누군가가 제게 씌우려고 한다는 것을 이해했습니다.

"레이니는 확실히 평민 출신이라 귀족으로서 행동거지가 미숙해. 하지만 그렇다고 해도 유필리아 양의 질책은 도를 넘어섰어."

의분에 들끓는 강한 어조로 나블 님이 저를 규탄했습니다.

"네, 맞습니다. 우리도 질책이라고 하기에는 너무 심하다고 전부터 생각했습니다. 게다가 자신의 손은 더럽히지 않으려 다른 영애에게 괴롭힘을 강요했다고 합니다!"

과장된 몸짓을 곁들이며 모리츠 님이 말했습니다. 높은 곳에서 저를 내려다보는 그 눈에는 명백한 멸시가 담겨 있었습니다.

"레이니도 노력했는데……. 아무리 신분이 차이 난다지만 너무 심했어."

사란이 고개를 가로저으며 유감스럽다는 듯 말하자 동의하는 목소리가 섞이기 시작했습니다.

그게 계기가 됐는지 저를 보는 주위에 시선이 점점 사나워졌습니다. 그렇게 분위기가 바뀌는 것을 느끼고 숨을 삼키면서도 저는 외쳤습니다.

"저는 시안 남작 영애를 지도했을 뿐, 상처를 입히려고 한 적은 없습니다!"

"그게 바로 그대의 오만이다! 유필리아 양! 유서 깊은 공작 영애, 명예로운 차기 왕비님! 그 신분에 취한 그대의 안일한 마음이 허물을 만들었어!"

비난하는 모리츠 님의 외침이 제 귀에 또렷이 들렸습니다. 그러자 파티장 내에서 동조하는 목소리가 나왔습니다. 이에 저는 믿을 수가 없어서 무심코 주위를 둘러보고 말았습니다.

"그렇더라도! 저는 다른 영애에게 그런 지시 따위 내리지 않았습니다! 또한 시안 남작 영애를 폄하하려는 의도를 가진 적도 없었습니다!"

"꼴사나워, 유필리아 양! 그대가 지시했다고 눈물을 흘리며 호소한 영애도 있었어!"

분노에 찬 목소리로 나블 님이 일갈했습니다. 저는 그런 지시를 내린 적이 없습니다. 호소했다는 그 영애가 누구인지 묻고 싶지만 저들이 대답해 줄 것 같지도 않았습니다.

대체 왜 일이 이렇게 됐는지 모르겠습니다. 저를 향한 의혹과 의분이 주위에 만연해졌습니다.

그래도 나는 그런 적 없다고 호소하려고 했습니다. 하지만 목이 콱 막혀서 목소리가 나오지 않았습니다. 입술만이 말을 덧그리듯 떨릴 뿐이었습니다.

"유감이다, 유필리아."

"아르가르드 님⋯⋯."

"지금까지 한 일을 뉘우치고 레이니에게 사죄해라! 유필리
아 마젠타!"

무엇을 사죄하라는 걸까요. 이제 저는 알 수가 없었습니
다. 무엇이 잘못됐는지조차도. 억울하다고 호소해야 하는
데, 목소리는 여전히 나올 것 같지 않았습니다.

저는 지금까지 다양한 비웃음을 받았습니다. 차기 국왕인
아르가르드 님의 약혼자라는 지위는 좋게도 나쁘게도 사람
들의 이목을 끌었으니까요. 저는 결코 제가 약하다고 생각
하지 않았습니다. 오히려 강한 모습을 보이려 했습니다. 할
수 있는 일을 하며 모두의 규범이 되려고 했습니다.

'하지만 저는⋯⋯ 정말로 모두의 규범이 될 법한 영애였던
걸까요⋯⋯?'

한번 의문이 들자 다리에서 힘이 빠졌습니다. 누구에게도
이해받지 못하고 말이 통하지 않았습니다. 어느 때라도 자
신이 옳다고 믿고 행동하면 결과는 따라온다고 생각했었습
니다. 하지만 현실은 제가 생각한 대로 되지 않았습니다.

제게 불리한 일은 전에도 있었습니다. 계략에 빠뜨리려고
하는 악의에 맞선 것도 이번이 처음은 아니었습니다. 하지
만 저들에게 악의는 없고, 자신의 신념에 따르고 있음을 알

수 있었습니다.

그 점을 저는 이해할 수 없었습니다. 그렇기에 충격을 받아 우두커니 서서 그저 「왜」라고 생각할 수밖에 없었습니다. 이런 현실에 발밑이 무너질 것 같은 기분이 들었습니다.

……그때였습니다. 이 자리의 분위기를 일변시키는 기운이 다가왔습니다.

"……응?"

그 기운을 저만 느낀 게 아닌지 아르가르드 님도 의아한 얼굴로 귀를 기울이며 소리의 발생원인 파티장의 창문을 보았습니다.

그건, 뭐라고 하면 좋을까요. 바람을 빠르게 가르며 돌진해 오는 듯한 소리라고 할까. 거기에 섞여 누군가의 비명 같은 소리가.

"—아아아아아아아아아아아아아아아악?!"

비명이 맞았습니다. 그리고 비명이라고 인식한 순간, 창문이 와장창 깨졌습니다.

"……허?"

저는 주저앉고 싶었다는 사실도 잊고서 멍하니 서고 말았습니다. 창문을 깬 무언가가 그 기세를 몰아 저와 아르가르드 님 사이를 빠르게 굴러갔습니다.

탄핵 분위기가 무산되었고, 깨진 창문 부근에서 도망친 자도 포함해 다들 어안이 벙벙해져 창을 깨고 들어온 뭔가에 시선을 빼앗겼습니다.

"아야야야…… 제어 실패, 아직 연구가 부족하네."

유리 파편을 툭툭 털고 아름다운 소녀가 일어났습니다.

활동성을 중시한 상의와 바지. 이 사교장과는 어떻게 봐도 어울리지 않았습니다. 그럴 텐데 그녀는 한없이 매력이 넘쳤습니다.

앳된 얼굴은 검댕이 묻어 더러웠지만 기품을 해치지는 못했습니다. 활력 넘치는 매력이라고 해야 할까요. 저는 그런 그녀의 얼굴에 시선을 빼앗겨 그저 바라볼 수밖에 없었습니다.

그녀는 발밑에 굴러다니던 빗자루 같이 생겼지만 빗자루라고 할 수 없는 기구를 주웠습니다. 눈동자는 상냥한 신록을 연상시키는 연두색이었고 어딘가 어벙한 모습에서도 매력이 느껴졌습니다.

그리고 머리카락 색을 보고 모두가 숨을 삼켰습니다. 아르가르드 님과 매우 비슷한, 왕족임을 증명하는 백금색이었기 때문입니다. 아르가르드 님과 비교하면 부드러운 햇볕이 연상되는 색깔의 머리카락이 찰랑거렸습니다.

"당신은……!"

그런 그녀의 모습을 보고 떨리는 목소리로 반응한 자가 있었습니다. 아르가르드 님이었습니다.

그 표정이 경악에서 분노로 바뀌어 갔습니다. 소동의 중심이 된 소녀는 그런 아르가르드 님에게 거리낌 없이 한쪽 손을 들었습니다.

지금까지의 긴장감이 거짓말이었던 것처럼 그녀는 밝게 입을 열었습니다.

"아~ 아르 군! ……혹시 내가 방해한 거야?"

"큭, 누님!!"

이 자리에 전혀 어울리지 않는 소녀, 팔레티아 왕국 제일의 「문제아」라는 칭호를 가진 왕녀 아니스피아 윈 팔레티아는 산뜻하게 미소 지었습니다.

* * *

팔레티아 왕국에는 「왕녀」가 있다.

팔레티아 왕국 사상 최강의 문제아, 왕국 제일의 괴짜, 왕족의 응축된 불순물 등 다양한 칭호를 가진 왕녀. 그게 바로 아니스피아 윈 팔레티아다.

그녀가 벌이는 기행들은 세월이 갈수록 기하급수적으로 늘어나서, 이제는 그녀가 소동을 일으키면 「또 아니스피아 왕녀 짓인가」라는 말을 들을 정도였다.

혹자 말하기를, 하늘을 날기 위해 바람을 이용해서 자신을 날리고 성벽에 처박혔다고 했다.

혹자 말하기를, 목욕물을 만들겠다며 물을 끓이려다가 전신 화상을 입었다고 했다.

혹자 말하기를, 왕도에서 새로 길을 개척할 때 습격해 온 마물을 혼자서 괴멸시켰다고 했다.

혹자 말하기를, 결혼하기 싫다는 이유로 왕의 마음이 꺾일 때까지 기행을 되풀이했다고 했다.

파도 파도 계속 나오는 기행 일화들을 가진 것이 아니스피아였다.

그야말로 「기상천외 왕녀」. 바보와 천재는 종이 한 장 차이임을 명시하는 유아독존 기인.

하지만 그것과는 별개로 그녀를 나타내는 말이 또 있었다.

—「누구보다 마법을 사랑하지만 마법의 사랑을 받지 못한 천재」.

이 나라에서 왕족과 귀족이 당연하게 쓸 수 있는 마법을 쓰지 못하는 왕녀. 그것이 아니스피아 윈 팔레티아 왕녀. 마법을 쓰지 못하기에 「마법과학」, 약칭 「마학」을 고안해 낸 이단의 천재였다.

*　*　*

'으음~ 이거 혹시 안 좋은 상황인가……?'

나, 아니스피아 윈 팔레티아는 생각했다. 눈앞에는 치장

한 귀족 자녀들이 잔뜩 있었다. 어떻게 봐도 파티장 한복판
이었다.

나를 보는 시선들이 기이해서 솔직히 불편했다. 어쩌면 오
랜만에 크게 실수한 걸지도 모르겠다.

비행 마도구로 야간 비행 테스트를 하러 잠깐 나왔다가,
별이 손에 잡힐 것 같다고 로맨틱한 생각을 하다 보니, 제어
에 실패해서 창문에 돌격했다. 응, 이건 역시 용서받을 수
없는 실수가 아닐까?

그렇게 생각하며 비행용 마도구 「마녀 빗자루」의 상태를
확인해 보았다. 좋아, 망가지지는 않았다. 이것까지 망가졌
다면 울었을 거다. 아직 내 평판 말고는 흠집 난 게 없다!
응, 문제없네!

다시금 파티장을 보니 나와 같은 핏줄인 남동생 아르 군
이 있었다! 음~ 아르 군은 나를 불편하게 여기는데, 미안한
짓을 했네.

'응? 왜 아르 군은 내가 모르는 영애를 지키듯이 끌어안고
있는 걸까?'

아르 군의 약혼자일 터인 영애는 뭔가 내려다보게 되는 위
치에 있고. 응응? 이건 무슨 상황이야? 궁금해진 나는 무
심코 소리 내어 묻고 말았다.

"잠깐만 아르 군. 왜 유필리아 양이 있는데 다른 여성을
옆에 끼고 있어?"

"……큭, 누님과는 상관없는 일이야!"

응, 몹시 화가 나셨네. 아니, 그야 화 낼만 하지만. 엄청난 눈으로 노려보는데. 우리 사이에 이런저런 일이 있었으니 어쩔 수 없지만. 그거랑 이건 다른 얘기잖아.

내가 왕족으로서 부족한 거야 그렇다고 치고, 차기 국왕이 약혼자이자 차기 왕비님 옆에 없는 건 어떻게 된 건데? 그런 의문이 들어서 유필리아 양에게 시선을 보내고 말았다.

"어, 유필리아 양? 이건 어떻게 된 거야? 저거, 첩 후보 같은 거야?"

유필리아 마젠타 공작 영애. 마젠타 공작가의 영애인 그녀는 「매우」라는 말을 절로 앞에 붙여 버릴 만큼 아름다운 소녀였다. 그 아름다운 외모에 한숨을 흘린 자도 많았다.

마치 하얀 달빛을 흡수한 듯한 연한 은색의 찰랑찰랑한 머리. 영애다운 희고 아름다운 피부. 장미 같은 촉촉한 분홍색 눈. 입고 있는 하늘색 드레스가 어루러져 사교계의 꽃이라는 말이 어울리는 차림새였다.

"네……?"

아르 군에게서 시선을 옮겨 멍하니 있는 유필리아 양에게 물어보았다. 그러자 유필리아 양은 흐려진 얼굴로 시선을 떨궜다.

"응? 왜 그래?"

"아뇨, 그게……."

유필리아 양까지 어떻게 된 거지? 생각지 못한 반응에 나는 눈을 동그랗게 뜨고 말았다. 어른에게도 주눅 들지 않고 자기 의견을 말할 줄 아는 아이라서 장래 훌륭한 왕비가 될 거라고 생각했었는데.

그런데 지금은 당장에라도 울 것 같았다. 어라? 혹시 진짜로 울고 있었나? 내가 갑자기 창을 깨고 들어온 게 그렇게 무서웠나?

……아니, 그건 아닌 것 같지? 그리고 이 위치랑 상황. 뭔가 기억을 자극한다. 그러다 뇌리를 스친 것이 있어서 무심코 입을 열었다.

"……아아, 그렇구나. 트집 잡혀서 약혼 파기라도 당했어?"

"─앗?!"

어떻게 알았냐는 듯 유필리아 양이 시선을 들었다. 그 눈은 놀람으로 떨리고 있었다. 평소에는 철가면을 쓴 것처럼 변하지 않는 표정이 흔들리고 있었다.

진짜 그런 거야? 「전생」에 그런 「이야기」가 있다는 건 알았지만! 실제로 현실에서도 일어나는 일이었어? 세상은 참 기묘하다니까. 내가 말하기도 뭐하지만. 어라? 혹시 웃을 상황이 아닌가?

"음~ 상황을 보아하니 유필리아 양이 고립됐나 봐?"

"예? 그게, 저."

"으음…… 좋아, 정했어!"

여자아이를 괴롭히는 건 좋지 않다. 어느 쪽이 정의인지는 모르겠지만 어쨌든 중재하기로 할까. 같은 편이 없는 것 같은 유필리아 양을 일단 감싸기로 하자.

상황은 잘 모르겠지만 나중에 추궁하면 누가 옳은지 알 수 있을 테지. 설령 유필리아 양에게 일방적으로 과실이 있더라도, 내가 지금 감싼다고 해서 나한테 안 좋은 일이 생기진 않을 테니까.

"그럼 유필리아 양, 갈까. 내가 납치해 줄게."

"……네?"

"유필리아 양은 나한테 납치당하는 거니까 아무런 책임도 없어! 자, 가자. 당장 가자!"

"네? ……어? 저기……?"

"그런고로 아르 군! 이 이야기는 내가 가지고 돌아갈게! 나중에 가족회의에서 봐!"

그대로 얼떨떨해하는 유필리아 양에게 다가가 어깨에 둘러멨다. 하하하, 미안. 사실은 공주님처럼 안아서 납치하는 게 좋겠지만, 지금 양손을 못 쓰게 되면 내가 아무것도 할 수가 없거든!

유필리아 양을 안아 들자 유필리아 양이 얼빠진 소리를 냈다. 아르 군도 당황한 표정을 지었다. 뭐, 안 기다릴 거지만!

"잠깐, 누님—."

"—그럼 갈게, 아르 군!"

나는 보란 듯이 아르 군에게 웃어 주고서 유필리아 양을 안고 달렸다.

단숨에 바닥을 박차 내가 깨부순 창문으로 뛰쳐나갔다. 그대로 공중에 몸을 내던지니 중력에 이끌려 떨어졌다. 그러자 유필리아 양이 기운차게 비명을 질렀다.

"시, 싫어어어어어어어어어!"

"즐거운 노 번지 점프야! 하늘 여행에 온 걸 환영해, 유필리아 양!"

들고 있던 「마녀 빗자루」를 다리에 걸쳤다. 동시에 마력을 쏟아부으니 하늘을 미끄러지듯 내려가던 고도가 땅을 스치며 상승했다.

유필리아 양이 여전히 비명을 지르고 있긴 하지만, 어디 이대로 아바마마를 찾아가 보기로 할까!

* * *

마법의 사랑을 받지 못한 왕녀가 있었다. 왕족과 귀족이라면 소질 차이는 있어도 누구나 쓸 수 있는 마법을 전혀 쓰지 못하는 그녀는 무시당했고 뒤에서 손가락질당하며 웃음거리가 되었다.

하지만 그래도 그녀는 마법을 사랑했다. 그리고 그녀는 「마법과 똑같은 효과를 내는, 혹은 마법을 넘어서는 마법도구」를 만들어 내기에 이른다.

　이것은 이후 역사에 다양한 위업과 기행들을 남긴 왕녀의
전설, 그 1막이다.

1장 전생 왕녀님은 급정지하지 못한다

"……후우, 이것 참."

뚜둑 소리를 내며 굳어 버린 어깨를 풀었다. 눈앞에는 서류 더미가 있었다. 오늘의 정무를 목표치만큼 끝내니 팽팽했던 긴장이 어느 정도 풀리는 것 같았다. 정말이지, 국왕의 일은 매일 열심히 해도 줄어들지를 않는다.

"폐하, 정무 보시느라 수고하셨습니다."

"됐어, 그란츠. 그렇게 딱딱하게 굴지 마."

내게 그렇게 말을 걸어온 사람은 이 나라의 대표 귀족이라고 해도 과언이 아닌 마젠타 공작가의 가주이자 팔레티아 왕국의 재상인 친우, 그란츠 마젠타였다.

그리고 내가 바로 팔레티아 왕국의 현 국왕, 오르펀스 일 팔레티아다. 마침 국왕의 격무가 일단락된 참이다.

"그란츠, 차를 끓일 테니 너도 마시고 가."

"그럼 함께하겠습니다, 폐하."

"딱딱하다니까 그러네. 지금부터는 국왕이 아니라 벗으로 대해 줘."

"……알겠어, 오르펀스."

그란츠의 말투가 허물없어지자 나는 만족스럽게 고개를

끄덕였다. 똑같이 30대 중반을 넘었는데도 그란츠는 여전히 젊었다.

나는 머리도 희끗희끗하고, 피로 때문인지 실제 나이보다 더 들어 보이는데. 왜 이런 차이가 생기는지 짚이는 바가 없지는 않았다. 나도 아직 노인이라고 불릴 나이는 아니었다.

그란츠의 집안인 마젠타 공작가의 역사는 길다. 왕가의 피를 이은 마젠타 공작가는 왕가의 상징인 백금색과 비슷한 색의 머리카락을 물려받는다. 하지만 세대를 거치면서 그 색깔도 왕가의 색과는 다른 색조가 되고 있었다. 굳이 따지자면 백금이라기보다 은색에 가까웠다.

그리고 무엇보다 그란츠의 특징은 그 눈이었다. 적갈색 눈은 타오르는 불꽃을 담고 있는 것처럼 위압적으로 날카로워서 어떤 이는 눈만 마주쳐도 덜덜 떨었다. 다행인지 불행인지 이 눈매는 아들딸에게도 유전되었다. 참으로 알기 쉬운 부모와 자식이라고 몇 번을 생각했는지 모른다.

"……자식은 부모를 닮는다지만."

나는 종을 울려서 시녀에게 차를 준비시키고 한숨과 함께 중얼거렸다.

내 중얼거림을 들었는지 그란츠가 맞은편 자리에 앉으며 시선을 보냈다.

"왜? 자식이 또 속을 썩이고 있어?"

"속을 안 썩인 적이 없어!"

놀리듯 입꼬리를 살짝 올리고서 묻는 그란츠에게 나는 짜증스레 대답했다.

그란츠의 자식들, 특히 딸인 유필리아는 나도 친딸처럼 예뻐하고 있었다.

내 아들 아르가르드의 약혼자라서 그렇기도 하지만, 진짜 친딸인 그 「얼간이」 때문이었다.

"요즘은 얌전하지만, 폭풍 전의 고요가 아닐까 싶어서 전 전긍긍하고 있어."

"아니스피아 왕녀는 그야말로 폭풍 같은 기질이 있으니 말이지."

"뭘 재미있어하는 거야. 나는 전혀 재미없어, 그란츠."

노크 소리가 들린 후 꾸벅 인사하며 들어온 시녀가 차를 끓이고 나갔다. 갓 끓인 차를 마시고 한숨 돌렸다.

"그 녀석도 이제 열일곱 살인데 도대체 차분해질 기미가 안 보여……."

"차분해지면 그건 더 이상 아니스피아 왕녀가 아니잖아?"

"그만. 기분이 우울해져……."

"어쩔 수 없지. 아니스피아 왕녀의 행동을 허락한 건 우리니까."

그란츠가 우아하게 차를 마셨다. 그란츠의 말에 나는 벌레라도 씹은 것처럼 표정을 찡그릴 수밖에 없었다. 스트레스 때문인지 위 부근이 뻐근해졌다. 씁쓸하게 여기며 나는 깊이 한숨을 쉬었다.

"왜 세상에는 문제가 끊이지 않는 걸까."

나는 40대는커녕 50대로 보일 만큼 늙어 버렸다. 왕가의 증거인 백금색 머리는 칙칙해지고 흰머리가 두드러지게 되었다.

마음고생 때문인지 얼굴 주름도 늘어만 가서 요즘은 거울로 자신의 모습을 보면 우울해졌다. 그만큼 국왕의 중압과 책무는 내게 부담을 주고 있었다. 그런데도 가차 없이 귀찮은 일을 일으키는 친딸을 생각하니 위가 쓰렸다.

"하지만 그 마음고생도 조금 있으면 덜하지 않겠어?"

"음…… 아르가르드와 유필리아가 있으니까?"

"그 아이들도 머지않아 졸업해. 본격적으로 차기 국왕과 차기 왕비로서 나설 일이 많아지겠지. 그러면 그 아이들이 직접 다른 이들을 이끌 기회도 늘어나."

"……그렇게 순조롭게 풀린다면 좋겠지만."

"……그 소문 때문에 그래?"

내가 중얼거리자 그란츠는 눈을 찌푸리며 물었다. 나는 고개를 끄덕여 대답했다.

"유필리아에게도 확인했지만……. 아르가르드 녀석, 남작 영애를 끼고도는 건 좋지만 절도를 지켜야지."

"학원 내부의 정보는 입수하기 어려운데도 귀에 들릴 정도이니 말이야. 즉, 그만큼 겉으로 드러나 있다는 거지."

그 소문이란 것은 아르가르드가 어떤 남작 영애를 끼고돈다는 소문을 말했다. 유필리아가 여러 번 조심하라고 경고했다는 이야기가 남 말하기 좋아하는 귀족들 사이에 쫙 퍼져 있었다.

귀족 학원은 그 성질상 아무래도 폐쇄적이라 외부에 정보가 잘 퍼지지 않는다. 그런데도 아르가르드의 소문이 이렇게나 퍼졌다는 것은 그만큼 시끄럽다는 뜻이기도 했다. 그걸 생각하니 위가 콕콕 쑤셨다.

"……미안, 그란츠. 왕가가 억지를 부려서 이루어진 약혼인데……."

"약혼자의 마음을 붙잡는 것도 유필리아의 본분이야. 아르가르드 왕자도 당연히 절도를 지켜야겠지만, 이것도 좋은 약이 되기를 빌 수밖에 없어."

그란츠는 담담히 대답했으나 그건 이 남자가 직무에 충실해서 그런 거지 애정이 없는 것은 아니었다. 오히려 사랑하기에 장차 왕비가 될 유필리아를 엄격히 교육하고 있었다.

겉으로 보기에 팔레티아 왕국은 평화 그 자체였다. 하지만 눈길이 닿기 힘든 곳에 많은 문제를 안고 있었다. 장래 아르가르드 혼자 이 나라를 지탱해 나갈 수 있을지 불안해진 나는 어릴 때부터 뛰어난 재능을 보였던 유필리아를 약혼자로 붙여 주기로 했다.

하지만 두 사람은 전혀 서로를 사랑하는 것 같지 않았다. 둘 다 의무 이상의 감정은 없는 듯했다. 귀족들 사이에서는 딱히 드문 일이 아니었다.

그런 두 사람을 불안하게 여기던 차에 이 소문이 들린 것이다. 이 문제에는 역시 나도 머리를 싸맸다.

"하지만 유필리아가 어떻게든 하겠다고 했잖아?"

"그건 그렇지만……. 왕가가 바란 혼인이라고는 해도 유필리아한테만 부담이 가는 상황이라면 약혼을 백지로 돌릴 수밖에 없겠지."

간단히 수긍할 수는 없지만 유필리아가 바란다면 약혼을 백지로 돌리는 것도 생각할 수밖에 없다. 원래부터 약혼을 바란 것은 왕가 측이니, 왕가의 잘못을 유필리아가 뒤처리하게 두는 것은 부조리한 일이다.

그래서 유필리아에게 약혼을 파기할 것인지 물어본 적이 있다. 그래도 유필리아는 자신에게 맡겨 달라고 했다. 결국 나는 유필리아의 후의를 고맙게 받아들였지만, 잘 되고 있을까……?

그렇게 불안해진 순간이었다. 갑자기 누군가가 방문을 세차게 노크했다.

"국왕 폐하! 화급한 보고입니다!"

"화급한 보고……? 무슨 일이지?!"

"아니스피아 왕녀님이 예의 비행용 마도구를 사용해 왕성을 방문하셨습니다! 폐하를 알현하고 싶다고 하십니다!"

"그 바보 딸내미는 무슨 짓을 저지른 거야?!"

나도 모르게 언성을 높여 외치고 말았다. 왜 그 아이는 얌전히 있지를 못하는지……!

"그리고, 그게……."

"또 뭐?! 뜸 들이지 말고 빨리 보고하라!"

"실례했습니다! 아니스피아 왕녀님은 어째선지 유필리아 마젠타 공작 영애와 함께 계셨고, 상황을 보건대…… 유괴해 오신 것 같습니다!"

그 보고를 듣고 나는 눈이 돌아가며 순간 의식이 멀어지고 말았다. 어떻게든 정신을 차리려고 고개를 좌우로 흔들었다. 그래도 솟구치는 노여움은 가라앉지 않아서 소리 내어 외쳤다.

"……그 왈가닥은 무슨 짓을 하는 거야! 지금 당장 이곳으로 데려와라!!"

* * *

"강녕하셨는지요, 아바마마! 갑작스럽게 방문드려서 정말로 죄송합니다~!"

"아니스! 이번에는 무슨 짓을 저지른 거냐?! 왜 유필리아도 데려왔어?!"

우와, 아바마마 완전히 피가 거꾸로 솟은 상태시네. 그럴 만도 하지만.

귀족 학원의 야회 파티장에서 유필리아 양을 납치…… 크흠, 데려온 나는 그대로 왕성으로 와서 아바마마에게 알현을 신청했다. 유필리아 양은 눈이 핑글핑글 돌고 있었기에 내 등에 업은 채였다. 완벽한 공작 영애라는 말을 듣는 유필리아 양이지만 갑자기 하늘을 나는 것은 역시 공포 체험이었나 보다.

　"고정하십시오, 폐하. 아니스피아 왕녀 전하, 격조했습니다."

　"어라? 그란츠 공도 있었어요? 마침 잘됐네요."

　아바마마의 집무실에는 생각지 못한 사람도 있었다. 유필리아 양의 부친이자 아바마마의 심복으로 유명한 그란츠 공이었다. 아까 있었던 일을 얘기하기 딱 좋았다.

　"……유필리아, 언제까지 그러고 있을 거냐?"

　"……으으……? 헉, 아, 아버지?! 시, 실례했습니다! 아니스피아 왕녀님!"

　그란츠 공의 나무라는 소리에 반응한 유필리아 양이 번쩍 얼굴을 들더니 내 등에서 내려오려고 했다. 유필리아 양을 내려 주자 무릎 꿇을 기세로 고개를 숙였다.

　"아, 신경 쓰지 않아도 돼. 그란츠 공도 지금은 유필리아 양에게 상냥하게 대해 주세요. 지금 좀 불안정할 테니까."

　"아니스, 설명해라! 이번에는 무슨 짓을 저질렀지? 왜 유필리아랑 같이 있어?"

　"이야~ 실은 「마녀 빗자루」 야간 비행 테스트를 하다가 별이 예뻐서 한눈을 팔았거든요. 그대로 귀족 학원의 야회에 갑작스레 참가하게 됐죠!"

"……이 멍청한 것!!"

내가 솔직하게 보고하자 아바마마는 벌떡 일어나 주먹으로 내 머리를 때렸다.

눈앞에 별이 뜰 정도로 아팠다. 너무 아파서 눈시울이 확 뜨거워져 머리를 감싸고 말았다. 눈앞에 별이 떴어!

"아파요, 아바마마! 너무해!"

"시끄럽다! 너란 녀석은, 너란 녀석은!"

"저도 반성하고 있어요!"

"반성한다면 되풀이하지 마! 대체 얼마나 잘못을 거듭해야 학습하는 거냐!"

"아바마마, 실패를 두려워해서는 진보할 수 없어요!"

"예방을 하란 말이다! 잘못을 반복하는 건 더없이 어리석은 짓이잖아, 멍청한 것! 그 머리는 장식이냐!"

두 번째 주먹이 내 머리를 때렸다. 너무 아파서 머리를 감싸고 쭈그려 앉았다. 으으, 아바마마의 주먹은 아프다고요……! 진짜 너무해!

"……크흠. 잠시 여쭈어도 될까요? 아니스피아 왕녀님."

헛기침한 그란츠 공이 말을 걸어왔다. 노발대발하던 아바마마도 그란츠 공의 존재를 떠올리자 진정이 됐는지 화를 가라앉혔다. 아니, 오히려 안색이 나빠졌다.

그란츠 공의 날카로운 눈초리가 노려보듯 내게 향했다. 조금 불편한 마음이 들었지만 그란츠 공은 항상 이런 눈초리다. 나는 자세를 바로 했다.

"뭐가 궁금한가요? 그란츠 공."

"왜 유필리아와 함께 왕성으로 오셨는지요?"

"아아, 맞다! 그걸 보고하러 왔어요! 아바마마!"

"뭐냐, 아니스."

"아르 군이 유필리아 양과의 약혼을 파기하겠다던데요."

"……뭐?"

충분히 간격을 두고서 아바마마가 완전히 움직임을 멈췄다. 옆에 서 있던 그란츠 공도 생각지 못한 말을 들었는지 눈을 살짝 크게 뜨고 있었다.

"……미안하다, 아니스. 아무래도 피곤해서 잘못 들은 것 같은데, 무슨 일이 있었다고?"

"아르 군이 유필리아 양과의 약혼을 파기하겠대요."

"뭐?"

"약혼 파기요."

"누구랑 누가?"

"아르 군이랑 유필리아 양이."

여러 번 반복해서 아바마마에게 사실을 알리자 아바마마는 입을 쩍 벌리고서 멍해졌다. 아바마마 앞에서 손을 흔들어 봤지만 반응은 없었다.

마침내 재기동한 아바마마는 미간에 잡힌 주름을 펴며 떨리는 목소리로 물었다.

"아르가르드가, 그렇게 말했다고?"

"글쎄 그렇다니까요!"

"……미안하다. 악몽을 꾸고 있는 거면 좋겠는데, 사실이냐?"

아바마마는 믿을 수가 없다는 음색으로 말하며 유필리아 양에게 시선을 보냈다. 아바마마의 시선을 받은 유필리아 양은 위축된 모습으로 어깨를 떨구고 시선을 내린 채 작게 중얼거렸다.

"……네. 제 힘이 미흡해서 그렇게 되었습니다. 정말 죄송합니다."

그대로 유필리아 양은 힘없이 머리를 숙였다. 너무 안타까워서 어깨에 손을 올리고 말았다. 어깨에 닿은 손에 떨림이 느껴져서 나는 입술을 삐죽 내밀었다.

그야 이렇게 되겠지. 야회 파티장에서 갑자기 약혼을 파기한다는 말을 들었으니. 아무리 유필리아 양이 우수해도, 아니, 우수하기에 충격도 클 터다.

"……맙소사! 아르가르드 녀석, 대체 어쩌려는 거지?! 나는 아무 말도 못 들었어! 심지어 야회 도중에 그랬다고?!"

"진정하십시오, 폐하."

"이 상황에 어떻게 진정하겠나!"

"아~ 아바마마. 화가 나시는 것도 이해는 가지만, 유필리아 양도 충격받은 지 얼마 안 되었으니 너무 큰 소리는 내지 말아 주세요."

내가 지적하자 아바마마는 벌레 씹은 표정으로 목소리를 낮췄다. 옆에 서 있던 그란츠 공이 조용히 한숨을 쉬고 유필리아 양을 보았다.

"……유필리아."

"웃, 죄송해요, 아버지……. 제가 한심해서 이런 일이 벌어졌어요……."

그란츠 공이 부르자 유필리아 양은 차마 고개를 들 수 없다는 듯 머리를 숙여 버렸다. 떨림은 조금씩 심해지기만 해서 안타까웠다.

"이 이야기를 가져온 사람은 저지만, 어쨌든 유필리아 양의 몸 상태가 그다지 좋지 않으니 앉아도 될까요?"

"으, 음. 그렇지……."

내 제안에 아바마마가 고개를 끄덕여서 우리는 내객용 소파에 앉았다. 내 옆에는 아바마마가, 우리 맞은편에는 유필리아 양과 그란츠 공이 앉았다.

자리에 앉아서 조금은 진정이 됐는지 아바마마가 헛기침하고 말을 꺼냈다. 그 얼굴에는 명백한 고뇌의 빛이 떠올라 있었다. 뭐, 무리도 아니지만.

"……조금 전에는 꼴사나운 모습을 보이고 말았군. 하지만 믿을 수가 없어……."

"하지만 실제로 일어난 일이에요, 아바마마."

아바마마가 진심으로 머리를 싸맸다. 그야 그렇겠지. 아르 군과 유필리아 양의 약혼은 차기 국왕과 차기 왕비의 일이다. 이 두 사람의 약혼에는 아주 큰 의미가 있었다. 그렇기에 마젠타 공작가의 영애인 유필리아 양이 약혼 상대가 된 것이었는데.

그러니 약혼 파기를 그렇게 간단히 인정할 수 있을 리 없다. 그런데 아르 군이 선언했다. 상궤를 벗어난 일이다. 아마 마마가 이렇게 될 만도 했다.

"……미안하다, 그란츠. 내 판단이 안일했다고 말할 수밖에 없어."

두통을 참듯 고개를 숙인 아바마마가 위가 쓰린지 손으로 문지르며 중얼거렸다. 하지만 아바마마의 사죄를 들은 그란츠 공은 조용히 고개를 가로저었다.

"국왕의 위치에 계신 분이 그렇게 간단히 사죄를 입에 담으시면 안 됩니다. ……유필리아."

"……네."

"너와 아르가르드 왕자 사이에 진전이 없다는 이야기는 들었다. 일이 이렇게 된 것은 유감이구나."

"……죄송합니다."

"사죄는 필요 없다. 지금 네가 생각해야 할 일은 앞으로 어떻게 행동할지야."

"어떠한 벌이라도 달게 받을 생각입니다."

그란츠 공의 말에 유필리아 양은 비통한 표정이 되었다. 마치 유죄 판결을 기다리는 것 같았다. 그런 유필리아 양을 본 그란츠 공의 눈썹이 꿈틀거렸다. 긴장감 넘치는 두 사람의 대화를 듣고 나도 모르게 끼어들고 말았다.

"크흠. ……그란츠 공, 잠깐 괜찮을까요?"

"무슨 일이십니까? 아니스피아 왕녀님."

"아마 그란츠 공은 질책하려는 게 아니겠죠. 하지만 유필리아 양도 갑작스레 벌어진 일이라 정신이 없을 거예요. 조금만 더 부드럽게 대해 주는 게 어떨까요? 그리고 유필리아 양도. 갑작스러운 일에 놀란 건 이해하지만 좀 더 마음을 편히 가져도 돼. 나도 포함해서 여기 있는 사람들은 네 편이니까."

내 말을 들은 유필리아 양이 얼굴을 들었다. 무슨 소리인지 모르겠다는 표정으로 나를 보았다. 그런 유필리아 양에게 나는 웃어 줬다.

"아무튼! 일단 상황을 정리하죠! 아바마마도 다소 파악하고 계신 게 있죠?"

"……네가 멀쩡한 말을 하니까 석연치 않군."

"너무한 거 아니에요?!"

"자업자득이겠지, 멍청한 것!"

납득할 수 없어. 뭐, 상관없지만. 나도 모르게 입술을 삐

죽이고 있으려니 아바마마가 고맙다는 말을 꺼냈다.

"아니스. 네가 귀족 학원의 야회에 난입한 건 나중에 추궁하겠다. 우연이라고는 하지만 유필리아를 보호해 줘서 고맙다."

"네. 정말로 우연이었지만요."

"아르가르드 녀석은 추궁해야겠지. 일단은 아르가르드에게 근신 처분을 내려야 해……."

"아아, 아바마마. 아르 군 말고도 연관된 사람들이 있는 것 같았어요. 그 사람들도 잡아 두는 편이 좋을걸요?"

아바마마의 표정이 일그러졌다. 그리고 품에 손을 넣어 애용하는 위장약을 꺼냈다. 그대로 약을 먹는 아바마마의 모습에서 애수가 느껴졌다. 사태가 심각하기도 하지만, 나를 상대하느라 피곤하기도 할 것이다. 나도 내가 나쁘다는 자각은 있다.

하지만 원래 나는 이 일과 관련이 없는 사람이다. 왕족이긴 하지만 나는 왕위 계승권을 포기했고.

그래서 왕위와 관련된 다툼에는 낄 생각이 없었지만 역시 이번에는 불가항력이라고 할까, 사고라고 할까. 뭐, 그건 나중에 생각하기로 하고.

"사건의 내용과 경위를 조사하는 것도 중요하지만 뒤처리도 있어요. 구체적으로 말하자면 유필리아 양의 향후에 관해서요."

"……유필리아의 향후라."

아바마마가 정말 애석하다는 듯 씁쓸한 목소리로 중얼거렸다. 아르 군이 선언한 약혼 파기의 정당성은 둘째 치고. 공적인 자리에서 벌어진 일이라 많은 사람이 목격했다는 게 문제였다.

유필리아 양은 앞으로 결혼하기가 어려워진 것이다. 한번 말해 버린 이상, 약혼 파기 선언은 없었던 일이 될 수 없다. 아르 군과 재결합하라고 말할 수 없다.

그렇게 되면 문제는 유필리아 양의 향후다. 약혼 파기는 사교 모임에서 좋은 웃음거리다. 심지어 차기 왕비로 여겨지던 유필리아 양이라면 더더욱 그렇다. 게다가 마젠타 공작가는 공작이란 이름이 부끄럽지 않을 공적을 남긴 명문가이기도 했다.

그런 유필리아 양이 약혼을 파기당했으니 웃음거리로 삼기 딱 좋은 먹잇감이라 할 수 있다. 이렇게 되면 다음 약혼 상대를 정하기도 어려워진다.

한번 왕가에서 내쳐진 영애를 약혼시키려면 상대가 매우 한정된다. 이건 큰 문제다. 즉, 유필리아 양의 향후 영애 인생에 치명적인 흠집을 낸 것이다. 그것도 왕가 측의 일방적인 사정으로. ……응, 여러 가지로 좋지 않다.

"……유필리아의 재능을 생각하면 섣불리 밖으로 내보낼 수도 없어……."

"유필리아 양을 외국으로 시집보내는 건 그것대로 문제죠. 아무튼 천재 공작 영애니까요! 희대의 신동! 정령에게 사랑받는 아이! 유필리아 양의 소문은 자주 들었어요!"

유필리아 양은 또래 아이들 중에서도 독보적으로 뛰어난 영애였다. 예의범절뿐만 아니라 마법과 무예에서도 우수한 재능을 보이는 그야말로 천재였다.

게다가 미모도 출중했다. 공작 영애로서 위엄이 느껴지는 백은색 머리카락과 하얀 피부. 굳이 따지자면 눈매가 사나운 것이 흠이지만, 차기 왕비로서 행동할 거라면 위엄이 있는 편이 좋았다.

그렇기에 유필리아 양은 차기 왕비로 제격이라고들 했다. 나도 소문은 자주 들었고, 멀찍이서 봤을 때는 여자로서 패배감을 느꼈다. 나는 딱히 여성성을 갈고닦지 않지만.

나와 동떨어져 있기에 존경한다고 할까. 어릴 때부터 재능을 보인 결과, 유필리아 양은 왕가의 바람으로 약혼자가 되었다. 그 실력을 이루 헤아릴 수 없다며 유필리아 양이 얼마나 대단한지 다들 입에 침이 마르도록 떠들어 댔다.

그렇기에 외국에 시집보낼 수도 없었다. 유필리아 양의 힘이 그대로 외국의 힘이 되기 때문이다. 이쯤 되면 참극이다.

그렇다고 국내에 상대가 있는가 하면, 왕가와 한번 문제를 일으킨 영애와 약혼하겠다는 사람이 얼마나 있을까? 게다가 유필리아 양은 공작 영애다. 그 신분에 걸맞은 상대를 찾으려고 하면 가뜩이나 좁은 문이 더 좁아진다.

단적으로 말하자면 여러 가지로 끝장난 상황이었다. 유필리아 양을 힐끔 보니 고개 숙인 채 어두운 그림자를 짊어지고 있었다.

그럴 만도 했다. 왕비 교육은 그만큼 힘들 테고. 장래 나라를 짊어질 자로서 자라며 그 외의 많은 것을 희생했을 것이 틀림없다. 나는 그 책무로부터 힘껏 도망쳤지만.

솔직히 내가 도망친 결과가 돌고 돌아 유필리아 양에게 갔을 가능성도 있는지라 이대로 유필리아 양을 내버려 둘 순 없었다.

내가 지적하지 않아도 아바마마는 유필리아 양의 전망이 얼마나 어두운지 눈치챘을 것이다.

여전히 말이 없는 그란츠 공의 위압감이 조금 무서워졌다. 하지만 간단히 해결할 수 있는 문제는 아니었다. 아주 큰 공적이라도 세우지 않는 한…… 응? 공적? 내 머릿속에 명안이 번뜩 떠올랐다.

"아바마마!"

"왜 갑자기 그렇게 크게 부르는 거냐?!"

"지금 유필리아 양의 향후 때문에 고민 중인 거죠?"

"……그렇긴 하다만, 왜 그러지? 뭔가 몹시 불길한 예감이 드는데."

"제게 좋은 생각이 있어요!"

아바마마가 명백하게 꺼림칙하다는 표정을 지었다. 아까부터 너무해요, 아바마마! 그러자 조용히 지켜보던 그란츠 공도 내게 시선을 보냈다. 그란츠 공의 시선에서 느껴지는 압력이 굉장했다. 구멍을 뚫어 버릴 듯이 쳐다봐서 불편했다.

"아니스피아 왕녀님, 그 좋은 생각이란 무엇입니까?"

"현재 유필리아 양은 약혼 파기를 당해 귀족 영애로서 결코 얕지 않은 상처를 입고 말았어요. 게다가 유필리아 양은 보기 드문 재능을 가졌죠. 다음 약혼자를 찾으려고 해도 상대를 엄선해야 하니 앞이 캄캄한 상황이에요."

"그렇겠지. ……그래서 무슨 묘안을 떠올렸다는 거냐? 어쩐지 아주아주 불길한 예감이 든다만."

"하하, 아바마마도 참. 이번 약혼 파기가 아르 군의 독단이고 왕가 측에 일방적인 과실이 있더라도 유필리아 양이 약혼 파기 선언을 막지 못한 사실까지 없어지지는 않아요."

이번 일에 아르 군에게 일방적으로 과실이 있더라도 이렇게 되기 전에 막지 못했다며 유필리아 양의 능력을 의심하는 목소리가 나올 수밖에 없다. 이미 일은 일어나 버렸으니 이것만큼은 어쩔 수가 없다.

"이렇게 말하면 유필리아 양에게도 책임이 생기게 되는데……."

"그건 사실입니다. 실제로 아르가르드 왕자를 막지 못한 것은 저희 쪽의 과실입니다."

"네. 일단 저지른 실수는 간단히 사라지지 않아요. 하지만 실수를 만회할 수는 있죠. 그걸 위해 유필리아 양이 공적을 쌓으면 돼요."

그란츠 공은 한마디 말도 놓치지 않겠다는 듯 내게서 시선을 떼지 않았다. 기묘한 긴장감이 감도는 가운데, 조급한 마음이 들었는지 아바마마가 나를 의심스럽게 보며 물었다.

"……즉, 하고 싶은 말이 뭐냐? 빙빙 돌려 말하지 말고 결론을 말해."

"그럼 단도직입적으로 말씀드릴게요. —아바마마, 그란츠 공! 제게 유필리아 양을 주세요!!"

지금 이 공간의 분위기는, 한마디로 얼어붙었다는 표현이 정확했다. 내 발언에 아바마마는 단숨에 얼굴이 굳었고 그란츠 공은 살짝 눈을 크게 떴다.

그리고 당사자인 유필리아 양은 이게 무슨 일이냐는 듯 고개를 들고 나를 보았다. 나는 그런 유필리아 양에게 웃어주고서 다시 아바마마와 그란츠 공을 보았다.

"제가 전력으로 유필리아 양을 행복하게 하겠어요! 허락해 주세요!"

"잠깐, 잠깐, 잠깐, 잠까안! 무슨 엉뚱한 말을 하는 거냐?!"

아바마마가 얼굴이 창백해져서 벌떡 일어나 나를 노려보았다. 엉뚱한 말이라니요! 저는 아주 진지해요!

"아니스피아 왕녀님. 무슨 의도로 유필리아를 달라고 하시는 겁니까?"

그란츠 공이 평소 모습으로 돌아와 물어보았다. 나는 이에 고개를 한 번 끄덕였다.

"유필리아 양을 제 조수로 삼고 싶어요."

"……조수요?"

유필리아 양이 곤혹스러워하며 고개를 갸웃했다. 조금 귀여웠다. 마구 쓰다듬고 싶다. 내 마음을 눈치챘는지 아바마마의 시선이 날카로워졌다. 나는 마음을 다잡고 헛기침했다.

"제가 「마학」의 제창자라는 건 이미 알고 계실 텐데, 그 마학을 연구하거나 발표하는 걸 돕는 조수로 삼고 싶어요."

"……아니스피아 왕녀님. 설마 싶기는 한데, 마학 연구를 유필리아에게 발표시켜서 공적으로 만드시려는 겁니까?"

"네! 바로 그거예요, 그란츠 공!"

마학은 내가 전생의 지식으로 엿본 것을 재현하거나 그 발상을 이용해 마법을 해명하는 연구의 이름이었다. 마법과학을 줄여서 마학. 내 마녀 빗자루도 마법으로 하늘을 날고 싶다는 발상에서 태어난 성과 중 하나였다.

"자질구레하게나마 아바마마가 확인하고 인가한 물건은 세상에 보급해 왔어요. 하지만 제 사정 때문에 공공연하게 커다란 공적으로 선전하지 않았죠."

"마학은 혁신적인 발상에서 태어났습니다. 마학으로 생겨난 마도구도 그렇고요. 팔레티아 왕국에 미치는 영향이 너무 큽니다. ……그렇지요?"

"네. 그래서 저는 마학의 공적이 대대적으로 퍼지지 않는 게 좋겠다고 아바마마에게 말씀드렸어요. 다음 국왕은 제가 되는 게 좋겠다는 말이 나오면 귀찮아지니까요."

아르 군은 동생이지만 남자라서 왕위 계승권은 아르 군이 더 우선된다. 하지만 나 역시 썩어도 왕족이라 왕위 계승권을 가지고 있었다. 예전에는 말이다.

하지만 나는 마법을 못 쓴다. 왕녀인데 마법을 못 쓰다니. 이 나라가 성립된 과정을 생각하면, 마학 공적이 있다 해도 왕으로 받아들여지지 않을 것이다.

팔레티아 왕국은 간단히 말하면 마법과 함께 발전해 온 나라다. 초대 국왕이 정령과 계약하여 함께 걸어왔다. 정령에게 받은 마법으로 나라를 일으켰다.

그리고 귀족이 신하로서 왕과 함께 걸으며 팔레티아 왕국이 성립됐다. 그래서 마법을 쓰는 것이 왕족으로서 중요시되는 요소인데, 왕족인 내가 마법을 쓰지 못하는 것이다.

다들 날 어떻게 취급해야 할지 난감해했다. 나는 나대로 마법을 쓰지 못하니 내가 쓸 수 있는 마법을 연구하기로 했다. 그래서 나는 마학을 연구하기로 했을 때부터 왕위 계승권을 버렸다. 가지고 있어 봤자 쓸데없는 분쟁만 만든다고 생각했으니까.

처음에는 아바마마도 저항했지만, 나도 당시에는 좀 과하게 내 뜻을 밀어붙였기에 결국 아바마마가 포기했다. 그래서 나는 무사히 왕가에 적을 두면서도 정무에는 관여하지 않는 이름뿐인 왕녀가 되었다.

"그런데 아바마마가 최근 이것저것 일을 떠넘겨서 이상하게 유명해졌어."

"반대다, 반대! 네가 눈에 띄니까 반대로 편입하는 편이 고삐를 잡을 수 있다고 여긴 거야. 이 생각 없는 딸내미야!"

"흐응……?"

아무리 그래도 귀찮은 정무를 나한테 떠넘기는 건 치사하지 않아?

내 취미와도 관련 있어서 평소에는 불평하지 않지만. ……어이쿠, 이야기가 탈선해 버렸다. 본론으로 돌아가자.

"저야 마학이 퍼지면 좋지만, 정치 표면에 나설 생각은 없어요. 그러니 유필리아 양과 공동으로 연구하고 그녀의 공적으로 삼는 건 어떨까요?"

"……확실히. 약혼 파기 이야기를 지울 정도의 가치는 있을 것 같습니다."

"그쵸? 그리고 저는 마법을 못 쓰니까요. 마법을 쓸 줄 아는 조수를 갖고 싶었는데, 그 점에서 유필리아 양은 매우 탐이 나는 인재예요!"

"……제가요?"

"그래! 귀족 영애로서도 유능하고, 무예에도 조예가 있고,

게다가 쓸 수 있는 마법 속성의 수는 역대 제일이라고 해도 과언이 아닌 정령에게 사랑받는 총아! 유필리아 양은 팔레티아 왕국의 보물이라고 할 수 있어!"

이 세계 사람들은 마법을 정령이 주는 은혜라고 여긴다. 유필리아 양은 그 마법을 다종다양하게 다룰 수 있어서 유명했다.

솔직히 몹시 탐난다. 아까도 말했지만 정말 가지고 싶은 인재다. 내 개인적인 연구고, 나는 이 모양이라서 일반적인 귀족들에게 평판이 좋지 않았다.

그래서 조수를 두고 싶어도 고용할 수 없었다. 그러던 차에 유필리아 양이 나타났다! 약혼 파기를 이용하는 듯 한 모양새는 안 좋지만, 이 좋은 기회를 놓칠 이유도 없었다. 결과적으로는 유필리아 양에게도 도움이 되고!

"······확실히 합리적인 이야기라고 저도 생각합니다."

"그렇죠?! 아바마마, 괜찮지 않아요?"

"아니스. ······왕위 계승권을 포기하겠다고 내게 말했을 때를 기억하느냐?"

아바마마가 매우 떨떠름한 얼굴로 팔짱을 끼며 물었다. 그 질문을 듣고 「어땠더라?」 하고 고개를 갸웃했지만 금방 생각나서 손바닥에 주먹을 톡 얹었다.

"······아아, 그 선언 말이죠."

그란츠 공도 생각났는지 한숨을 쉬며 중얼거렸다. 아바마마와 그란츠 공의 모습에 당황한 유필리아 양의 시선이 두 사람 사이에서 방황했다.

"아버지, 저…… 무슨 얘기인가요?"

"……아니스피아 왕녀님이 왕위 계승권을 포기하고 싶다는 말을 꺼내면서 이렇게 공언하셨다. 『남성과 결혼하는 건 사양이에요. 예뻐할 거면 저는 여성을 예뻐하고 싶어요!』라고."

그란츠 공의 말을 듣고 유필리아 양이 눈을 크게 뜨고서 내 얼굴을 보았다. 그 시선에서 조금 거리감이 느껴졌다. 아니, 응. 하지만 진심이니까.

"결혼해서 애 낳기 싫은걸."

"너란 녀석은!!!!"

"으아아아악?! 아이언 클로 아파! 아파요, 아바마마! 놔 주세요!!"

아바마마가 버럭 소리 지르며 내 얼굴을 잡았다. 아바마마의 손가락이 얼굴에 파고든다! 게다가 몸이 들려서 발이 안 닿아! 잠깐만, 진짜 아파!!

"왕족으로서의 마음가짐과 책무를 쓰레기처럼 취급하지 마라……!"

"아파, 아파! 그, 그치만……! 마법도 못 쓰는 내 피를 왕가의 피로 남기는 건…… 본말전도잖아요……! 나는 안 틀렸어!"

"완전히 틀렸다, 멍청한 것! 네 마학은 높이 평가할 만하지만 왜 결혼까지 싫다는 거냐!"

"언질 받았잖아요! 결과를 내면 평생 결혼 안 해도 된다고 했으면서! 아야야야! 아바마마, 얼굴이 변형되겠어요! 변형된다아……!"

"그 무렵 내가 시달렸던 위통과 비교하면 아무것도 아니야!"

휙 내던지듯 아바마마가 나를 풀어 줬다. 아~ 진짜 아팠어. 으깨지는 줄 알았네.

확실히 그 선언을 했을 때 아비규환의 지옥도가 펼쳐져서 반성하긴 했다. 하지만 진짜로 그렇게 생각하니까 언젠가 들킬 테고. 차라리 먼저 싹을 없애 버리고 싶었던 거다.

그렇게 내 소문이 퍼져서 내가 동성애자라는 이야기가 나돌고 있었다.

여자아이를 좋아하는 건 부정하지 않겠지만! 딱히 남자를 싫어하지는 않는다. 연애라든가 약혼이라든가 결혼 같은 게 얽히는 순간 받아들일 수 없게 될 뿐이다.

"……아니스피아 왕녀님. 한 가지 여쭈어도 되겠습니까?"

"물어보세요, 그란츠 공."

"유필리아를 조수로 삼으시고자 하는 것은 문자 그대로 조수로서 바라시는 겁니까?"

그란츠 공이 눈을 떼지 않고 똑바로 바라보았다. 나를 꿰뚫어 보고자 하는 그 눈에 이제는 익숙해져 버렸다.

"음~ 아뇨, 확실히 귀족 영애로서도 마법사로서도 매력적이라 조수로 삼고 싶지만, 확실히 말하자면……."

"말하자면?"

"유필리아 양은 제 취향이에요!"

"제발 부탁이니 입 좀 다물어 다오, 아니스!"

"거절하겠어요!"

"꼭 그렇게 짜증나는 표정을 짓지⋯⋯!"

이번에는 안면을 붙잡히지 않도록 마젠타 부녀가 앉은 소파 뒤쪽으로 도망쳤다. 그러면서 유필리아 양과 눈이 딱 마주쳤다. 유필리아 양은 살짝 거리를 뒀다.

조금 충격이다. 뭐, 어쩔 수 없지. 나도 소문을 부정하지 않았고. 하지만 이래서는 권유에 차질이 생기니 수습해야 한다.

"아~ 그게. 상대의 동의 없이 손대지 않는다고 할까, 아무나 다 좋은 건 아니야. 나도 딱히 난봉꾼은 아니니까 그런 걱정은 안 해도 돼. 유필리아 양과 친해지고 싶은 이유는 잔뜩 있어."

"⋯⋯저랑요?"

"아르 군의 약혼자라서 섣불리 같이 차 마시자고 할 수 없었는걸! 솔직히 말해서 좋은 상황은 아니지만 나는 환영이야! 유필리아 양도 재난을 당했지만, 어때? 나랑 같이 마학을 연구해 보지 않을래?"

"⋯⋯제가 쓰기 좋기 때문인가요?"

유필리아 양은 자조적으로 살짝 입꼬리를 올리고서 시선을 피했다. 느닷없이 약혼을 파기당해 우울한 건 이해하지만.

"확실히 그렇긴 해. 하지만 아니라고 말할 수도 있어."

"⋯⋯?"

"유필리아 양이 정하면 돼. 네가 고르고 싶은 이유를. 유필리아 양이 괴롭고 힘들어 보여서 도와주고 싶으니까. 이 말을 믿어도 되고, 다른 이유여도 상관없어."

내 말을 듣고 유필리아 양이 눈을 크게 떴다. 나는 유필리아 양의 뺨을 손으로 쓸었다. 그리고 나를 보게 했다. 거리가 가까워지면서 유필리아 양의 미모가 더 잘 보였다.

유필리아 양을 멀찍이서 봤을 때는 항상 무표정이거나 견본 같은 미소를 짓고 있었다. 하지만 지금 그녀는 자신의 감정을 숨길 여유가 없는지 눈이 곤혹과 불안으로 얼룩져 있었다.

"나를 믿을 수 없다면, 유필리아 양이 쓰기 좋아서 내가 이러는 거라고 체념해도 돼. 그것도 부정하지 않으니까. 돕고 싶다는 말을 언젠가 믿을 수 있게 되면 그때 믿어 주면 돼."

위로하듯 유필리아 양의 머리를 쓰다듬으며 나는 말을 이었다. 부디 조금이라도 유필리아 양이 느끼는 무거움과 아픔이 경감되기를 바라면서.

"나중에 믿어도 돼. 그러니까 네가 원하는 이유로, 고르고 싶은 이유로 내 곁에 와 주면 좋겠어."

유필리아 양은 그저 멍하니 나를 보고 있었다. 마치 미아처럼, 어쩌면 좋을지 모르겠다는 것처럼.

"유필리아."

그런 유필리아 양의 시선을 그란츠 공이 뺏어 갔다. 그는 유필리아를 사이에 두고 내 맞은편에 있었다.

가면 같은 무표정으로 유필리아 양을 바라보던 그란츠 공은 천천히 숨을 내쉬듯 말했다.

"……미안하다."

갑작스러운 그란츠 공의 사과에 나조차 눈을 크게 뜨고 말았다. 아바마마도 나랑 똑같은 표정이었고, 무엇보다 유필리아 양의 반응이 대단했다. 무슨 말을 들었는지 이해할 수 없다는 얼굴로 그란츠 공을 올려다보았다.

"아버지?"

"유필리아. 너는 차기 왕비로서, 마젠타 공작가의 영애로서 부끄럽지 않게 노력해 줬어. 하지만 맨 처음 네게 그러기를 바란 사람은 나였겠지."

말을 고르듯 천천히. 확실하게 무언가를 전하려고 그란츠 공은 말을 거듭했다. 그 모습은 공작이라기보다 서툰 아버지처럼 보였다. 평소의 날카로움을 숨기고 후회가 배어나는 표정과 음색으로 말을 이었다.

"내 바람에 네가 부응해 준다면 나는 그 등을 밀어주는 게 옳다고 여겼다. 엄격한 아버지로서, 마젠타 공작가를 짊어진 자로서 대하는 게 좋다고 판단했다."

"······무슨, 무슨 말씀을 하시는 거예요?!"

"그게 틀렸던 걸지도 모르겠다는 생각이 들어."

유필리아 양은 믿을 수 없다는 것처럼 상체를 앞으로 뺐다. 그대로 혼란스러워하며 고개를 좌우로 흔들었다. 그 눈에는 두려움과 비슷한 동요가 떠올라 있었다.

"지금의 제가 있는 건 아버지의 교육 덕택이에요! 후회 따위 없어요! 심지어 아버지가 틀렸다니, 그렇지 않아요! 전부 모자란 제 잘못이에요! 공작 영애로서, 차기 왕비로서 미흡하여 가문의 이름에 먹칠을 한 어리석은 딸이라고요!"

"내게 어리석은 딸은 없다."

유필리아 양의 비통한 외침을 일도양단하는 강한 부정이었다. 나도 깜짝 놀랐지만, 유필리아 양은 훨씬 더 놀랐는지 어깨를 움찔했다. 유필리아 양은 그란츠 공의 말에 몸을 파르르 떨었다.

달싹거리는 입은 뭔가 말하고 싶은 것 같았지만 말로 표현할 수 없는 듯했다. 그란츠 공은 말이 없어진 유필리아 양을 똑바로 바라보고 이야기를 계속했다.

"너는 내 기대에 잘 부응했어. 과할 정도로, 바란 대로. ······거기에 네 의지가 있었는지 지금은 의심이 드는구나. 만약 그렇다면 그건 내 허물이다."

담담히 말하는 그란츠 공의 모습은 평소의 위엄 있는 모습과 딴판이었다. 필두 귀족으로 불리는 마젠타 공작가의 그란츠 공이 한 말이라고는 도저히 여겨지지 않았다. 그래도 그 말은 확실히 그란츠 공이 자아낸 본심이었다. 하지만 유필리아 양은 받아들일 수 없다는 듯 비통하게 외쳤다.

"무슨 말씀을 하시는 거예요……? 그러지 마세요, 아버지. 그렇게 말씀하지 마세요. 그렇게 말씀하시면 어쩌면 좋을지 모르겠어요!"

"그래. 너는 몰라. 괴로울 때는 도움을 청하면 된다는 걸 말이야."

그란츠 공이 표정을 풀었다. 약간의 변화였지만, 그렇기에 난처한 듯 쓴웃음 짓고 있음을 알 수 있었다. 그란츠 공이 손을 뻗어 유필리아 양의 머리를 쓰다듬었다. 유필리아 양은 믿을 수 없다는 표정으로 그란츠 공을 응시했다.

"마치 어린아이 같구나, 유피."

유필리아 양을 위로하듯 그란츠 공은 서툰 손길로 계속 머리를 쓰다듬었다. 평범한 부모 자식이 그러하듯이.

"네 마음은 성장을 멈춰 버렸어. 괴로울 때는 괴롭다고, 힘들 때는 힘들다고 말하면 된다는 걸 배우지 못한 채 커 버렸어. 너는 여전히 작은 유피구나. 나는 그저 너에게 겉모습을 꾸미는 것만 가르쳐 준 거야."

그란츠 공의 말에 유필리아 양의 얼굴이 와락 일그러졌다. 울려는 것 같기도 하고 화를 숨기지 못하는 것 같기도 한, 한마디로 표현할 수 없는 표정으로 바뀌어 갔다.

"그만하세요, 아버지. 아무리 본인이 하는 말이라지만 아버지를 비하하는 말은 듣고 싶지 않아요……! 비난받아야 할 사람은 못난 저예요!"

유필리아 양이 얼마나 그란츠 공을 사랑하는지 그 외침이 나타내고 있었다. 그 고백은 틀렸다고, 잘못된 사람은 자신이라고. 그래야만 한다는 듯이. 하지만 그런 유필리아 양의 호소에 그란츠 공은 더욱 쓰게 웃었다.

"네가 못났다면 나도 못났겠지. 부모로서도, 인간으로서도. 장래 나라를 짊어질 너를 상상하고 나는 큰 기대를 걸었다. 동시에 기다리고 있을 고난을 피할 수 있도록 자신을 규제하고 네게 엄격히 대했다. 하지만 그건 그저 갑옷을 입히는 것이었을 뿐, 너의 내면을 단련시키지는 못해. 한심한 이야기야."

"아버지……!"

싫다고 떼를 쓰듯 유필리아 양이 고개를 좌우로 흔들었다. 유필리아 양의 눈에서 눈물이 떨어졌다.

유필리아 양이 고개를 흔든 탓에 떨어진 그란츠 공의 손이 이번에는 그녀의 눈물을 닦았다. 마치 깨지기 쉬운 것을 만지듯이.

"내가 허락하마. 왕께서 바란 약혼이더라도, 네가 그만두고 싶다고 하면 내가 이루어 주마."

"……!"

"그러니 가르쳐 다오, 유피. ……왕비가 되는 건 괴로우냐?"

그란츠 공의 물음에 유필리아 양이 입술을 찢을 것처럼 깨물었다. 하지만 정말 찢어지기 전에 유필리아 양은 서서히 힘을 뺐다. 마치 팽팽했던 실이 끊어진 것처럼. 그리고 양손으로 얼굴을 덮어 버렸다.

"……죄송해요, 아버지. 더 이상, 제게는 무리예요……."

유필리아 양은 콱 막힌 숨을 토해 내고 사그라질 듯한 목소리로 말했다. 당장에라도 울음을 터뜨릴 것 같은 목소리였다. 그런 유필리아 양의 말을 듣고 그란츠 공은 조용히 고개를 끄덕였다.

"그래…… 알았다. 잘 말했어."

"……네. 저는 좀 더 아버지를 의지해야 했어요. 부모 잘 둔 덕이라는 얘기를 듣는 건 차기 왕비로서 적합하지 않다고 생각했어요."

"그 마음가짐은 중요해. 하지만 때로는 사람을 잘 다루는 것도 좋은 귀족이 할 일이야."

"……네."

유필리아 양이 작게 고개를 끄덕이자 그란츠 공도 안도한 듯 숨을 내쉬었다. 그리고 그란츠 공은 유필리아 양의 어깨에 손을 얹고 말했다.

"유피, 나도 아니스피아 왕녀 곁으로 가는 걸 추천한다. 하지만 정하는 건 너야."

"네……?"

"상황이 이러하니 틀림없이 다들 이것저것 캐내려고 하겠지. 그러다 너를 찾으면 어떻게 될지는 쉽게 상상이 가."

지금 상황에서 유필리아 양이 사람들 앞에 나타나면 반드시 소동이 벌어진다. 최소한 질문 세례를 받을 테고, 최악의 경우에는 온갖 비방과 중상을 받을 것이다. 말하자면 일대 스캔들이니 난리가 안 나는 게 더 이상하다.

"……그런데 왜 아니스피아 왕녀님 곁으로 가는 게 좋다는 건가요?"

힘없이 고개를 든 유필리아 양을 본 그란츠 공이 진지하게 표정을 다잡고서 일순 나를 힐끗 보았다가 말을 이었다.

"아니스피아 왕녀님이 지내시는 별궁은 왕궁 부지 내에 있지만 동떨어져 있어. 우리 저택보다 남들 눈에 띄지 않지. 게다가 왕궁 부지 내야. 무슨 일이 생기면 나도 달려가기 쉽고, 몸을 숨기기 적합해. 그리고 아니스피아 왕녀님이 제안한 것도 있어. 나는 그리 나쁘지 않은 이야기라고 생각한다."

"아버지……."

"너는 오늘까지 열심히 노력했어. 공작 영애도, 차기 왕비도 아닌 시간이 네게는 필요하겠지. 아니스피아 왕녀 전하는 너의 직함을 바라는 게 아니니까."

"뭐, 그건 그렇죠."

내가 유필리아 양을 원하는 건 유필리아 양의 자질 때문이니까. 내 중얼거림이 들렸는지 그란츠 공은 유필리아 양에게 보여 주듯 크게 고개를 끄덕였다.

그란츠 공은 역시 아버지의 얼굴을 하고 있었다. 딸의 행복을 바라는 아버지의 모습이었다.

"앞으로 어떤 인생을 살지, 내게서 조금 떨어져서 생각해 보려무나. 유피."

"하지만, 그러면 집안에 누를 끼치게 되는데……"

"나도 그렇고 공작가도 그렇고, 이 정도로 흔들리지 않아. 나를 못 믿는 거냐?"

아버지의 얼굴에서 공작의 얼굴로 바뀐 그란츠 공이 유필리아 양에게 물었다. 유필리아 양은 일순 숨을 삼켰다가 살며시 고개를 가로저었다.

"……아뇨, 그렇지 않아요."

"그렇다면 나머지는 네 마음에 달렸지만…… 지금 네게 정하라고 하는 건 너무한 짓이겠지."

그란츠 공이 유필리아 양에게서 시선을 떼고 나를 보았다. 나는 그란츠 공을 향해 고개를 끄덕였다.

"어차피 일의 진상을 자세히 알아보긴 해야 합니다. 그 사이에 괜한 간섭을 받고 싶지도 않고요. 그러니 아니스피아 왕녀님, 한동안 유피를 맡아 주시겠습니까? 아니스피아 왕녀님의 제안을 받아들일지 말지는 그 사이에 생각해도, 나중에 생각해도 상관없겠지요?"

"물론 저야 좋죠!"

앗싸! 무심코 덩실거릴 정도의 기쁨을 담아 그란츠 공에게 대답했다.

그런 나를 보고 아바마마가 두통을 참는 듯한 표정으로 중얼거렸다.

"……아니스. 제발 쓸데없는 일만큼은 저지르지 마라."

"정말로 실례예요, 아바마마!"

"평소의 너만큼은 아니겠지!"

나도 모르게 아바마마의 말에 항의하자 아바마마는 녹초가 된 모습으로 어깨를 떨궜다. 납득할 수 없다.

그란츠 공이 이렇게까지 말하니 유필리아 양도 부정할 마음이 없는지 불안한 얼굴로 나를 바라보았다. 나는 그런 유필리아 양에게 쓴웃음을 지으며 손을 내밀었다.

"유필리아 양, 짧은 기간이 될지도 모르지만 잘 부탁해."

"……네. 아니스피아 왕녀님."

"그냥 아니스라고 불러. 그 대신 나도 유피라고 해도 될까?"

"네? 사, 상관없긴 한데……."

"앗싸! 그럼 다시금 잘 부탁해! 유피!"

조심조심 내민 손을 잡고 가볍게 위아래로 흔들며 나는 생글생글 웃었다. 유피 역시 곤란한 듯 눈썹을 내리면서도 웃어 줬다.

언젠가 이 웃음이 진심에서 우러나온 웃음이 되면 좋겠

다. 그렇게 바라지 않을 수 없었다.

＊　＊　＊

"……정말 이걸로 괜찮겠어? 그란츠."

이야기가 정리되어 아니스와 유필리아를 내보낸 후. 나는 그란츠에게 그렇게 물었다. 그란츠는 아무 말 없이 두 사람이 떠난 문을 바라보고 있었다.

"이게 최선이겠지. 유피가 앞으로 공공연하게 움직이기엔 약혼을 파기당한 영향이 너무 크니까."

"정말로 최선인가? 아니스인데? 정말로 괜찮겠나?"

"그렇게 믿음이 안 가?"

안 간다, 라고 잘라 말하지 못하고 입을 다물었다. 실제로 아니스의 발상에 도움을 받은 적도 많았다. 이례적이고 파격적이라는 결점은 있지만 그걸 보완하고도 남는 것이 아니스에게는 있었다. 그걸 순순히 인정하기 싫은 것은 평소의 행실 탓이지만.

나도 모르게 미간에 힘이 들어가서 주름이 잡혔다. 손으로 주름을 펴며 깊이 한숨을 쉬었다.

"만에 하나 유피에게 손을 대더라도, 그건 그것대로 나쁘지 않겠지."

"그란츠?!"

"가능성을 얘기하는 거야. 그리고 아니스피아 왕녀에게 유피를 붙여 두는 것에는 의미가 있어."

"뭐?"

일순 그란츠의 의도를 파악하지 못하고 눈을 찌푸렸다. 그란츠와 내 눈이 마주치며 시선이 교차했다.

"일이 어떻게 되느냐에 따라, 아르가르드 왕자님은 차기 국왕 자리에서 물러나 주셔야 할 테니까."

"……설마."

나는 그란츠의 얼굴을 응시하며 중얼거리고 말았다. 친구인 그의 생각을 상상하기는 쉬웠다. 하지만 떠오른 그 상상을 부정하고 마는 것은 그만큼 엉뚱한 일이기 때문이었다.

내가 놀라든 말든 그란츠는 평소와 다름없는 표정이었다. 하지만 눈에는 결연한 빛이 깃들어 있었다. 그것이 그란츠의 굳은 의지를 무엇보다 잘 나타냈다.

"필요하다면 나는 움직일 거야, 오르펀스. 설령 아니스피아 왕녀님이 거부하더라도 말이야."

그란츠가 확실하게 단언해서 나는 마침내 반응할 수 있었다. 그 반응이란 것도 짙게 쓴웃음을 짓는 것이었지만.

그란츠가 상상하는 일이 실현된다면 바보 같은 딸내미는 어떤 표정을 지을까. 상상하자 아니스피아의 반응이 쉽게 떠올랐다.

"……그 녀석은 울며불며 싫어하겠지."

"그렇기에 지금 먹이를 줘서 달래야지. 목줄이기도 하고."

"맹수 취급인가."

"오히려 진수(珍獸) 아닌가?"

"맞는 말이야."

그래도 일단은 이 나라의 왕녀이지만 그 취급에는 전적으로 동의했다.

어깨를 으쓱이고서 친구와 대화하다 보니 자연스럽게 어깨에서 힘이 빠졌다. 귀찮은 일이 굴러 들어왔지만 이 문제를 방치할 수도 없다. 때에 따라서는 그란츠가 상상하는 미래가 실현되리라.

아니스가 바라는 일은 아닐 것이다. 아르가르드가 강판당하는 것. 그것이 아니스에게 어떤 의미일지. 그걸 상상하니 뭐라 말할 수 없는 표정이 되고 말았다.

그런 내 표정을 보고 그란츠도 내가 무슨 생각을 하는지 알아차렸을 것이다. 그래도 그란츠는 웃음기 어린 어조로 말했다.

"—나는 아니스피아 왕녀가 「국왕」이 되는 모습을 보고 싶어."

2장 전생 왕녀님의 가정 방문

아바마마와 이야기를 끝내고 나는 유피와 함께 왕성 복도를 걷고 있었다. 이야기를 나눈 결과, 내가 지내는 별궁에서 한동안 유피를 맡기로 했다.

원래부터 별궁에는 방이 남아도니 그중 하나를 유피의 방으로 쓰면 된다.

별궁이라곤 하지만 사실은 나를 격리하기 위해 아바마마가 만든 곳이었다. 어쨌든 명목상으로는 별궁이니까 사람이 살기 위한 방이 잔뜩 있었다. 아마 내가 사라지면 평범하게 별궁으로 활용할 예정이지 않을까.

그래서 방 하나를 준비하는 것은 어렵지 않았다. 유피가 별궁에서 지내는 데 필요한 물건은 나중에 마젠타 공작가에 인사하러 가면서 옮기기로 했고.

그래서 둘이서 복도를 걷고 있는 것인데 유피는 아무 말도 없었다. 그저 한걸음 뒤에서 나를 따라올 뿐이라 몹시 어색했다.

"있지, 유피. 오늘부터 별궁에서 지내게 됐는데 뭔가 궁금한 거 있어?"

"아뇨, 특별히 없습니다. 지켜야 할 규칙이 있다면 지키겠습니다."

"자잘한 규칙 같은 건 없어. 나랑 전속 시녀밖에 없고, 여러 가지로 자유로워."

"네……."

으음~ 영 성의 없는 대답이다. 긴장한 건지, 원래부터 말수가 적은 아이인지.

아르 군의 약혼자라 멀찍이서 보거나 가볍게 인사 정도는 했지만, 이렇게 직접 이야기하려니 여느 화제에 별로 관심을 보이지 않아서 무슨 말을 꺼내면 좋을지 모르겠다.

약혼을 파기당한 직후에 밝게 행동할 수 있을 리가 없다는 건 이해하지만. 역시 내버려 둘 수 없다. 이렇게 된 거, 강경 수단이다!

"좋아! 유피, 빨리 별궁에 가자! 이럴 때는 기분 전환이야!"

"네?"

나는 얼떨떨해하는 유피를 재빨리 공주님처럼 안았다. 공주님은 나라고? 그런 자잘한 건 신경 쓰지 않는다! 나는 그대로 빠르게 달려 나갔다.

"저, 저기?! 아니스 님! 왜 안아 드시는 건가요?! 내, 내려 주세요!!"

"괜찮아, 괜찮아! 쇠뿔도 단김에 빼랬어!"

"제, 제 발로 걸을 수 있어요! 그, 그리고 남들이 보잖아요……!"

그런 건 신경 쓰지 않는다! 나는 유피의 항의를 못 들은 척하고 그대로 왕성 복도를 빠르게 달렸다.

유피는 저항하려고 했지만, 속도가 빨라지자 달라붙듯 내 옷을 잡았다.

"사, 사람을 안고서 복도를 달리다니……! 전하는 정말로 비상식적이에요!"

"아하하하! 뭘 새삼스럽게!"

왕성에서 근무하는 기사라든가 시녀와 엇갈렸지만 다들 쓴웃음을 지으며 못 본 척해 줬다. 늘 있는 일이지!

얼굴이 조금 빨개진 유피는 되도록 얼굴이 보이지 않도록 내게 안겨 몸을 움츠렸다. 그건 그것대로 옮기기 쉬워서 나도 군말하지 않았다.

나는 사람들의 시선을 뿌리치며 달려갔다. 그리고 왕성 부지 내에 동떨어져 있는 별궁에 도착했다. 입구에 다다라 유피를 내리니 잽싸게 거리를 벌렸다.

"여기가 내 별궁이야, 유피."

"……알고 있습니다."

하아, 한숨을 쉬며 유피가 고개를 끄덕였다. 나는 그런 유피의 반응을 보면서 문을 열려고 했다. 그러자 내가 열기도 전에 문이 열렸다. 문을 연 사람은 시녀복을 입은 여성이었다. 적갈색 머리카락을 뒤로 묶은 파란 눈의 여성은 감정을 내비치지 않으며 나를 바라보았다.

"다녀왔어! 일리아!"

"다녀오셨습니까, 공주님."

꾸벅 인사하고 담담한 목소리로 맞이해 준 사람은 나와 오랫동안 알고 지낸 전속 시녀 일리아. 살가운 맛이 없는 것도 평소랑 똑같았다.

"공주님. 뭣 좀 여쭈어도 될까요?"

"뭔데? 일리아."

"왜 아르가르드 왕자님의 약혼자인 유필리아 공작 영애님과 함께 계십니까?"

"오늘부터 여기서 같이 살기 위해!"

"그렇군요. 전혀 이해가 안 가지만, 방을 준비하면 될까요?"

어깨를 으쓱인 일리아는 그렇게만 말했다. 유피가 기묘한 것을 보는 눈으로 일리아를 보았다. 아니, 일리아는 원래 이래.

"음~ 오늘은 이미 늦었으니 내 방에서 자도 괜찮지? 유피."

"······예? 아, 아니스 님?!"

"괜찮다니까. 이상한 의미로 말한 게 아니야!"

"아뇨, 그렇다고 해도 제가 감히 어떻게······!"

"일리아, 일단은 차를 끓여 줘~!"

"알겠습니다."

일리아가 안으로 비켜섰기에 나는 그대로 별궁에 발을 들였다.

유피는 아직 뭔가 하고 싶은 말이 있는 것 같았지만 순순히 따라 들어왔다. 그대로 우리는 별궁의 살롱으로 향했다. 손님이 왔을 때 활용되는 방으로, 다기 세트가 준비되어 있었다.

"유필리아 님, 앉으시지요."

"……감사합니다."

왕성의 별궁다운 훌륭한 소파에 유피가 앉았다. 나도 유피의 맞은편 소파에 앉자 일리아가 차를 준비하기 시작했다.

차를 준비하는 일리아를 유피가 흥미롭다는 듯 바라보았다. 유피에게는 생소하겠지만 이 별궁에서는 「보온 포트」가 당연하게 쓰였다.

특수한 세공이 들어간 받침대에 설치하여 사용하는 타입의 마도구로 물을 따뜻하게 데워 둘 수 있었다. 물은 차에 적합한 온도를 유지하기에 바로 차를 제공할 수 있었다.

"……이건 따뜻한 물인가요? 불을 피우진 않은 것 같은데, 이 받침에 뭔가 장치가 되어 있는 건가요?"

"불 정령석을 사용하는 보온용 마도구야. 온도를 일정하게 유지하도록 설정해 둬서 이렇게 차를 끓일 때 바로 뜨거운 물을 준비할 수 있어."

일일이 물을 끓일 필요가 없으니까. 이 기구를 이용하여 별궁에서는 전생의 수도꼭지 같은 방식으로 뜨거운 물을 틀 수 있었다.

"온도 조정을 설정하는 건 수고가 들지만. 한번 만들어 두

면 불 정령석으로 얼마든지 쓸 수 있어서 편리해. 차 끓이
는 것 외에 목욕물로도 이용할 수 있어."

"덕분에 빨래할 때 손을 찬물에 담그지 않아도 됩니다."

"그렇군요……."

유피가 감탄하며 고개를 끄덕이는 것을 보고 나는 의기양
양하게 가슴을 쭉 폈다. 전생의 기억을 토대로 마학 연구를
진행하면서 전생의 편리함을 이 세계에서도 추구한 결과지
만. 보온 포트는 그중 하나였다.

마도구는 마학을 연구하는 과정에서 태어난 발명품이다.
아바마마도 몇 가지는 개인적으로 사용하고 있었다. 이 보
온 포트도 아바마마가 애용하는 물건 중 하나였다. 늦게까
지 정무를 볼 때라든가 시녀를 부르기도 뭐하다는 생각이
들 때, 직접 물을 올려서 차를 마시는 것 같았다.

"여기 있습니다, 유필리아 님."

"감사합니다."

일리아가 빠르게 준비한 차를 마시고 유피가 한숨 돌렸다.
내 차도 나와서 목을 적시듯 한 모금 마셨다. 응, 맛있다.

"이 보온 포트는 편리하고 좋네요. 그 밖에도 활용법이 많
을 것 같아요."

"그렇지. 별궁에서는 이제 자연스레 쓰이고 있어."

"네. 편리하지만, 너무 편리해서 문제이긴 합니다."

"그런가요?"

너무 편리해서 문제라는 일리아의 말에 유피가 이상하다는 듯 고개를 갸웃했다.

"당연한 얘기지만 다른 곳도 이 별궁처럼 마도구가 갖춰져 있지는 않으니까요. 이곳 생활에 익숙해지면 다른 곳에서 곤란해지기도 합니다."

"일리아는 내 전속 시녀니까 상관없잖아."

"덕분에 다른 곳에 배치해 달라고 할 수도 없어서 완전히 들어앉아 버렸지요."

흑흑흑, 일리아는 작위적으로 우는 시늉을 했다. 하지만 여전히 무표정이라서 섬뜩했다. 연기할 거면 좀 더 진지하게 해.

"줄곧 일리아가 챙겨 줘서 나는 기뻐."

"제가 도망칠 수 없도록 차근차근 퇴로를 막은 분은 말씀하시는 게 다르군요."

"하하하, 너무한 짓을 하는 녀석이 다 있네!"

"네, 정말 그렇습니다. 악마 같은 인간이 다 있다고 감탄할 따름입니다."

"나는 인간이야, 일리아. 시력 괜찮아?"

하여간 일리아는 툭하면 이런다니까. 제일 마도구의 혜택을 누리고 있으면서.

하지만 이렇게 티격태격할 수 있는 것도 우리 사이가 오래되었기 때문이다. 일리아는 옛날부터 내 취향의 여성이라 곧잘 말을 걸었었다. 그래서인지 어느새 아바마마에게 감시

인으로 임명받게 되었다.

그 후 우리에게도 이런저런 일이 있어서 지금은 이렇게 불경하고도 경쾌한 대화를 나누는 사이가 되었다. 일리아의 태도는 내가 바라는 바이기도 했다. 딱딱하게 격식 차리는 건 불편하니까. 정말 얻기 어려운 사람을 얻었다. 다만 그런 우리가 남들에게는 이상하게 보이는 것도 당연했다.

실제로 우리의 대화를 들은 유피는 눈을 동그랗게 뜨고 있었다. 내 전속 시녀라고는 하지만 신분이 차이 나는 상대를 이렇게 막역하게 대하니 놀랄 만도 했다.

"아무튼 공주님. 왜 아르가르드 왕자님의 약혼자인 유필리아 님을 이곳에 데려오셨는지요?"

"응. 아르 군이 다른 사람들 앞에서 약혼 파기를 선언한지라 보호하려고 납치해 왔어."

"……여전히 뭐가 어떻게 된 건지 모르겠군요. 왜 그 현장에 계셨는지 모르겠고, 사람들이 보는 앞에서 약혼 파기라니. 아르가르드 님이? 농담이라고 하기에는 질이 나쁩니다."

일리아는 의심스럽다는 표정으로 감상을 말했다. 보통은 그렇게 반응하겠지. 유피는 차기 왕비로 인정받던 마젠타 공작 영애로, 주위에서 거는 기대도 컸다. 그랬는데 아르 군이 약혼 파기를 선언해 버렸다. 아바마마도 머리가 아플 거다.

"안타깝게도 현실이야. 현실은 언제나 사람의 상상을 뛰어넘는 법이지."

"그렇군요. 누구보다도 머리가 이상한 분이 말씀하시니 설득력이 남다릅니다."

"불경해! 불경해!"

불경하다고 말은 하지만 늘 있는 일이었다. 일상적인 장난과 같았다. 하지만 너무 우리끼리 친한 모습을 보이니 유피가 어색해했다. 유피의 상태를 눈치챈 일리아가 상황을 수습하듯 헛기침했다.

"그래서 왜 이곳에 유필리아 님을 데리고 오신 건가요?"

"내 조수로 공적을 쌓게 해서 약혼 파기로 생긴 불명예를 상쇄시키자는 계획을 세웠어!"

"……제정신이신가요?"

죽은 물고기 같은 눈으로 바라보는 일리아에게 나는 고개를 끄덕였다. 그러자 일리아가 침통한 표정을 짓고서 유피에게 시선을 보냈다. 마치 곧 출하될 소를 보는 듯한 눈이었다.

그 시선에 유피는 몹시 곤혹스러워했다. 일리아는 한숨을 쉬고 다시 나를 보았다. 연민하는 것도 같고 하찮아하는 것도 같은 기색이 그 눈에서 보였다.

"……마침내 실성하셨군요. 대단히 유감스럽습니다, 공주님. 자각 없이 사람을 불행하게 한다고 생각하기는 했지만, 설마 솔선해서 남을 불행에 빠뜨릴 줄은 몰랐습니다."

"어어……? 오히려 반대인데?!"

"우와, 이건 선의였군요. 이 악마는 선의로 잘라 말한 거군요. 유필리아 님, 참으로 애석한 일입니다……."

일리아가 진심으로 미안하다는 듯 머리를 숙였다. 유피는 어쩔 줄을 모르며 난처한 얼굴로 나와 일리아를 번갈아 보았다. 나는 입가를 실룩였다.

"일리아. 너무하지 않아?"

"하아……. 잘 들으세요, 공주님. 저는 이미 도망칠 수 없는 몸이기에 공주님의 판단이 무슨 일을 일으킬지 누구보다 잘 안다고 자부합니다. 그리 자부하며 말씀드리겠습니다."

크흠 헛기침하고서 일리아가 내게 말했다. 일리아는 말 안 듣는 아이를 타이르는 듯한 태도로 과장되게 어깨를 떨궜다.

"공주님, 마침내 미치신 건가요? 아뇨, 원래부터 그랬지요. 정말로 유감입니다."

"일리아의 발언이 유감이야! 나에 대한 평가가 너무하잖아!"

내가 항의해도 아랑곳하지 않고 일리아는 시선을 돌렸다. 변함없이 신경줄이 두껍구나, 정말로. 그래서 좋아하는 거긴 하지만.

그리고 이번에는 유피에게 귀기 어린 시선을 보냈다.

"유필리아 님, 성급하게 판단해선 안 됩니다."

"엇, 네?"

"이 악마의 감언에 귀를 기울이면 안 됩니다. 아시겠습니까? 손을 잡는 순간 끝입니다. 영혼까지 빨려 들어가서 되돌아갈 수 없게 돼요."

"어, 어어······?"

"내 평가가 처참한 것에 관해 얘기를 나누지 않을래? 일리아."

뚱하게 쳐다보며 항의해 봤지만 일리아는 유감스러운 것을 보는 듯한 시선을 보냈다. 납득할 수 없어.

"······그렇게 경고할 정도인가요?"

의심스럽다는 눈길로 유피가 나를 힐끔 보았다. 아아, 내 신용이 대폭락하고 있어! 유피의 물음에 일리아는 깊이 한숨을 쉬고 손으로 미간을 짚었다.

"「결과적으로」라는 말이 붙지만요. 여러 가지로 복잡한 문제가 있습니다."

"그래서 추천하지 않는 건가요?"

"네. 하지만 유필리아 님이 진심으로 바라고, 또 이해하고서 이쪽으로 오시겠다면 제가 할 말은 더 없습니다. 하지만 아무것도 자세히 설명하지 않으셨지요?"

일리아의 지적에 나는 눈을 피하고 말았다. 아, 아니거든?

"······아니, 그건, 그래. 지금부터 제대로 설명할 생각이었어. 별궁에는 실물도 있으니까. 그편이 설명하기 쉽잖아?"

"아무 생각 없이 무작정 행동하시는 것에 슬슬 머리가 아픕니다만."

"아무 생각도 없었던 게 아니야!"

"예예. 어쨌든 유필리아 님. 공주님이 극약이라는 것은 이해하고 계십니까?"

"……네, 부정할 수 없을 것 같네요."

나보고 극약이래. 그에 관해서는 부정할 마음도 없지만. 무엇보다 나 자신이 이해하고 있는 일이기도 하고. 그래서 일리아가 우려하는 것도 이해한다.

"유필리아 님. 일단 공주님의 제안은 틀림없이 선의입니다. 다소 사욕이 섞여 있겠지만, 유필리아 님을 생각해서 벌인 일입니다."

"네, 그건 대충 이해하고 있어요."

"하지만 문제는 그게 아닙니다. 공주님이 극약이라는 의미를 유필리아 님은 올바르게 이해하고 계십니까?"

"……그게 무슨 뜻이죠?"

유피가 의아해하며 눈썹을 모았다. 일리아가 무엇을 우려하는지 잘 모르는 것 같았다. 일리아의 우려가 옳다는 증거이기도 했다.

"공주님이 마학으로 만든 발명품은 훌륭합니다. 이 보온 포트만 봐도 다양한 용도를 생각할 수 있죠."

"네, 훌륭한 발명이라고 생각해요."

"이게 보급된다면 백성의 생활도 향상될 겁니다. 하지만 그게 문제입니다."

"……네?"

유피가 당황한 목소리를 냈다. 뭐, 그야 그렇겠지. 마도구의 발명은 멋지다고 이야기하다가 갑자기 그 자체가 문제라고 하니까.

유피의 반응을 보고 일리아가 한숨을 쉬며 눈을 감아 버렸다.

"한번 알게 되면 잊을 수 없겠죠. 이 편리함을, 쾌적함을. 그렇기에 몰랐던 때로는 돌아갈 수 없습니다. 즉, 일방통행인 겁니다."

"그렇게까지 말해야겠어?"

"불의 사용법을 터득한 인류에게서 불을 뺏을 수 있을까요? 그것과 같은 이야기입니다."

일리아는 내 지적을 깨끗이 무시했다. 유피는 고민스럽게 눈썹을 찡그리고 턱을 잡고서 생각에 잠겼다. 그리고 납득한 듯 얼굴을 들었다.

"……아아, 과연. 그래서 일방통행, 돌아갈 수 없는 길이라는 거군요. 마도구가 있는 생활을 알아 버리면 불편한 생활로는 돌아갈 수 없으니까."

"네. 맞습니다. 마도구는「너무 편리」합니다. 공주님이 보는 세계는 저희가 감히 이해하기 어렵습니다. 그렇기에 한번 알게 되면 돌아갈 수 없습니다. 그 가치를 알기에."

일리아가 하고자 하는 말도 이해가 갔다. 마학 발명품은 이 세계에 아직 없는 발상과 개념을 토대로 만들어진다. 마법이 있는 이 세계의 문명은 전생과 발전의 흐름이 달랐다.

마법이 있기에 귀족과 왕족의 권위는 약해지지 않는다.

하지만 마법이 있기에 전생과 비교하면 발전되지 않은 기술이 있었다. 그래서 내 마도구는 모두에게 주목받고 동시에 이단시된다. 마법으로 하늘을 날자는 생각을 아무도 안 하는 것처럼.

이 세계에는 이 세계의 상식이 있고 문명이 있다. 그러나 내가 가진 지식은 이질적이다. 마학은 아직 이 세계에 생기지 않은 개념과 발상을 품고 있기에, 약혼 파기로 인해 나빠진 평판을 뒤집을 가능성이 있는 것이다.

"그래서 가벼운 마음으로 이 길을 가는 것은 추천하지 않습니다."

일리아가 이야기를 매듭지었다. 유피는 여전히 고민스러운 표정을 짓고 있었다. 나는 무거워진 분위기를 몰아내듯 손뼉을 쳤다.

"생각은 나중에 하자. 피곤하지? 이만 쉬자!"

나는 벌떡 일어나 유피를 공주님처럼 안아 들었다.

생각에 잠겨 있던 유피는 반응이 늦어져서 저항할 새도 없이 내 품에 들어왔다.

"잠깐만요, 아니스 님. 또……!"

"그럼 잘 자, 일리아! 내일 봐!"

"네, 안녕히 주무십시오. 공주님, 유필리아 님."

버둥거리며 저항하는 유필리아를 안은 채 나는 내 방으로 가기 위해 별궁 복도를 달렸다.

처음에는 저항하던 유피도 소용이 없다고 생각했는지 포기하고 얌전해졌다. 나는 얌전해진 유피를 고쳐 안고 웃었다.

"괜찮다니까. 정말 아무 짓도 안 할 거야."

"……."

"그렇게 믿을 수 없다는 눈으로 봐도 말이지……."

아마 일리아에게 말하면 방 자체는 바로 준비해 줄 것이다. 쓸데없이 우수하니까. 하지만 나는 지금 유피를 혼자 두고 싶지 않았다. 보고 있으면 아무래도 신경이 쓰였다.

그렇게 생각하며 달리다 보니 내 방에 도착했다. 유피를 내려 주고 문을 열어 방에 들였다. 내 방은 왕족의 방답게 호화롭긴 했다. 침대도 두 사람이 충분히 누울 수 있을 만큼 넓었다.

테이블에는 책과 종이 자료가 잡다하게 쌓여 있었다. 그밖에 눈에 띄는 점이라면 의복을 수납하는 쓸데없이 큰 옷장과 보온 포트를 비롯한 마도구가 빼곡히 놓여 있었다.

이 방에서 쓰이는 마도구는 전부 전생에 일상적으로 쓰이던 물건을 재현한 것들이었다. 이를테면 「드라이어」. 기본적으로 일리아가 내 시중을 들지만 바쁠 때는 직접 해야 했다.

유피는 내 방에 있는 마도구가 신기한지 흥미롭게 보고 있었다.

"자, 유피. 옷 갈아입자! 내가 벗겨 줄게!"

"예?! 아뇨, 아니스 님께 그런 일을 시킬 수는……!"

"괜찮아, 괜찮아."

드레스는 혼자서 벗기 힘들다. 그래서 나는 드레스 입는 걸 별로 좋아하지 않는다. 그래도 왕족이라 드레스를 입어야 했다.

그래서 나는 평소에 기사복을 모티프로 만든 드레스와 기사복을 조합한 오더 메이드 옷을 입었다. 전생의 군복 드레스 같은 느낌이었다.

어쨌든 나는 유피의 옷을 갈아입히기 위해 드레스를 벗겼다. 처음에는 저항하던 유피도 마지못해 포기했다.

드레스는 주름이 생기지 않도록 조심해야 한다. 역시 마젠타 공작가라 그런지 옷감이 아주 비싸 보였다.

"아, 이거. 내 잠옷이야. 조금 작을지도 모르지만."

유피는 나보다 키가 컸다. 내 체구가 조금 작기도 하지만 유피는 늘씬한 체형이었다. 가슴이 그렇게 크진 않아도 그게 오히려 예쁘게 균형을 이루었다. 군더더기가 전혀 없다고 할까, 황금비라고 하던가?

나? 나는 꼬맹이라며 일리아가 코웃음 친 적이 있다. ……신경 안 써.

"영차, 나도 갈아입을 테니까 먼저 침대에 가 있어도 돼."

"……그렇게 할게요."

이제 반론할 생각도 안 드는지 옷을 다 갈아입은 유피가 침대로 갔다.

유피가 침대로 간 것을 확인하고 나도 후다닥 옷을 갈아입었다. 유피에게 빌려준 것과 색깔만 다른 잠옷으로 갈아입고 방의 불을 껐다.

방이 순식간에 어두워졌다. 나는 침대 옆에 비치된 마도구 조명에 마력을 담았다. 그러자 어슴푸레한 빛이 실내를 밝혔다.

불이 켜진 것을 확인하고 나는 침대 위에서 유피와 마주했다. 먼저 침대에 올라가 있던 유피는 눈을 가늘게 뜨고 경계하듯 나를 보았다.

나는 그런 유피를 보고 쓴웃음을 지으며 먼저 이불 속에 들어가 손짓했다.

"자, 유피도 들어와."

"……실례하겠습니다."

유피가 거리를 두고 이불 속에 들어와 누웠다. 희미한 빛이 서로의 얼굴을 비추었다.

나는 새삼 유피의 얼굴을 보았다. 정말 예쁘게 생겨서 계속 보고 있어도 질리지 않을 것 같았다. 그러다 내 시선에 유피가 불편해하고 있음을 깨달았다.

"미안, 미안. 이렇게 쳐다보면 자기 어렵지?"

"……당신은."

"응?"

"……당신은 뭔가요."

작은 목소리로 유피가 불쑥 내게 물었다. 무엇을 묻는 것인지 알 수 없는 추상적인 질문이었다. 유피의 표정은 불안과 곤혹으로 얼룩져 있었다. 그런 유피를 보고 나는 살짝 웃었다.

"나는 나야. 이 나라의 문제아이자 기상천외한 공주님. 무슨 생각을 하는지 알 수 없다고 소문난 엉뚱한 괴짜."

"……여러 가지로 하고 싶은 말은 있지만, 그게 아니라."

"그렇게 이상해? 예를 들어 뻔뻔하리만큼 유피에게 간섭하는 게."

내 지적이 정곡을 찔렀는지 유피는 입을 다물어 버렸다. 그래도 유피의 시선은 내게서 떨어지지 않았다. 꿰뚫어 보려는 듯한 시선이라 나는 무심코 웃어 버렸다.

"이유는 여러 가지야. 개인적인 호감도 있고 타산도 있어. 말로는 이것저것 이유를 들 수 있지만, 그건 지금 내게 중요하지 않아."

"……중요하지 않다고요?"

유피가 당황한 얼굴로 중얼거렸다. 고개를 끄덕인 나는 유피에게서 시선을 떼고 천장을 보았다.

"인간은 웃고, 슬퍼하고, 화내고, 어쨌든 감정을 움직이는 생물이야. 그래서 유피를 내버려 둘 수 없었어."

"……왜죠?"

"우는 것도, 화내는 것도, 웃는 것도 서툴러 보였으니까!"

단언하고 다시 유피에게 시선을 돌리니, 유피는 놀랐는지 눈을 크게 뜨고 입을 작게 벌리고서 나를 보고 있었다. 그런 유피의 표정을 보니 미소가 지어졌다.

"나, 멀찍이서 유피를 본 적은 꽤 많아."

"……그런가요?"

"응. 유피는 언제나 완벽했어. 모두의 모범이 되도록 미소 짓고 있었고, 필요 없을 때는 완전히 무표정이었어. 그야말로 완벽한 공작 영애! ……그래서일까. 파티장에서 유피를 발견했을 때 내버려 둘 수 없었어."

"……무슨 뜻인지 모르겠어요. 파티장에서 저를 발견했기 때문에요?"

"그때의 유피도 지금의 유피도 전혀 완벽하지 않은걸. 우는 법도, 화내는 법도. 그래서 감정을 억누르고 꾸밀 줄은 알아도 반대는 어려운 걸가 하는 생각이 들었어."

유피는 완벽했다. 차기 왕비로서, 공작 영애로서도. 세련된 동작, 몸에 밴 교양, 넘치는 재능. 무엇을 따지든 유피는 완벽한 영애였다.

하지만 그 완벽함에 흠집이 나고 의미가 없어졌다면. 만약 본인이 그렇게 생각한다면. 과연 이 아이에게는 무엇이 남을까. 재능은 사라지지 않는다. 노력도 없어지지 않는다. 하지만 만약 쌓아 올린 시간의 의미를 스스로 잃어버린다면. 거기에 대체 무엇이 남을까.

"스스로 울 수 있는 아이라면, 스스로 화낼 수 있는 아이라면 나도 힘내라고 말할 거야. 마음대로 하면 된다고 말할 거야. 하지만 유피는 그러지 못할 것 같았어. 그럼 무시할 수 없지."

"……그런 이유인가요?"

"그게 다는 아니지만 말이야. 계속 말하지만 호의도 있고 타산도 있어. 하지만 유피가 정말로, 진심으로 바라는 걸 말할 수 있게 만들어 주고 싶었어. 그러니까 그게 가장 중요한 이유야."

나는 이불 속에서 손을 뻗어 유피의 손을 잡았다. 순간 손이 움찔거렸지만 내 손을 뿌리치지는 않았다.

그대로 유피를 끌어안았다. 내 품에 얼굴을 묻도록 끌어안고 달래듯 그 등을 리듬감 있게 토닥였다.

"열심히 노력했구나. 수고했어. 지금은 푹 쉬어."

"——."

내 품에 얼굴을 묻은 유피가 어떤 표정을 짓고 있는지는 보이지 않았다. 다만 유피의 손이 내 옷을 여리게 잡은 것은 알 수 있었다.

나를 밀어내려고 하지도 않았다. 그런 유피를 나는 베개처럼 안고 눈을 감았다.

작게 떨던 유피는 어느새 몸에서 힘을 빼고 잠든 것 같았다. 그것을 확인하고 수마에 의식을 맡기고 있던 나도 잠에 빠져들었다.

* * *

유피를 별궁에서 재운 다음 날, 나는 마젠타 공작가에 갈 준비를 하고 있었다.

유피는 한발 먼저 마젠타 공작가에 돌아갔다. 옷을 갈아입고 나를 맞이할 준비도 해야 하기 때문이다. 그래서 사람이 별로 안 다니는 아침에 공작가에서 사람이 데리러 왔었다.

"공주님, 옷을 입으시죠. 마젠타 공작가에 실례가 되지 않도록."

"그래그래, 나도 알아."

일리아가 고개를 깊이 숙여 인사하고 내 옷장을 가리켰다. 오늘은 정장을 갖추어 입으라는 일리아의 의사 표시에 나는 과장되게 어깨를 으쓱이며 한숨을 쉬었다.

"마젠타 공작가의 소중한 따님을 맡는 거니까 말이지. 아르 군이 벌인 짓도 있고, 이번에는 얌전히 따를게."

"아아……! 평소에는 통제할 수 없는 야생 동물이나 마물 같던 공주님이 얌전히 따르시다니……. 내일 저는 죽어 버릴지도 모릅니다……!"

"호들갑은."

"그건 그렇고, 우선 목욕부터 할까요."

마치 가극 배우처럼 과장된 연기로 탄식하나 싶더니 이내 평소의 무표정으로 돌아와 점잖게 말했다. 아니, 진짜 뭔데…….

"목욕이 끝나면 드레스를 고르고, 화장하고. 아아, 그리고……."

"일리아는 나를 꾸밀 때 굉장히 생기 넘치지 않아……?"

확실히 말해서 나는 치장하는 게 불편했다. 애초에 옷을 갖추어 입을 때는 대체로 나가기 싫은 사교 모임에 나가야만 할 때니까. 그래서 사교 모임에 나쁜 인상이 생겨 버린 건지, 어쨌든 나는 치장하는 행위가 달갑지 않았다.

그렇게 생각하며 내가 넌더리를 내자 일리아는 평소와 같은 무표정으로 고개를 끄덕였다.

"꽃은 예뻐하고 싶은 법이죠. 공주님께서 그리하셨듯."

"……그래그래, 알겠어. 얌전히 있을 테니까 얼른 끝내자."

일리아의 말에 뭐라고 대꾸할 기력도 없어서 나는 쓰게 웃으며 고개를 끄덕였다. 여차여차하는 사이에 몸에서 광이 나게 되었다.

옛날에는 자주 저항했지만, 오랫동안 같이 지내면서 저항해도 의미가 없음을 깨달았기에 그냥 하는 대로 뒀다.

그렇게 나는 거울 앞에서 나라는 생각이 안 들 만큼 화장하고 꾸며진 자신을 보고 있었다. 일리아의 정열은 진짜 대단하다. 내가 마법에 쏟는 정열 같은 것일지도 모른다. 그렇게 생각하니 치장하는 것도 참을 만했다.

문득 거울 너머로 일리아를 보았다. 30대가 가까워졌는데도 피부는 여전히 젊디젊었다. 전혀 노화가 느껴지지 않았다. 처음 봤을 때, 마음에 들었던 그 날과 똑같았다.

오히려 매일 갈고닦은 미모에 눈이 호강한다. 일리아는 정말로 일을 잘하고 편하게 대할 수 있는 희귀한 사람이다. 일리아가 내 전속이라 정말 다행이다.

"일리아는 예뻐."

"농담도. 이게 다 공주님께서 미용에 좋은 발명품을 만들어 주신 덕분입니다."

"진심이야. 어릴 때부터 쭉 그렇게 생각했어. 그래서 발명도 열심히 한 거야."

"옛날 생각이 나는군요. 갑자기 왕성을 뛰어다니셨더랬죠."

"아아. 그랬었지……. 뒤에서 날 껴안았었지?"

"네. 그날부터였습니다. 마도구 개발을 시작한 뒤로는 다치시는 일도 늘고, 무모한 짓도 많이 벌이시게 됐죠. 베이기도 하시고, 타박상을 입기도 하시고, 상처가 끊이질 않았어요."

그리운 듯 내 머리를 묶으며 일리아가 말했다. 일리아가 말한 건 과거의 내 실패담이었다. 나와 일리아가 공유하는 추억의 조각이기도 했다.

전생의 기억을 떠올리고 마법의 존재에 설렜다. 하지만 나는 마법을 쓸 수 없다고 했다. 그래서 마도구를 만들기로 했다. 그런 내 곁에 일리아가 있어 줬다. 일리아가 없었다면 나는 어떻게 됐을까. 그런 생각도 들었다. 하지만 내가 그런 생각을 한다는 걸 알려 주기는 싫어서 일부러 입술을 삐죽 내밀었다.

"확실히 여러 번 실패했지만, 실패 없이는 성공도 없어."

"그렇다면 저의 실패는 공주님에게서 벗어나지 못한 것이겠군요."

드물게도 일리아가 미소 짓는 것이 거울로 보였다. 일리아의 표정을 보고 나는 눈을 동그랗게 뜨고 말았다. 평소에는 점잖게 무표정인 일리아가 표정을 바꾸다니 보기 드문 일이었다.

"······일리아는 어떤 성공을 얻었어?"

"지금 이 순간이라는 성공을 얻었습니다."

"······유난이라니까."

일리아의 말에 부끄러워져서 나도 모르게 중얼거리고 말았다. 정말이지, 자랑스레 할 말은 아니잖아. 하지만 일리아는 키득키득 소리까지 내며 웃기 시작했다. 왠지 분해서 나는 뺨을 부풀렸다.

"일리아는 유별나구나."

"공주님이 하실 말인가요."

일리아가 더욱 짙게 웃었다. 벌써 10년 넘게 알고 지냈지만 일리아의 모습은 예전과 똑같았다. 나이를 먹어도 일리아라는 느낌이 들었다. 본인에게는 잘 말하지 않지만, 옆에 있어 주는 그녀가 고마웠다.

그래서 언니처럼 생각한다고 말하면 황공하다며 화내지만.

확실히 언니는 아니려나. 아마 파트너 쪽이 이 관계에 더 딱 들어맞는 말일 것 같다.

나와 일리아의 관계에 관해 생각하고 있으니 일리아가 내 머리를 묶던 손을 멈추고 손가락에 빙글빙글 감으며 장난치기 시작했다. 직모가 아닌 내 머리는 일리아의 손가락에 잘 얽혔다.

"……뭐해? 일리아."

"아뇨, 이러고 있을 수 있는 게 즐거워서요. 결혼만이 여자가 택할 수 있는 행복이 아니라는 생각이 들었습니다."

"아…… 저기, 그 일에 관해서는……."

일리아의 말에 나는 말문이 막히고 말았다. 일리아는 장난치던 손으로 내 머리를 쓰다듬었다. 일리아의 손가락에 감겨 있던 머리카락이 스르르 미끄러져 내렸다.

"공주님, 괜찮습니다. 저희 집안의 작위는 낮고 저도 정략결혼에 쓰일 도구였습니다. 지금은 어떤 의미에서 공주님께 시집왔다고 해도 과언이 아니죠. 덕분에 잘 지내고 있습니다."

자랑스럽다는 듯, 만족스럽다는 듯 일리아는 말했다. 반면 나는 조금 언짢은 표정을 짓고 말았다. 일리아의 집안이 떠올랐기 때문이다.

일리아는 자작가의 딸이었다. 부모가 권력욕이 강해서 일리아는 집안의 힘을 높이기 위해 혼처를 찾고 있었다. 왕성에서 시녀로 일한 것도 그 일환이었다.

어쩌면 유력한 명가의 적장자 눈에 들지도 모른다. 그리고 기회가 된다면 유력 귀족의 환심을 사고 싶다.

그런 얕은 생각으로 일리아는 왕성에서 시녀로 일했다. 그리고 내 눈에 들게 되었다. 나와의 인연도 있어서 일리아는 좀처럼 결혼 상대를 찾지 못했고, 이에 속이 탄 부모가 일리아를 강제로 약혼시키려 한다는 이야기를 들은 나는 일리아를 곁에 두기 위해 꽤 무모한 짓을 했다.

그런 우여곡절이 있어서 일리아는 지금 이렇게 옆에 있었다. 나는 옳다구나 일리아를 마학 연구에 끌어들이게 되었다. 그게 잘한 일이었는지는 모르겠지만.

일리아의 가족도 처음에는 내가 일리아를 싸고도는 것을 환영했다. 하지만 내가 왕위 계승권을 포기하고 문제를 일으키면서 소원해진 것 같았다. 나로서는 그다지 좋아할 수 없는 사람들이라 그편이 좋았다.

떠올리니 기분이 안 좋아졌다. 가족과는 원래부터 냉랭한 관계였기에 신경 쓰지 않는다고 일리아는 말해 주지만. 그런 일도 있어서 일리아는 가문명을 밝히지 않게 되었다. 집안에서 쫓겨난 거나 마찬가지라고 하여 나도 웬만하면 언급하지 않으려고 했다.

내게 일리아는 일리아다. 어느 집안의 딸인지는 상관없다. 일리아가 좋아서 내 일에 끌어들였다. 그래서 일리아가 행복하다고 여긴다면 그걸로 좋다. 그게 우리의 최선이다.

"앞으로도 나랑 같이 자극적인 생활을 보내자, 일리아."

"공주님께서 바라시는 대로. 뭐, 그건 그거고, 단속할 때는 가차 없이 단속할 거지만요."

일리아의 대답이 재미있어서 나는 웃었다. 일리아가 있기에 지금의 내가 있었다. 정말 아무리 감사해도 부족하다며 행복을 곱씹었다.

"후후, 완벽한 공주님으로 꾸몄네. ……칭찬해 줄게, 일리아!"

"틀림없는 공주님이시면서 무슨 말씀을 하시는 겁니까."

쑥스러워서 장난치자 일리아가 찰싹 때렸다. 그렇게 일리아와 가벼운 대화를 나누며 준비를 마친 나는 완전한 공주님 스타일이 되어 마젠타 공작가로 가는 마차에 탔다. 일리아도 시녀로서 내 맞은편에 탔다. 평소 입는 기사복 원피스 드레스가 아니라서 앉아만 있는데도 불편했다.

마젠타 공작가는 오래된 집안이다. 그 역사는 길고, 팔레티아 왕가의 먼 친척이기도 했다. 역사가 길어서 같은 핏줄이라고 할 만큼 가깝지는 않지만. 대대로 충신으로서 이 나라의 왕을 섬긴 유서 깊은 필두 귀족이 마젠타 공작가다. 그란츠 공도 아바마마의 죽마고우로서 청춘을 함께 보냈다고 들었다.

그래서 어릴 적에는 마젠타 공작가에 놀러 간 적도 있었다. 하지만 그것도 나와 아르 군의 사이가 틀어지기 전에나 가능했던 이야기다.

서로의 입장이 정해진 뒤로는 마젠타 공작가와 소원해져 버렸다. 솔직히 말해서 마음이 무겁다. 드레스로 갈아입었지만 벗어 버리고 싶다. 그러나 지금 찾아가는 곳을 생각하면 그럴 수도 없었다. 목적지는 마젠타 공작가니까.

그러니 첫 방문이라고 생각하고 정신 바짝 차리자. 그렇게 생각하고 있으니 마젠타 공작가의 입구가 보이기 시작했다.

"가자, 일리아."

"네, 공주님."

일리아의 에스코트를 받으며 마차에서 내리니, 노년의 집사를 선두로 메이드들이 저택 입구에 쭉 늘어서서 인사했다. 아주 아름답고 깔끔한 인사였다. 일사불란한 그 모습에 박수를 보내고 싶을 정도였다.

"잘 오셨습니다, 아니스피아 왕녀 전하."

"고마워요. 역시 마젠타 공작가의 사람들이네요. 세련된 마중이에요."

"그렇게 말씀해 주시니 영광입니다. 가주님이 기다리고 계십니다. 안내해 드리겠습니다."

오늘은 공주님으로서 방문한 것이기에 공주님다운 말투와 태도를 의식했다. 벌써 얼굴에 쥐가 날 것 같지만, 왕가에서 마젠타 공작가에 사죄하는 의미도 겸한 방문이니 어떻게든 참아야 했다. 오늘 나는 공주님이다, 공주님이다.

서로 인사가 끝나자 공작가의 집사가 저택 문을 열어 줬다. 나는 집사를 따라 공작가의 저택 복도를 걸어갔다. 문을 지날 때도 생각했지만 훌륭한 저택이었다. 역사가 긴 마젠타 공작가의 저택다웠다.

안내받아 응접실에 들어가니 유피와 그란츠 공, 그리고 한 여성이 서 있었다. 온화한 분위기를 풍기는 그녀는 네르셸 마젠타 공작 부인, 즉 그란츠 공의 아내이자 유피의 엄마였다. 등까지 올 만큼 긴 은발을 묶어 어깨에 늘어뜨리고 있었다.

네르셸 부인은 나이를 먹으면서 생기는 아름다움이 느껴지는 사람이었다. 연두색 눈에서는 대찬 성미가 보였다. 역시 박력 넘치는 시선은 마젠타 공작가의 특징이었다.

유피는 굳이 따지자면 아버지를 닮았지만, 강한 눈빛은 두 사람에게 유전받았다는 생각이 들어서 나도 모르게 고개를 끄덕일 뻔했다. 그리고 보니 직접 이야기를 나눈 적은 없지만 유피에게 남동생이 있을 터. 동생은 네르셸 부인을 닮았던가?

네르셸 부인과는 굉장히 오랜만에 만나서 무심코 그 모습을 빤히 보고 말았다. 그리고 눈이 마주쳤다. 이런, 실례가 되지 않게 정중히 인사해야지.

"안녕하세요, 유필리아 양, 그란츠 공. 그리고 오랜만이에요, 네르셸 부인. 이렇게 만나게 되어서 정말 기뻐요."

"저희야말로 찾아와 주셔서 영광입니다, 아니스피아 왕녀님."

내가 고개를 숙여 인사하자 그란츠 공이 한 걸음 앞으로 나와 반례했다. 나는 얼굴을 들고 고개를 가로저었다.

"이번에 유필리아 양을 조수로 삼은 건 제가 강하게 바라서 이루어진 일이에요. 오히려 제가 감사드려야죠. 무엇보다 동생이 저지른 부덕의 소치를 사죄드립니다. 공식적인 자리에서 왕족으로서 사죄하진 않겠으나, 제 마음을 전하고 싶습니다."

나는 순순한 표정을 지으며 예의상 하는 인사가 아니라 사죄의 마음을 전하기 위해 깊이 머리를 숙였다. 그러자 그란츠 공과 네르셸 부인이 곧장 제지했다.

"고개를 들어 주십시오, 아니스피아 왕녀님."

"맞아요. 오히려 전하는 저희 귀여운 유피를 도와주셨어요. 그리고 이렇게 편의까지 봐주셨죠. 감사할지언정 사과받을 수는 없어요."

그란츠 공과 네르셸 부인이 잇달아 말하니 계속 고개를 숙이고 있을 수도 없었다. 바로 고개를 들고 자리에 앉았다. 뒤에는 일리아가 시립했고, 내 맞은편에 마젠타 공작 가족이 나란히 앉았다.

"네르셸 부인과는 오랜만이네요. 무탈해 보여서 다행이에요."

"네, 아니스피아 왕녀님도. 전하가 저희 집에 오신 건 아주 오랜만이네요.”

네르셸 부인은 작게 목울대를 울리며 입가에 손을 올리고 미소 지었다.

내게 보내는 시선에 자애가 담겨 있어서 몸을 약간 움츠리고 말았다. 무시당하는 일이 많은지라 솔직한 호의에는 익숙하지 않았다.

“어릴 적에는 그래도 종종 기회가 있었지만……. 아르가르드와의 약혼이 정해진 뒤로는 저도 마젠타 공작가와 거리를 뒀으니까요.”

“네. 설마 이와 같은 일이 일어날 줄은 몰랐지만, 아르가르드 왕자님과 유피 사이가 원만하지 않다는 이야기는 예전부터 들었어요. 오히려 이렇게 밝혀졌으니 어쩔 수 없다고 받아들이는 게 건설적이겠죠.”

네르셸 부인은 활짝 웃으며 잘라 말했지만 압력이 엄청났다!

그란츠 공작은 무표정으로 위압하는데 네르셸 부인은 웃는 얼굴이 공격적이었다. 이 두 사람 사이에서 태어난 유필리아 양이 눈초리 사납다는 이야기를 듣는 것도 이해가 갔다. 분명 핏줄이야. 이 집안, 피가 강해.

그렇게 생각하다가 네르셸 부인과 눈이 마주쳤다. 반사적으로 웃었지만 일순 입가가 경련하고 말았다.

“남편과 유피에게 이야기는 들었어요. 유피가 바란다면 저도 흔쾌히 보내고 싶습니다.”

네르셸 부인이 먼저 다른 화제를 꺼내 줬다. 나도 모르게 안도했다.

마음을 다잡고 자세를 바로 했다. 지금부터가 중요한 이야기이니 기합을 넣어야 했다.

"제 제안을 긍정해 주시니 영광이에요. 왕족이 한 번 결례를 범했지만 명예를 회복할 기회를 주셨으면 해요. 공작가의 귀한 따님인 유필리아 양은 제가 책임지고 소중히 지키겠어요. 왕가의 이름을 걸고."

똑바로 마젠타 공작 가족을 바라보며 말했다. 그러자 유피가 묘한 것을 보는 눈으로 나를 보았고, 네르셸 부인은 뭐가 그리 우스운지 살짝 어깨를 떨었다. 그걸 눈치챈 그란츠 공이 어깨를 으쓱이고 이렇게 말했다.

"오늘은 굉장히 예의를 차리시는군요, 아니스피아 왕녀님. 전하께서 왕가의 이름을 거시니 저도 모르게 코웃음 칠 뻔했습니다."

"잠깐만요, 그란츠 공?!"

그야 내가 생각하기에도 그럴 것 같긴 하지만, 그걸 말해 버리는 거야?! 필사적으로 공주님 가면을 쓰고 행동했더니! 뒤에서 일리아가 한숨을 쉬는 게 들렸다.

아니, 이건 내 잘못이 아닌걸. 응? 평소 행실? 모르는 아이인데요.

"그란츠 공, 저도 장소를 가릴 줄 알아요!"

"실례했습니다. 설마 이렇게까지 예의를 차리실 줄은 꿈에도 몰라서."

어깨를 으쓱이고 살짝 웃으며 말하는 그란츠 공에게서 약간 장난기가 느껴졌다. 으으, 성격 나빠, 그란츠 공…….

"아니스피아 왕녀님의 성의는 충분히 전해졌습니다. 유피를 잘 부탁드립니다."

"네! 확실하게 예뻐할게요!"

담담히 고개를 숙인 그란츠 공에게 나는 활짝 웃으며 씩씩하게 대답했다. 이야~ 유피가 와 준다면 그 연구랑 그 연구도 순조로워지겠지! 으헤헤헤헤……!

역시 마법을 쓸 줄 아는 사람이 마도구 제작을 도와주면 좋겠다고 생각했으니 말이야. 나는 마력은 있지만 마법을 못 쓴다. 이게 진짜 불편했다. 그렇기에 마도구가 탄생한 거지만. 우수한 유피가 조수로 와 준다니. 앞으로 내 연구 인생은 장밋빛일 거야!

그렇게 신나게 생각하다가 문득 떠올렸다. 그러고 보니 유피는 귀족 학원에 계속 다니는 걸까? 역시 그런 소동이 일어났으니 계속 다니지는 못할 것 같은데.

"그런데 그란츠 공. 앞으로 유피는 어떻게 되는 건가요? 귀족 학원은 계속 다니나요?"

"유피의 향후 처우와 입장에 관해서는 앞으로 협의하겠지만…… 아마 이대로 통학하는 건 무리일 겁니다."

"그렇겠죠. 저도 그렇게 생각해요."

"자세한 사항은 폐하와 이야기를 나누게 될 겁니다. 결정되는 대로 연락드리겠습니다."

"잘 부탁드려요. 제가 협력할 일이 있다면 말해 주시고요."

"알겠습니다. ……편하게 행동하셔도 됩니다, 아니스피아 왕녀님."

"……모처럼 열심히 공주님처럼 행동했는데 너무한 거 아니에요? 그란츠 공."

배려해 준 거겠지만, 마치 내가 공주님처럼 얌전히 있는 건 무리라고 생각하는 것 같잖아. 무리이긴 하지만! 편하게 행동해도 된다면 그렇게!

단숨에 자세를 풀고 편하게 앉자 유피가 쓴웃음을 지었고, 네르셸 부인은 키득키득 웃었다. 흥이다! 어차피 불량한 왕녀님이야!

"아니스피아 왕녀님, 아무쪼록 유피를 잘 부탁드려요."

"네! 오히려 제 쪽에서 부탁할 일이 많을 테니 쌤쌤이죠!"

"어머나. 그럼 유피의 짐을 챙겨야겠네요. 유피, 가자."

"네, 어머니. 일단 실례하겠습니다. 아니스 님."

내 별궁으로 거처를 옮기는 데 필요한 짐을 챙기러 가기 위해 유피와 네르셸 부인이 인사하고 응접실을 나갔다. 그 모습을 지켜보고 그란츠 공이 내게 말했다.

"아니스피아 왕녀님, 다시 한번 감사드립니다."

"그란츠 공, 그러지 않아도 돼요. 유피가 와 줘서 저는 좋기만 하니까요."

내가 그렇게 대답하자 그란츠 공이 조금 표정을 바꿨다. 여전히 날카로운 시선으로 내 안을 꿰뚫어 보려는 듯한 눈빛에 등골이 살짝 오싹해졌다.

"······전하는 저를 별로 좋게 여기지 않으실 줄 알았습니다."

"예? 왜요?"

예상치 못한 그란츠 공의 말에 나도 모르게 고개를 갸웃했다. 내가 그란츠 공을 안 좋게 여길 줄 알았다니, 왜 그렇게 생각했을까?

그란츠 공은 말하자면 아바마마의 오른팔이다. 정치적인 발언력이 크고, 무엇보다 아바마마의 친구이자 좋은 이해자로 대등한 관계가 될 수 있는 맹우이기도 했다. 그런 그란츠 공을 내가 왜 안 좋게 여긴다는 걸까?

그러자 그란츠 공이 쿡쿡 웃기 시작했다. 갑자기 그란츠 공이 웃어서 나는 눈을 동그랗게 뜨고 그란츠 공을 응시했다.

"아니스피아 왕녀님은 예나 지금이나 똑같으시군요."

"······? 흐음······ 그런가요?"

"네. 약혼하지 않겠다고 선언하고, 그걸 위해 공적을 쌓고. 옛날부터 폐하는 전하 때문에 골머리를 앓으셨습니다. 그 모습을 저도 보았습니다."

옛날을 떠올리듯 중얼거리는 그란츠 공은 평소에 보여 주지 않는 감정을 겉으로 드러내고 있었다. 하지만 나는 곤혹스럽기만 했다. 딸인 유피라면 몰라도, 나한테까지 이런 표정을 지을 이유가 없을 텐데.

"오히려 그란츠 공이 저를 안 좋게 여기지 않았어요?"

"글쎄요, 어떨까요."

그란츠 공은 씩 웃으며 말을 얼버무렸다. 결국 그란츠 공이 무슨 생각을 하는지는 알 수 없었다. 뭔가 석연치 않아서 인상을 쓰고 말았다.

"아니스피아 왕녀님은 이대로 있어 주시면 됩니다. 아무쪼록 유피를 부탁드립니다."

"네에……."

아무래도 석연치 않지만, 적어도 나쁘게 여기지는 않는 것 같으니까 됐나. 나는 그렇게 받아들이고 그 이상 추궁하지 않기로 했다.

"그럼 저는 집무가 있어서 이만 실례하겠습니다."

"아, 네. 바쁘신 와중에 시간을 내어 줘서 고마워요."

맞다. 그란츠 공도 한가할 리가 없다. 아르 군이 문제를 일으킨 참이니 오히려 여기 있는 시간도 아까울 터다. 그대로 인사하고서 빠르게 떠나는 그란츠 공을 배웅하고 나니일리아와 내가 남았다.

나도 모르게 어깨의 힘을 빼고 한숨을 쉬고 말았다. 그러자 일리아가 바로 나무랐다.

"공주님, 너무 풀어졌습니다. 최소한 별궁에 돌아간 다음에 쉬세요."

"그래그래. 일리아는 잔소리가 많다니까."

"황송합니다."

칭찬한 거 아니거든. 하지만 긴장이 조금 풀린 것 같았다. 그리고 나서는 마젠타 공작가의 집사에게 차를 받으며 느긋하게 기다리게 되었다.

일리아는 홍차와 유피에 관해 집사에게 몇 가지 질문을 하는 것 같았다. 별궁에 있는 시녀는 일리아뿐이다. 유피를 시중들 사람도 일리아가 될 테니 확인해 두고 싶은 것이 많겠지. 나야 내 일은 스스로 할 수 있지만, 나랑 달리 유피는 그러지 못할 테고.

할 일도 없어서 일리아와 집사의 대화를 멍하니 흘려들으며 기다리자 유피와 네르셀 부인이 돌아왔다.

"기다리시게 해서 죄송합니다, 아니스 님."

"짐은 다 챙겼어?"

"네. 원래부터 챙길 짐도 그리 많지는 않았으니까요……."

그렇게 말하며 유피는 눈썹을 살짝 내리고 미소 지었다. 낙심한 표정이었다.

신경이 쓰여서 네르셀 부인을 쳐다보니 부인도 눈썹을 살짝 모으고 난처한 듯 웃었다. 응? 뭐야? 왜 그러는데?

"무슨 일 있었어?"

"······동생과 조금 말다툼이 있었습니다."

"어? 무슨 일로?"

유피의 동생은 이 자리에 없었다. 어째서 유피와 말다툼을 벌였는지 알 수 없었다. 내가 곤혹스러워하자 유피가 곤란한 듯 쓴웃음을 지었다.

"아니스 님, 죄송합니다. 이건 저희 공작가의 문제라서······."

유피가 최근 자주 짓는, 무슨 표정을 지으면 좋을지 모르겠다는 듯한 표정을 지었다. 동생과 말다툼을 벌였다니, 짐을 챙기는 사이에 대체 무슨 일이 있었던 걸까? 궁금해서 네르셸 부인에게 시선을 보내자 부인은 헛기침을 한 번 하고서 나를 마주 보았다.

"아들은 자기 누나를 조금 과하게 좋아해서요. 한동안 왕성에서 지내는 걸 납득하지 못하여 살짝 다투게 되었습니다."

"아······ 그랬군요. 그럼 좀 다투겠네요······."

듣고 보니 그랬다. 아무리 나랑 아르 군의 입장이 달라도, 약혼 파기 소동을 일으킨 왕족 곁에 소중한 누나를 두자니 불안할 것이다.

하지만 유피를 이대로 공작가에 두는 것보다는 훨씬 나았다. 별궁은 왕성 내에 있어도 내 영역이라 타인과의 접촉도 별로 없고.

그란츠 공도 인정했기에 이렇게 실현된 것이다. 이해하라고 말하는 건 가혹할지도 모르지만. 으음, 어렵네.

"이 자리에 부르지 않은 것도, 사태가 사태다 보니 냉정하게 이야기하기에는 아직 미숙하다고 판단했기 때문이에요. 아니스피아 왕녀님을 불안하게 만든 것 같아서 죄송하네요."

"아뇨, 쓸데없이 가족 사이를 시끄럽게 만든 건 왕가의 책임이니까요."

동생의 마음도 모르는 바는 아니다. 애초에 원인은 우리 쪽에 있으니까.

그렇게 생각하고 있는데 네르셀 부인이 고개를 가로저었다. 그리고 표정을 다잡고서 나를 바라보며 말했다. 그 목소리에는 조금 나무라는 듯한 울림이 담겨 있었다.

"이것도 그 아이에게는 좋은 기회예요. 떨어져 지내면서 보이는 것도 늘어나겠죠. 한심한 일이지만, 유피를 맡아 주셔서 진심으로 감사드리고 있습니다."

"그러지 않으셔도 돼요! 고개 드세요, 네르셀 부인! 이건 제게도 이득이 되는 일이니까 신경 쓰지 마세요!"

네르셀 부인이 깊이 머리를 숙여서 나는 조금 허둥대며 고개를 들어 달라고 했다. 나는 나 하고 싶은 대로 하고 있는 것일 뿐이라서 이렇게까지 고마워해도 곤란하다.

"괜찮아요. 금방 남들 앞에 다시 설 수 있을 만한 놀라운 공적을 세우게 할 테니까요. 그러면 유피의 명예도 지킬 수 있어요. 동생도 안심하겠죠."

"어머, 아니스피아 왕녀님께서 그렇게까지 말씀해 주시다니, 정말로 딸은 운이 좋네요."

"어머니……."

네르셀 부인이 키득키득 웃자 유피도 기분이 전환되었는지 분위기가 부드러워졌다. 네르셀 부인은 두 손으로 유피의 양손을 꼭 붙잡았다.

"유피. 떨어져 있어도 네가 행복하기를 빌 거야. 이번 일은 지금까지 너를 차기 왕비로서만 키운 우리에게도 책임이 있어. 집안은 신경 쓰지 말고 자신을 다시 돌아보렴."

그 상냥한 목소리에서 확실한 애정이 느껴졌다. 나와 일리아는 네르셀 부인의 말에 유피가 작게 고개를 끄덕이는 것을 지켜보았다.

그리고 우리는 다시 별궁으로 돌아가기 위해 마차에 올라탔고 마젠타 공작가를 뒤로했다. 유필리아는 자신이 자란 저택이 보이지 않게 될 때까지 계속 시선을 보내고 있었다.

3장 전생 왕녀님의 마학 강좌

"후후, 유피 일도 정리됐고, 잠깐 숨 좀 돌리자!"

유피를 정식으로 별궁에서 맡게 되고 며칠이 지나 마침내 상황이 일단락되었다. 반대로 왕성은 약혼 파기 때문에 어수선한 것 같았다. 동태를 살핀 일리아가 가르쳐 줬다.

일단 아르 군을 비롯하여 약혼 파기를 주도한 이들이 근신 처분을 받고 사정 청취가 시작된 듯했다. 그 탓에 여기저기 시끄럽다는 모양이다.

어떻게 되려나 싶긴 하지만 별궁에 틀어박혀 있는 우리에게는 별로 영향이 없었다. 그런고로 나는 내 공방에서 숨도 돌릴 겸 작업에 착수하기로 했다.

별궁에 있는 내 공방에는 마도구 시작품과 설계도 등이 어질러져 있었다. 이곳은 일리아도 내 허락 없이 들어올 수 없어서 쉽게 어질러졌다.

일부러 어지르는 건 아닌데, 정신 차리고 보면 일리아가 인상을 쓸 만한 상태가 되어 버렸다. 고의는 아니다. 고쳐지지 않는 버릇일 뿐이다.

"유피가 와 줬으니까 새로운 실험이라도 시작할까. 근데 일단 뭘 만들지……."

으음~ 하고 소리를 내면서 메모장을 꺼냈다. 문득 떠오른 전생의 기억이나 아이디어를 적어 두는 메모장이었다.

나는 이 세계에서 이물질이다. 전생의 기억을 되찾은 뒤로 사고방식 등의 의식이 전생에 가까워졌다.

갑자기 전생의 기억을 떠올린 것처럼, 반대로 언제 사라져도 이상하지 않았다. 그럴 때에 대비해 이렇게 세세히 메모하게 되었다.

내가 살았던 증거를 남기겠다는 그런 거창한 이유는 아니지만. 남길 수 있는 것은 남겨 두고 싶다. 다행스럽게도 현재로서는 이 세계에서 사라질 것 같지 않지만.

"으음~ 지금 시기에 요란한 실험은 벌이고 싶지 않아. 소재를 많이 쓰는 격렬한 실험은 뒤로 미루기로 하고…… 그래, 유피의 의견도 듣고 싶고, 우선 서로의 인식 공유부터 시작해서……"

"공주님, 들어가도 될까요?"

혼자서 생각하다 보면 아무래도 혼잣말이 많아진다. 이것저것 머리를 굴리고 있으니 누군가가 공방 문을 노크했다. 밖에서 들린 건 일리아의 목소리였다. 사고의 바다에 잠겨 있다가 일리아의 목소리에 퍼뜩 정신을 차린 나는 바로 얼굴을 들고서 문에 대고 말했다.

"들어와~."

"실례합니다."

내가 허락하자 일리아가 양해를 구하고 공방에 들어왔다. 일리아의 뒤에 유피도 같이 있었다. 나도 모르게 눈을 동그 랗게 떴다가 바로 정신 차리고 인사했다.

"내 공방에 잘 왔어, 유피. 환영해."

"실례합니다. ……이곳이 아니스 님의 공방인가요?"

"맞아. 시작품이 잔뜩 굴러다니고 있으니까 섣불리 만지지 않도록 조심해."

내가 주의를 주자 유피는 흠칫거리며 방에 들어왔다.

정말로 위험한 물건은 격리해 둬서 문제없을 테지만, 가끔 밤샘 중에 번뜩 생각이 떠올라서, 혹은 장난삼아 만든 게 웃어넘길 수 없는 물건이 되기도 한다.

평소에는 일리아와 마주 앉았던 책상에 유피의 자리가 추가되었다. 유피가 자리에 앉자 일리아가 차를 준비하기 시작했다. 유피가 있다는 것 외에는 평소와 다름없는 공방 풍경이었다.

"무슨 일로 온 거야?"

"조수가 되었으니 뭔가 도와드리고 싶어서……."

"아, 이제 몸은 좀 괜찮아? 진정됐어? 바뀐 환경에 적응하느라 힘들지?"

"아뇨, 이제 괜찮아요. 아무것도 안 하는 것보다는 뭐라도 좀 하고 싶어서요."

유피는 최근 아예 정착해 버린 곤란해 보이는 표정을 지었다. 하긴, 아무것도 안 해도 된다고 봐야 싱숭생숭할 것 같다. 본인이 괜찮다면 적극적으로 끌어들이기로 할까!

"그럼 우선 유피와 이것저것 인식을 맞춰 두고 싶어."

"인식을 맞춘다고요?"

"응. 내가 마법을 못 쓴다는 건 알지?"

유피는 망설이는 표정을 지었지만 천천히 고개를 끄덕였다.

팔레티아 왕국의 귀족은 대부분 마법을 쓸 수 있다. 그중에서 누가 더 재능이 있는지, 마력 보유량은 어떤지, 마법 적성의 수 등이 스테이터스가 되었다.

그 점에서 나는 완전히 무능했다. 마력은 있지만 마법을 쓰지 못하는 체질. 이건 선천적인 성질이라 후천적으로 변화되지 않는다. 이 결론은 내 연구의 성과이기도 했다.

"뭐, 내가 마법을 못 쓰는 원인은 대충 추측이 되지만……."

"……네? 잠깐만요, 아니스 님."

"응? 왜?"

"마법을 왜 못 쓰는지 원인을 아신다고요? 그런 얘기는 금시초문인데……."

"발표할 기회가 없었으니까. 모르는 게 당연해."

유피가 의심스럽다는 얼굴로 나를 보았다. 딱히 누구한테 말할 일도 아니라서 떠들고 다니지 않은 건데. 괜히 시끄러워질 테니까.

그래서 이 연구 성과에 관해서는 아바마마를 비롯하여 극히 일부만이 알았다. 정령과 마법을 연구하는 기관의 중역에게는 이야기한 적이 있는 정도였다.

"보다시피 나랑 유피의 상식은 꽤 어긋나 있어. 그러니까 인식을 맞추자는 거야. 서로 인식이 차이 나면 앞으로 같이 연구하기 어렵잖아?"

"……그러네요. 이해했어요."

순순한 얼굴로 유피가 고개를 끄덕였다. 말 잘 들어서 좋네. 나는 신이 나서 벌떡 일어났다. 그리고 이동식 칠판을 끌고 왔다.

입시 학원의 강사라도 된 기분이었다. 부랴부랴 설명을 준비하는 나를 내버려 두고 일리아가 유피에게 차를 건넸다. 역시 일리아, 굿잡이야!

"그럼 먼저 전제부터 살펴볼까. 마법은 정령의 힘을 빌려서 행사해. 그렇지? 유피 학생."

"……학생?"

"강사 기분을 내는 거야!"

"하아……?"

갑자기 강사처럼 구는 내게 곤혹스러워하면서도 유피가 마음을 다잡고 질문에 대답했다.

"으음. 세계 곳곳에 존재하는 정령에게 마력을 대가로 주고 일으키게 하는 것이 마법입니다. 그리고 사람에게는 저마다 정령과 적합한 마력 성질이 있고, 그게 곧 마법 적성이 된다고 배웠습니다."

"응. 거기까지는 일반적인 이야기야."

역시 천재 공작 영애. 모범적이고 이상적인 대답이다. 분명 많이 공부했겠지. 그렇게 생각하니 조금 안타깝다. 역시 유피는 순수하고 착한 아이다.

각설하고 이야기를 되돌리자. 마법을 쓰는 순서는 유피가 설명한 대로다. 이 세계 사람들은 마법을 정령이 행사하는 것이라고 여긴다.

그리고 정령의 종류는 매우 다양하다. 먼저 세계가 만들어졌을 때부터 존재했다고 여겨지는 원초의 정령인 빛과 어둠의 정령. 그리고 창조신이 세계를 만들면서 태어났다고 여겨지는 4대 정령인 불, 물, 땅, 바람의 정령. 4대 정령에서 파생됐다고 여겨지는 아종 정령 등 정령의 종류는 아주 많다. 이 수많은 정령이 팔레티아 왕국의 귀족을 귀족으로 만들었다.

"유피가 말한 마법 적성이라는 건 그 정령과 얼마나 상성이 좋은지, 즉, 그 속성의 마법에 소질이 있는지를 따지는 기준이지?"

"네. 학원에서도 그렇게 배웠어요."

"아주 좋아! 하지만 본론은 지금부터야. 내 인식은 한 걸음 더 안쪽까지 들어가 있어."

"한 걸음 더 안쪽까지 들어갔다고요?"

내 말에 유피가 고개를 갸웃하며 의문을 입에 담았다. 유피의 인식은 이 세계의 상식이다. 하지만 나는 상식을 깨부수는 마학 연구자다. 나는 고개를 한 번 끄덕이고서 손가락을 세웠다.

"유피. 애초에 정령에게 적합한 마력이 어떻게 정해지는지 알아?"

"……그건, 모르겠어요. 체질이나 유전이지 않을까요?"

"후후, 미안, 미안. 조금 짓궂은 질문을 했네."

유피의 말대로 적성은 본인 고유의 문제다. 부모로부터 마법 적성이 유전되는 경우도 있지만 확실하게 유전되는 것은 아니다. 그래서 정령과의 적성이 어떻게 정해지는지 아무도 명확한 답을 가지고 있지 않았다.

"왜 나는 마법을 쓸 수 없는가? 이 질문을 해결하려면 원인을 조사해야 해. 그래서 마법 적성은 어떻게 정해지는지부터 연구를 시작했어."

"……저기, 실례인 건 알지만 여쭐게요. 아니스 님은 정말로 마법을 못 쓰시나요……?"

껄끄럽지만 결심한 듯 유피가 물어봤다.

이야기의 맥을 끊는 화제였지만 대답하지 않을 수도 없었다. 유피가 어렵게 물어본 것도, 내가 마법을 못 쓰는 것은 신중히 꺼내야 하는 이야기이기 때문이리라.

"못 써. 나는 정령의 기운이 전혀 안 느껴져."

"……그런가요."

"적성이 있는 정령은 기운이나 존재를 감지할 수 있다고 들었지만 나는 전혀 모르겠어. 이것만큼은 선천적인 것이라서 어쩔 도리가 없어."

나는 모르지만, 마법을 쓸 수 있는 사람은 정령의 존재를 감지할 수 있다고 한다. 그리고 정령을 감지할 수 있으면, 소질 차이는 있어도 마법을 발동시킬 수 있다.

정령의 존재 자체를 감지하지 못하는 나는 마법을 쓸 수 없는 것이다. 정령에게 보내는 기도가 부족해서 힘을 빌려주지 않는 것이라는 식의 이야기를 질리게 들었다. 하지만 그게 이 세계의 상식이다. 실제로 이 세계의 마법은 기도가 아주 중요한 요소였다.

"마법을 쓰려면 정령에게 기도하는 게 중요해. 어떤 마법을 쓰고 싶은지 명확한 이미지를 정령에게 전해야 해. 그렇지?"

"네. 마법을 깊이 인식하기 위해 처음에는 영창하는 게 추천돼요. 숙련자에게는 영창이 필요 없어지지만, 대규모 의식 등을 벌일 때는 영창하는 일이 많아요."

응응, 유피의 대답에 만족스럽게 고개를 주억거렸다. 마법 발동에 필요한 조건은 첫째로 정령의 기운을 감지하는 것. 둘째로 정령에게 올바른 이미지를 전하는 것. 셋째로 마법이 발동할 마력량. 대충 이런 느낌이다.

그리고 나는 맨 처음 단계부터 실패라 마법을 못 쓴다.

즉, 정령이라는 존재를 감지하지 못하는 게 문제였다.

"어째서 나는 정령의 기운을 느끼지 못하는가. 그걸 해명하기 위해 나는「정령이란 무엇일까?」라는 의문을 가졌어."

"……정령은 정령 아닌가요?"

유피가 눈썹을 찡그리며 의문을 입에 담았다. 확실히 정령은 정령이지만, 내가 하고 싶은 말은 그게 아니라며 쓴웃음을 짓고 말았다.

"정령은 세계가 만들어질 때부터 있었다고 하는데, 정령은 생물일까? 아니면 자연 현상이 구현화된 걸까? 과연 뭘까? 유피는 정령이 존재하는 이치나 근거를 조리 있게 설명할 수 있어?"

"그건……."

"정령은 옛날부터 있고, 그게 당연해서 다들 의문스러워하지 않는 걸지도 모르지만, 내게 정령은 미지의 존재야. 그래서 정령에 관해 조사했어."

정령을 조사하고 다음과 같은 사실을 알아냈다. 속성 차이는 있어도 개개의 정령은 공통적으로 공기 중에 떠다닌다. 그리고 정령은 실체가 없다. 즉, 자연에서 생겨나는 자연령이다. 공기 중에 떠다니는 정령에게는 의지가 없고, 기껏해야 생물로 따지자면 본능 같은 것이 있는 정도다. 정령이 자발적으로 행동하는 일은 기본적으로 없다고 해도 좋다.

"여기서부터가 중요한데, 정령은 마력을 양식으로 삼아."

"마력이요? 정령은 마력을 먹는 건가요?"

"그래. 이게 정령의 재미있는 구석이야. 그들은 기본적으로 우리와 같은 의지가 없는 본능적인 존재야. 우리가 살기 위해 호흡하고, 음식을 먹어 양분을 얻듯, 정령은 마력을 양식 삼아 존재하는 것 같아."

유피가 멍하니 입을 벌리고서 내 이야기를 들었다. 그런 유피의 표정이 재미있어서 나도 모르게 키득키득 웃고 말았다.

정령이 왜 마력을 원하는지. 어째서 마력을 대가로 바치면 마법이 발동되는지. 내가 주목한 점은 마법이 발동되는 과정이 어떤 구조로 이루어져 있는지였다.

"정령이 마력을 원한다는 건 알았어. 그럼 유피 학생! 마력은 뭘까?"

"……마력은 마력, 이라는 대답은 틀렸겠죠?"

"그렇지."

"반대로 여쭤봐도 될까요? 아니스 님은 마력이 뭐라고 생각하시나요?"

"좋은 질문이야. 임기응변으로 대처할 줄 알다니 좋네. 그럼 마력은 뭘까? 이를테면 마력은 영혼에서 흘러나온 실체가 없는 혈액 같은 거야."

"……실체가 없는 혈액이요?"

"어디까지나 상상하기 쉽게 예를 든 거지만."

정령은 어째서 마력을 원하는가? 정령에게 마력이 양식이기 때문이라는 것이 내가 다다른 결론이었다.

다음으로 떠오른 것은 마력이란 무엇인가 하는 의문이었다. 나는 이것을 실체가 없는 혈액 같은 것이라고 정의했다.

"어떻게 그런 발상을 떠올리셨나요……?"

희한한 것을 보듯 유피가 놀란 시선을 보냈다. 아니, 응. 힌트라고 할까, 나라서 생각할 수 있는 편법 같은 것이었다.

나는 전생자다. 이 신체는 이 세계에서 태어났지만 알맹이는 다르다. 그래서 내가 마법을 못 쓰는 원인을 찾다가 이런 생각이 들었다.

혹시 전생한 것 자체가, 내 존재 자체가 원인이지 않을까.

거기서부터 가설을 세우기 시작했다. 되돌아보니 참 그리운 추억이다.

"사람에 따라 적성은 달라. 피로 유전될 때도 있고 유전되지 않을 때도 있어. 사람마다 마력에 개성이 있다면 그건 어디서 온 걸까?"

정령과의 적성에는 이렇다 할 규칙이 없다. 피로 유전되기도 하지만 그게 전부는 아니다. 그렇다면 좀 더 근본적인 이유가 있을 터. 만약 내가 이물질이라는 데서 기인한 문제라면 도달하는 답은 하나뿐이다.

"정령과의 적성을 결정하는 것. 나는 그게 영혼에서 기인한다고 정의했어."

유피가 진지한 표정으로 내 지론을 들었다. 나는 칠판에 간단한 그림과 설명을 적어 나갔다. 더더욱 수업 같아져서 내 기분도 좋아졌다.

"마력은 눈에 안 보이는 영적인 힘이고 영혼에서 떨어진 거야. 그리고 정령은 세계에 존재하는 실체가 없는 영적인 존재지. 정령이 마력을 양식으로 삼는다고 가정하면, 마법 발동에 이미지와 기도가 중요한 이유도 가설을 세울 수 있어."

"마법 발동에 관한 가설인가요."

"그래. 마법은 어째서 마법으로 발동하는가. 나는 정령이 마법으로 바뀌는 게 아닐까 하고 생각했어."

"정령이 마법으로 바뀐다고요?"

"그래. 즉, 마법이라는 건 실체가 없는 정령에게 모습을 줘서 마법이라는 형태로 현현시키는 것이라고 정의한 거야."

칠판에 표제를 붙이듯 적고 나서 유피를 돌아보며 웃었다. 유피는 아연한 얼굴로 나를 응시하고 있었다. 마치 미지와 조우한 듯한 얼굴이었다.

실제로 유피에게는 미지의 영역이겠지만. 이 이론은 극히 일부 사람에게만 이렇게 자세히 이야기해 줬는데 그때도 다들 비슷한 표정을 지었다.

"정령을 변화시킨 것이 마법……? 정령에게 기도한 것을 정령이 구현화시켜서 마법이 발동하는 게 아니라요……?"

"일반적으로 그렇게 생각하는 게 보통이야. 하지만 내 생각은 이래. 정령에게 의지 같은 건 없고 그저 세계에 떠다니는 존재야. 그런 정령에게 마력이라는 양분을 줘서 마법이라는 모습으로 변화시킴으로써 실체를 얻는 거야."

"하지만 그렇다면 마법이 된 정령은 어떻게 되나요?"

"원래대로 돌아가지 않을까? 애초에 정령은 마법을 쓰면 사라져?"

정령의 본체는 실체가 없다. 그러니 마법이라는 형태를 잃어도 딱히 문제가 없다. 원래 실체가 없는 존재니까.

"듣고 보니 확실히 그렇긴 한데…… 하지만……."

유피가 중얼거리며 생각에 몰두해 버렸다. 뭐, 잠깐 쉬기 딱 적당한 시점인가. 나도 일리아가 끓여 준 홍차로 목을 축였다.

덧붙여 마력량이 정해지는 것에 대한 가설도 이미 세웠다. 마력은 영혼의 혈액과 같은 것. 그리고 동시에 영혼을 형성하는 데 필요하다.

내 정의에 의하면 마력은 영혼이란 그릇에서 흘러나온 것이다. 영혼에는 마력의 근원이 되는 것이 존재한다. 영혼을 그릇이라고 생각하면 마력의 근원은 영혼을 구성하기 위해 늘 가득 차 있다.

영혼에 필요한 양은 새지 않지만, 영혼에 담을 수 있는 양을 넘어서면 체외로 배출된다. 이 잉여분이 그대로 마력이 되는 것이다. 그 마력을 어떤 정령이 좋아하느냐에 따라 마법 적성이 달라지고, 흘러나오는 마력이 얼마나 많은지에 따라 마력량이 결정된다.

"이것도 가설이지만, 정령은 의식이 없어서 본능적으로 마력에 이끌려. 그래서 마력을 주는 존재의 의식에 자신을 맡기는 거야. 마법은 정령의 존재를 개변시키는 것이지, 정령에게 의식이 있어서 술자에게 부응해 주는 게 아니라는 것이 내 이론이야."

그렇게 잘라 말하자 역시나 유피가 떨떠름한 표정을 지었다. 예상했던 반응이라 나는 쓴웃음을 짓고 말았다. 이렇게 반응할 줄 알았다.

팔레티아 왕국은 오랫동안 정령을 친구로 여겼다. 그렇기에 정령을 숭배하는 정령 신앙이 생겼다. 정령은 자신들의 이웃이자 존경해야 할 대상이라고 여기는 신앙이었다.

그런 사람이 보기에 내 생각은 철저한 이단이다. 그렇기에 평소에는 이 생각을 입 밖으로 꺼내지 않았다. 이 나라에는 정령 신앙을 믿는 사람이 잠재적으로 많으니까. 그런 사정이 있지만, 유피는 협력자가 될 것이니 이야기해 둬야 한다고 생각했다.

"……저는, 지금껏 마력도 정령도 있는 게 당연하다고 여겼고, 왜 있는지 생각한 적은 없었어요."

"나도 필요해서 조사했을 뿐이고, 그러다 이 이론에 이른 거야. 그리고 구조를 알게 되면서 내가 왜 마법을 못 쓰는지 가설을 세울 수 있었어."

간단히 말하자면 정령이 내 마력의 질을 좋아하지 않는다는 게 결론이었다.

내게 마력이 있는 것은 틀림없다. 하지만 나는 마법을 쓰지 못한다. 여기서 내 가설이 나오는데, 정령은 마력을 양식 삼아 자신의 존재를 유지하려고 한다.

정령은 자신과 상성이 좋은 마력을 무의식적으로 추구한다. 그리고 사람들은 그걸 마법 적성으로 인식한다. 물 정령이 좋아하는 마력을 가지고 있다면 물 마법 적성을 얻는 식으로. 즉, 정령이 마력을 좋아하느냐 안 좋아하느냐에 따라 적성이 달라지는 것이다.

"여담인데, 귀족과 왕족의 시초는 정령과의 계약이었을 거라고 생각해."

"정령 계약을 말씀하시는 건가요?"

정령 계약. 이 팔레티아 왕국에서 큰 의미를 가진 말이다.

내 가설이 옳다면 정령에게 의지는 없다. 하지만 예외적인 존재가 있다. 그게 바로 정령이 한데 모여 생겨나는 집합체이자 상위 존재인 대정령이다. 때로는 신이라고도 불리는 존재였다.

대정령과 계약하여 힘을 빌린 자가 정령 계약자다. 그들은 수많은 전설에 등장한다. 그리고 팔레티아 왕국에서는 정령 계약자가 바로 왕족과 귀족의 시조라고 여겼다. 위대한 초대 국왕이 그러했듯.

각지에 남은 전승과 전설을 보면 확실히 대정령은 의지를 가지고서 인간에게 말을 거는 듯한 기술이 있다. 이건 내가 조사한 정령의 성질과 일치하지 않는다.

그렇기에 나는 이렇게 생각했다. 대정령이라는 존재는 단순히 정령의 상위 존재라기보다, 의지를 가질 만큼 존재가 확고해진 정령이지 않을까?

확증을 얻기 위해 이야기를 들어 보고 싶지만, 정령 계약자는 대체로 세상일에 초연한 가치관을 가지고 있어서 은거하는 일이 많다고 했다. 만나고 싶다고 아바마마에게 부탁한 적이 있는데 기각당했다. 그들은 나라의 보호를 받지만, 유사시 외에는 간섭받지 않기를 바란다고 했다.

"대정령과 계약한 계약자는 통상적인 마법과는 비교가 안되는 힘을 손에 넣는다고 해. 그렇기에 모든 나라가 정령과 계약한 자를 받아들였지."

"그게 귀족이란 신분으로 이어졌고 팔레티아 왕국이 시작됐다고 하죠. 귀족이 마법을 쓸 수 있는 건 선조님들이 정령과 계약했던 은혜의 흔적이라고요."

아주 먼 옛날 일이라서 오래된 기록이라도 파헤치지 않는 한 진실 따위 알 수 없지만. 역사를 쫓는 것도 하나의 낭만이나 내가 쫓아야 할 낭만은 따로 있었다.

그렇게 나라가 성립된 탓에 마법을 쓸 줄 아는 것이 몹시 중요시되는데, 나는 마법을 못 쓰니 조금 숨이 막혔다.

"정령과 계약한 핏줄이라서 정령이 좋아하는 마력 성질이 된 건지는 모르겠지만. 그건 제쳐 놓기로 할까. 이야기를 되돌릴게."

"어느새 탈선하고 말았네요. 네, 괜찮아요."

"탈선시킨 사람은 나니까. 아무튼 나는 정령과 안 맞는 마력을 가지고 있어서 마법을 쓰고 싶어도 마법이 되어 줄 정령을 불러들일 수가 없는 거야."

"그래서 아니스 님은 마도구를 개발하시는 건가요?"

본론으로 돌아오자 유피도 다시 표정을 다잡고 진지하게 이야기를 들어 줬다. 다시 한번 일리아가 끓여 준 홍차를 마시고서 나는 말을 이었다.

"마력은 있는걸. 효과적으로 활용해야지. 그리고 마법은 쓰고 싶었고, 그 형태가 정령이 일으키는 마법이 아니어도 좋았어."

참고로 평민이 마법을 쓰지 못하는 것은 정령 계약의 흔적이 없기 때문이었다. 드물게 평민 중에서도 마법을 쓸 줄 아는 사람이 태어나지만 귀족의 서자일 가능성이 컸다.

팔레티아 왕국도 역사가 길다. 때로는 귀족이란 신분을 버려야 하기도 하고, 평민과 살기 위해 달아난 귀족도 있었다. 역사가 길면 그런 예외도 생기는 법이다.

그게 살짝 문제가 될 때도 있지만 그건 또 다른 이야기니까 넘어가자.

"재능이 없는 나는 노력으로 뒤집어야 했어. 그리고 이것저것 발견해서 지금에 이른 거야."

"그게 마도구의 개발로 이어진 거군요."

"맞아. 먼저 나는 정령을 거치지 않고 마력을 쓸 방법이 없을지 찾아봤어."

잉여 마력은 체내에서 방출되어 무산된다. 정령을 끌어들이지 않는 마력이라면 그건 쓸모없이 소비되는 자원이라고 할 수 있다. 나는 이걸 뭔가에 이용할 수 없을지 연구하기로 했다.

"우선 내가 가장 먼저 눈여겨본 게 정령석이야. 당연히 뭔지 알지?"

"네. 정령석은 정령이 모이는 곳에서 채집하거나 대정령이 선물로 준다는 정령의 힘이 담긴 결정이에요."

"응. 그래서 정령석의 정체가 뭔지 조사하기로 했어."

"……? 정체요?"

"그냥 평범한 돌이 아니잖아? 어떻게 생겨나는지 원리를 조사해야 해명도 할 수 있지."

"……그렇군요. 아니스 님은 늘 그런 자세로 사물을 보고 계신 거네요."

유피가 감탄하며 고개를 끄덕였다. 딱히 내가 그렇게 특별한 일을 하는 것 같지는 않은데. 뭐, 좋아. 이야기를 되돌리자.

정령의 힘을 간직한 결정석, 그게 정령석이다. 이 정령석이 있으면 평민도 한정적이나마 정령의 힘을 빌릴 수 있다. 단, 정령석은 마법과 비교하면 용도가 상당히 제한된다.

예를 들어 불 정령석은 난로 대용 정도로만 쓸 수 있다. 물 정령석은 물을 만들 수 있지만 그게 다다. 바람 정령석은 바람을 만들어 내지만 사람을 날려 버릴 정도의 힘은 없다. 땅 정령석은 토지를 기름지게 만들 수 있지만 대지를 뒤흔들 수는 없다. 즉, 열화된 마법 수준의 일밖에 못 한다.

"그럼 정령석은 어떻게 생기는가. 이게 본론이야. 간단히 말하자면 정령석은 정령의 시체 같은 거라고 나는 생각해."

"……네?"

유피의 얼굴이 오늘만 몇 번째인지 모를 얼떨떨한 얼굴로 바뀌었다.

딱히 유피의 반응을 즐기려고 말을 고르는 건 아닌데, 어디까지나 내가 알기 쉽게 말하자면 정령석은 정령의 화석 같은 것이라고 표현할 수 있었다.

"정령석은 정령이 응고된 것, 물질화되어 버린 정령의 말로. 그러니 시체라고 말하는 게 가장 적당하지 않을까 싶어."

"……그렇게 말씀하시니까 고마운 정령석의 인상이 나빠지네요."

유피가 미묘한 표정을 지은 채 말했다. 유피의 마음을 이해 못 하는 바는 아니지만 괜찮은 표현이 안 떠오르는걸. 화석이라고 해도 정령은 원래 실체가 없고. 그래서 정령 덩

어리라고 해도 와닿지 않는다.

나도 인상이 나쁘다고 생각하긴 해. 엘리트 마법사가 뽑히는 마법부라는 연구 기관이 있는데, 실제로 그곳 사람들에게 빈축을 샀고. 이야기를 들어 준 사람도 있었지만.

"하지만 뚜껑을 열어 보면 의외로 현실이 그래. 정령은 생물과 달라서 죽음이라는 개념이 희박할 테고, 원통함과는 기본적으로 무관할 거야. 명확하게 의지를 지닌 대정령이라면 그렇지도 않겠지만."

"그런 걸까요……."

유피는 석연치 않다는 얼굴이었다. 뭐, 이 나라에서는 유피의 반응이 일반적이다. 중요한 건 어떤 요인으로 인해 정령이 고체화된 덩어리가 정령석이라는 점이다.

정령석은 자연이 풍부하며 생명이 넘치는 토지에서 쉽게 발견된다. 팔레티아 왕국은 자연과 인구의 균형이 딱 좋아서 정령석이 발생하기 쉬운 환경이라고 생각한다. 정령이 생기기 쉬운 자연이 있고, 정령의 양식이 되는 마력을 만들어 내는 인간이 곁에 있는 이상적인 환경이었다.

자연이 풍부한 오지에 가면 순도 높은 정령석이 있고, 오지에 가지 않아도 일상생활에 도움이 될 만한 정령석은 마을 근처에서도 채굴할 수 있었다. 그렇기에 정령석은 팔레티아 왕국에서 빼놓을 수 없었다. 일상생활에 도움을 주고 주력 수출 상품이기도 하니까. 그래서 정령석을 고맙게 여기는 사람도 많았다.

"옛날 생각이 나는군요. 하늘을 날겠다며 바람 정령석을 잔뜩 사용해서 공주님이 성벽에 처박혔었죠."

홍차를 다시 끓인 일리아가 그렇게 불쑥 중얼거렸다. 일리아의 중얼거림을 듣고 나는 얼굴을 확 찡그리고 말았다. 일리아, 쓸데없는 소리를……! 유피가 어이없어하잖아!

"처박히다니……."

"온몸이 산산조각 나는 줄 알았어."

"지금이야 웃으며 이야기할 수 있지만 당시에는 작은 소동이 벌어졌으니까요……."

하지만 그 실패가 있었기에 내게 마력이 전무하지 않다는 것을 알았고 정령석에 의문을 가지게 되었으니 결과적으로 잘된 일이다. 정령석의 성질은 잘 알았고, 내가 이상적으로 여기는 마법 같은 현상을 만들려면 여러 개가 필요한 데다가 마법처럼 자유롭게 쓸 수도 없었다.

"그 뒤로 내 시행착오와 연구가 시작됐어. 10년 가까이 걸려서 마침내 지금이 있는 거야."

"그래서 기상천외 왕녀라고 불리게 된 건가요……."

"응, 그렇지. 꼭 마법을 쓰고 싶었거든. 지금도 아직 만족스럽지 않아. 체내에서 무산되는 마력은 마도구로 활용하게 됐어. 이제 그 종류를 늘리기 위해 더 개발하면 돼."

"그렇군요. ……그런데 왜 저를 조수로 삼고자 하신 건가요?"

유피가 의문스러워하며 고개를 갸웃했다. 유피와 내 자질은 정반대라고 할 수 있었다. 나는 정령에게 외면받고 유피는 정령에게 사랑받는다. 모든 속성에 적성이 있다니 진짜 어떻게 된 거야.

"여러 마법을 실제로 볼 수 있으니까. 그리고 모든 속성에 적성이 있는 치트 캐릭터인데 신체 능력에 문제도 없는 수수께끼의 생물이니까."

"치트……? ……저기, 제가 그렇게 이상한가요?"

"응. 유피는 이상한 존재야."

실제로 마력량이 너무 많으면 여러 가지 폐해를 일으킨다는 연구 결과가 있다. 이 세계에만 있는 특유의 질병.

그게 바로 마력과 관련된 병이다. 예를 들어, 불필요한 마력이 체내에서 안 빠져서 육체와 정신에 부하를 주는 증상이 있다.

마력의 균형이 무너지면 몸 상태가 변한다. 마력이 육체와 정신에 영향을 주는 증상은 폭넓게 존재한다. 이 이야기를 하자 유피의 얼굴이 새파래졌다. 유피는 적성의 수가 터무니없이 많고 마력량도 꽤 많으니까.

왜 그러한 증상이 나타나냐면, 마력은 영혼에서 흘러나오는 것이라서 육체와 영혼의 균형이 불안정하면 바로 어느 한쪽을, 혹은 양쪽을 해친다.

병은 마음에서 생긴다는 전생의 이야기와 상통했다. 이

세계 사람은 그러한 몸과 정신의 이상이 현저하게 나타나기 쉬웠다. 정령이 있는 이 세계 특유의 현상이었다.

그렇기에 마력이 체외로 배출되지 않아서 정신이 병들거나 반대로 몸 상태가 나빠지는 사례가 귀족에게서 많이 보이는 것 같았다. 원래는 체외로 방출되는 마력이 체내에 고이면 뿌리가 썩는 것 같은 증상을 일으킨다. 그러면 포화된 마력을 버티지 못하고 영혼이 점점 비틀린다. 영혼이 비틀리면 정신이 불안정해져서 신체에 괜한 부하를 주게 된다.

이건 중대한 발견이었다. 다만 이 사실은 그다지 공공연하게 알려지지 않았다고 할까, 알리지 않았다. 내가 발견했으나 그걸 곧이곧대로 믿을 수는 없었고, 무엇보다 나는 의사가 아니었다. 불필요하게 이야기가 퍼지는 것도 무서웠고, 이 안건은 아바마마에게 맡겼다.

실제로 아바마마의 지시로 연구가 진행되어 내 가설이 옳다고 인정되면서 대처 방침이 시작되었다고 들었다. 일단 내가 제창자라서 보고를 듣기는 했다.

"제 마력을 정령이 좋아한다면 그런 불안은 없지 않을까요?"

"반대 경우도 있어. 정령에게 마력을 너무 많이 먹혀서 영혼 내부에 필요한 마력의 근원까지 정령의 양분이 되어 병약해지거나 장애가 생기기도 해. 유피는 신에게 아주 사랑받는지 기적적인 균형을 이루고 있어. 수백 년, 아니, 어쩌면 천년에 한 번 나오는 천재일지도 몰라."

"……제가 천재라는 말보다 마력량이 병의 원인이 된다는 사실이 더 놀라워요."

떨리는 몸을 끌어안듯 팔짱을 끼고서 유피가 창백한 낯으로 중얼거렸다. 유피를 건강하게 낳아 준 그란츠 공과 네르셸 부인에게 정말 감사하다.

"결론적으로 마력은 균형을 이루는 게 좋다는 거야. 많든 적든 간에. 그래서 건강 진단에 마력 조사가 들어갔다고 들었어. 특히 마력 보유량과 마법 행사의 숙련도로 판정하게 됐다고 했는데."

"아아, 그래서 학원의 마법 수업에서 그런 측정을 했던 거군요……."

의도를 설명할 수 없어도 예방은 가능하다. 내가 이 이론을 발견하고 몇 년 후, 마법 학원에서는 마력 보유량과 마법 행사의 숙련도를 측정하여 이상이 없는지 통계를 내게 되었다는 보고를 들었다.

물론 마음이 망가지는 원인은 마력 말고도 많다. 전부 마력 탓이라고 하면 마력이 풍부한 사람이나 마법을 잘 쓰는 사람이 무고한 박해를 받게 된다. 이 일은 아바마마도 매우 신중하게 다루고 있다고 들었다.

"마력이 많아서 성격이 거칠었던 아이가 마법을 배우고 숙련도가 오르면서 정신이 안정된 사례도 있대. 전부 이렇지는 않지만, 일이 잘 안 풀리면 짜증을 내게 되잖아. 마력은 그 요인 중 하나인 거야."

"하지만 원인을 발견하게 된 건 큰 진보네요."

유피가 감탄하며 고개를 끄덕였다. 그렇게 반응해 주니 순수하게 기뻤다. 조금쯤은 으스대고 싶지만 일리아의 반응이 무서우니 그만두자.

"이런 걸 조사하는 게 마학인가요?"

"아니, 이건 단순한 부산물이야. 그리고 내 전문이 아니라서 추측으로만 말할 수 있는 것도 많아. 이런 건 역시 전문가가 해명해야지. 나는 마법을 연구하고 있지만 마법사도 아니고 의사도 아니니까."

마학은 어디까지나 마법을 못 쓰는 내가 마법을 쓰기 위해 만든 학문이다. 전생의 지식인 과학을 마도구로 재현하여 마법처럼 만들 뿐이다. 원래는 그런 용도일 테지만 부산물이 나올 때도 있었다.

"내게 마학은 어디까지나 사물을 생각하기 위한 척도야."

마법 자체를 연구하는 연구자가 없지는 않지만, 굳이 따지자면 신앙이나 신학, 종교 같은 방면으로 가 있어서 나와는 사이가 아주 안 좋았다. 다만 실천파 마법 연구자에게는 호평이었고 내 연구에 감탄하기도 했다.

신체와 마력의 균형이 이상을 일으킨다는 게 획기적이었는지 자신의 연구와 제자 교육에 좋은 영향을 줬다며 개인적으로 감사 인사를 받기도 했다.

하지만 역시! 평범하게! 마법을 쓸 줄 아는 사람이! 조금! 부러워서 말이야! 나를 문제아 취급하고! 무시하고! 떠올렸을 뿐인데 짜증난다.

처음에는 화병이 날 만큼 마도구를 무시했고! 그래서 원한이 남아 있단 말이지! 마법부 녀석들, 용서 못 해! 모든 사람이 다 그렇지 않다는 건 알지만, 그래서 솔직히 마법부의 엘리트들은 싫다. 가까이 가기도 싫다.

"……아니스 님?"

플래시백한 어두운 감정에 잠겨 있으니 유피가 나를 걱정스럽게 보았다. 이럼 안 되지. 평상심을 유지하자.

마법부는 이 나라에서 큰 정치 파벌을 구축하고 있어서 발언력이 있었다. 하지만 나는 그 사람들이 싫다. 귀족의 특권이라고 할 수 있는 마법을 신성시하며 평민이나 마법을 못 쓰는 사람들을 무시하니까.

선민사상은 진짜 싫다. 마법을 쓸 수 있다는 게 스테이터스인 건 이해하지만. 그게 전부가 아니라고 생각하고 싶다. 마법을 동경하여 마도구를 개발하는 내가 이런 말을 하는 건 이상할지도 모르지만. 이건 반쯤 취미니까.

"으음, 딴 길로 샜네. 무슨 얘기를 하고 있었지?"

"마학에 관한 인식을 맞추고 있었어요. 확실히, 인식을 맞춰 두지 않으면 혼란스러울 이야기들이었어요."

"그랬지, 참. 언제부터인가 마학이라기보다 정령과 마력에 관한 얘기가 됐네. 뗄 수 없는 요소라서 어쩔 수 없지만."

"마학이라고 해도 일반 사람들이 볼 때 실태는 불명이니까요. 하지만 공사 현장에 자주 계신다고 들었어요. 하수도나 가도 공사 현장에."

"아~ 그건, 응. 아바마마 잘못이야······."

어렴풋이 기억하는 하수도 관련 지식을 아바마마에게 이야기했더니 진지하게 검토되었고, 그것이 내가 공사 현장에 있게 된 계기가 되었다. 나도 모르는 사이에 현장 감독 보좌로서 조언하게 된 것이다. 하수도 지식이라고 해도, 하수도가 있으면 도시 경관도 좋아지고 오수도 처리할 수 있어서 좋지 않겠냐고 말한 게 다였다.

또 오수는 병의 원인이 되지 않겠냐고, 그렇게 기억을 떠올리며 횡설수설 꺼낸 내 이야기를 아바마마가 듣고 진지하게 검토해 줬다.

그 후 아바마마에게 그런 이야기를 했다는 것도 까맣게 잊고 있다가, 몇 년에 걸쳐 검토를 끝내고 시작된 사업의 관계자로 임명받은 것이다. 「이런 말은 못 들었어! 연구를 못 하잖아!」 하고 그때는 분개했었지. 덕분에 공사 관련 마도구 개발에 전력을 쏟고 말았다. 반성은 안 한다.

"나도 하수도는 아닌 밤중에 홍두깨였지만, 가도는 마물이 나오니까 참가했어. 정확히는 마물의 소재를 노린 거였지. 그래서 감사라는 명목으로 마물 사냥을······."

"왕녀님이면서 무슨 짓을 하시는 거예요⋯⋯?"

유피가 어이없다는 눈길을 보냈다. 눈초리가 매서워서 압력이 엄청나, 유피. 나도 모르게 안절부절못하며 눈을 피하고 말았다.

"아니, 그 왜, 그거야. 왕녀가 직접 시찰한다고 어필하는 거니까 좋은 거잖아⋯⋯?"

"그런 얘기가 아니에요! 그리고 본심과 명목이 다르잖아요!"

"메모만 남기고서 도망치신 적도 여러 번 있습니다. 밖에 나갈 거면 최소한 일을 하라며 가도 개척에 보내진 적도 있죠."

일리아의 보충 설명을 들으니 옛날 생각이 났다. 예전에는 좀 더 자유로웠지. 지금은 나도 많이 차분해졌다. 연구가 거의 형태를 이루며 검토와 수정이 주된 일이 되어서 그렇기도 하지만!

어떻게 왕성을 빠져나갈지, 근위 기사단과 어느새 결성된 시녀대와 뜨거운 도망극을 펼쳤었다. 어떤 의미에서 근위 기사단은 나를 가상의 적으로 삼고 연습했던 것도 같지만.

"이야기가 상당히 길어져 버렸네. 오늘 강의는 여기까지. 확실하게 예습해 두도록!"

"후후, 네. 알겠습니다."

유피가 살짝 웃었다. 내가 얼떨떨해하자 유피도 자신이 웃었다는 걸 깨달았는지 손으로 입을 가리고 무표정으로 돌아가 버렸다.

그 동작이 왠지 웃겨서 나는 어깨를 떨며 웃고 말았다. 그러자 유피가 불퉁하게 노려봤고, 그게 또 웃겨서 더 크게 웃어 버렸다.

조금씩이라도 유피가 이곳에 익숙해진다면 그게 가장 좋다. 그런 생각이 든 하루였다.

4장 무지개를 마음에 그리듯이

수업 형식으로 서로의 인식을 맞추게 되고 며칠이 지났다.

수업 형식이 안정적이라서 나는 일리아를 조수 삼아 유피에게 마학 수업을 했다. 후후, 기분은 선생님이다! 굉장히 신난다!

"그런고로 오늘은 실제로 마도구를 만들어 봅시다!"

"하아, 그렇게 간단히 할 수 있나요?"

"할 수 있는 걸 골라서 가져왔어. 자, 유피도 잘 쓰고 있는 보온 포트야!"

짜잔~ 하고 말하며 조립하지 않은 보온 포트의 부품을 유피 앞에 놓았다. 그것을 흥미롭게 보는 유피를 바라보며 나는 부품을 들었다.

"마도구의 구조는 그렇게 어렵지 않아. 다만 기술이 필요해."

"기술이요?"

"그래. 자, 그럼 질문. 마법을 더 깊게 이미지하기 위해 필요한 것은?"

"……영창인가요?"

"정답! 정확히 말하자면 정령이 어떻게 작용하기를 원하는지 전달하는 게 중요해."

이건 저번 수업에서 유피가 직접 말한 사항이다. 당연히 유피의 인식도 같았다.

"마도구는 이 부분이 아주 중요하거든. 거기에 세공 기술이 필요해."

"……그건 간단하지 않을 것 같은데요?"

"가공은 그렇지. 조립하는 거랑 구조를 설명하는 건 그리 어렵지 않아. 그럼 실제로 봐 볼까."

보온 포트 기능의 핵심인 받침대 부분을 유피에게 보여 줬다. 손가락으로 가리키면서 유피가 주목하도록 했다.

"이 받침대에 불 정령석을 넣어서 열을 발생시키는 구조인데. 아까 말한 영창 기술이 여기에 쓰여."

"영창 기술이요……?"

맞장구를 치며 유피가 의아한 듯 고개를 갸웃했다. 나는 작게 웃으며 말을 이었다.

"마도구가 말하지는 않지만, 이 받침대 안을 봐."

"……글자가 새겨져 있네요. 이건, 마법 영창문인가요?"

"비슷해. 이 보온 포트가 구체적으로 어떻게 작동할지, 어떻게 작동했으면 하는지. 그걸 지시하는 회로 같은 거야."

유피가 감탄하며 보온 포트의 받침을 손으로 쓸었다. 거기에는 확실하게 글자가 새겨져 있었다. 전생식으로 말하자면 마도구를 작동하는 프로그램 같은 거랄까.

"여기에 불속성 마력을 주입하면 정령석 없이도 작동시킬 수 있지만, 모든 사람이 불속성 적성을 가지고 있지는 않아. 그래서 정령석을 쓰는 편이 좋아."

"글자를 새겼을 뿐인데 그런 일이 가능한가요……?"

"그래서 가공 기술이 필요한 거야. 글자를 새기고 정령석을 섞은 특수한 도료를 사용해. 그리고 받침대 자체가 정령석을 섞은 합금이기도 해. 왜, 무속성 정령석 있잖아. 분위기 띄우는 용으로만 쓰이는 거."

"분위기 띄우기용이라니……. 확실히 용도가 별로 없지만 엄연한 정령석이라서 의식에도 쓰여요."

"그래, 분위기 띄우는 용으로."

하아, 유피가 깊이 한숨을 쉬었다. 아니, 하고 싶은 말이 뭔지는 알아. 정령석은 존재하는 것만으로도 고마운 물건이다. 속성이 없는 정령석이어도 그건 마찬가지다.

하지만 무속성 정령석은 그저 마력을 담을 수 있을 뿐이라서 특히나 활용법에 의문이 들었다. 부수면 마력을 공기 중에 뿌릴 수 있기에 의식이나 제사에서 축복하는 식으로 쓰이지만.

그 외에 약으로도 쓰였다. 마력을 넣고 가루 형태로 가공하면 마력을 회복하는 약이 된다. 단, 더럽게 맛없다. 시험 삼아 먹어 본 적이 있는데 두 번 다시 먹고 싶지 않다고 생각했을 정도다.

여하튼 무속성 정령석은 수수께끼가 많았다. 속성을 가지기 전에 결정화된 정령인지, 원래 속성이 있었지만 너무 많이 써서 속성을 잃은 건지.

참으로 흥미로운 연구 테마지만, 마법을 쓸 수 있게 되는 것이 우선이라 뒤로 미뤄 뒀다. 언젠가 진득하게 조사해 보고 싶다.

"원래 하던 얘기로 돌아와서, 세공에 상당히 수고가 드는군요……."

"그야 그렇지. 하지만 마력이 있다면 누구나 마도구를 작동시킬 수 있게 돼. 그리고 장인의 고용 확대로도 연결되고―, 일자리가 늘면 삶의 양식을 얻을 기회도 늘어나."

팔레티아 왕국은 다행스럽게도 안정된 평화로운 시대가 이어지고 있었다. 아바마마가 즉위할 즈음에는 나라가 꽤 어지러워졌던 것 같지만 아바마마가 안정시켰다고 들었다.

하지만 아무리 평화로워도 빈부 격차는 생긴다. 실제로 왕도에도 난민들의 슬럼가가 있고, 가난해서 내일 먹을 끼니를 걱정하는 사람이 있다는 것을 나는 알고 있다.

그런 사람들을 전부 구할 수는 없으나 수요가 높아지면 공급하기 위한 일손이 필요해진다. 사실은 아바마마가 좀 더 마도구 개발을 대대적인 국정으로 확대해 줬으면 싶지만 내 입장상 무리였다.

왕위 계승권이니, 정치 투쟁이니, 진짜로 귀찮다. 그렇게 생각하고 있으니 유피가 눈을 동그랗게 뜨고서 나를 보았다.

"왜?"

"……아뇨, 아니스 님이 왕족다운 말씀을 하셔서 저도 모르게."

"왕족 맞거든!"

내가 태클을 걸자 일리아가 무표정으로 뿜었다. 노려보니 입을 싹 닦고 아무 일도 없었다는 듯한 표정을 지었다. 그 뺨을 찰싹찰싹 때려 줄까?

"아, 아무튼! 평민 중에는 이런 세공사나 대장장이가 있으니까 효과적으로 활용하는 게 가장 좋잖아?"

"앗, 네. 그렇죠……."

왠지 분위기가 어색해지고 말았다. 아니, 나도 어쨌든 왕족이니까. 백성의 생활에 무관심하지는 않아.

누구한테 변명하는 걸까 생각하면서 보온 포트를 유피와 함께 조립해 나갔다. 가공 자체는 어렵지만, 가공이 끝난 부품을 조립하는 것은 간단했다.

부품을 순서대로 짜 맞추면 끝이니까. 보온 포트 기능의 핵심인 받침대. 내부의 열이 바깥으로 빠져나가지 않도록 가공한 외장 그릇. 그리고 핵이 되는 부분에 불속성 정령석을 끼운다.

그다음에는 보온 포트로 작동하기 위한 문장에 잘못된 부분은 없는지, 안전장치가 되는 문장이 기재되어 있는지를 눈으로 확인하고, 조립된 완성품에 마력을 주입해서 잘 작동하는지를 확인했다.

"응, 제대로 기능하네."

"정말로 조립하는 건 간단하네요……."

"가공에는 장인의 기술이 필요하지만, 일단 가공하면 어린아이도 조립할 수 있어."

"그렇군요…… 새삼 만져 보니 마도구는 훌륭한 발명이에요."

"그렇게 생각해?"

"네. 진심으로 그렇게 생각해요."

유피가 살짝 미소 지으며 고개를 끄덕였다. 감정을 보여 주게 된 유피의 모습에 마음이 따뜻해졌다. 아아, 이런 표정을 보게 돼서 정말 다행이야.

하지만 마도구를 칭찬해 주니 역시 좀이 쑤셨다. 보온 포트에 이렇게나 놀라고 높이 평가해 주는데 「그것」을 보면 뭐라고 할까?

"좋았어~ 그럼 다음은 아바마마에게 품질 보증을 받은 비장의 마도구를 소개할게!"

"비장의 마도구요?"

"후후…… 짜잔! 이거야!"

나는 치마 안쪽에 손을 넣어 허벅지의 홀더에 꽂아 뒀던 「그것」을 번쩍 들었다. 내 손에 들린 물건을 보고 유피는 의아한 눈길을 보냈다.

"그건…… 칼자루, 인가요? 조금 형상이 기묘하지만."

그랬다. 내가 든 것은 「도신」이 없는 칼자루였다.

자루의 밑동에 파인 부분이 있고 거기에 정령석이 박혀 있었다. 그것 말고는 어딜 어떻게 봐도 칼자루였다.

"보다시피 칼자루야. 기사가 쓰는 일반적인 롱소드를 의식해서 만들었어."

"왜 자루만 있나요?"

"이건 원래 이래. 내가 개발한 마도구 중에서도 얌전한 축에 끼면서 유용성을 자랑하는 일품! 자, 받아."

"엇, 어, 하아⋯⋯?"

들뜬 내 모습에 당황스러워하며 유피는 칼자루를 받았다. 그리고 의심스럽게 칼자루를 들고서 관찰했다. 중량을 확인하고 실제로 자세를 잡아 보기도 했다.

그리고 유피는 정령석이 박혀 있는 검의 밑동 부분을 보았다.

"이것도 마도구죠? 마력을 담으면 쓸 수 있는 건가요?"

"시도해 볼래?"

"⋯⋯그럼."

유피가 순순히 칼자루에 마력을 담았다. 신중하게 천천히 담긴 마력에 반응하여 칼자루의 정령석이 반짝였다. 다음 순간, 유피의 마력에 호응하듯 마법진이 떠오르고 칼자루에서 도신 모양으로 빛이 나왔다.

일렁이던 빛은 점점 강해져서 「빛의 도신」이 되었다. 그것을 본 유피는 눈을 동그랗게 뜨고서 숨을 내쉬었다.

"마력으로 도신을 만들어 내는 「마검」이야. 일반적인 검과 비교하면 무게는 자루의 중량뿐이고, 필요하다면 도신의 무게는 사용자가 마음대로 조절할 수 있어! 여성의 호신용으로 하나 어떠신가요?!"

"아니스 님, 왜 장사꾼처럼 말씀하세요⋯⋯?"

기분을 내는 거야! 기분은 홈쇼핑 쇼호스트! 아직 이 세계에 전화 같은 건 없지만, 이런 건 기세가 중요해! 아마도!

"근데 이건 굉장하네요. 보기에 도신의 길이는 일반적인 롱소드쯤 되려나요? 하지만 무게는 확실히 자루의 무게뿐이고, 아니스 님이 말씀하신 대로 여성의 호신용 물건으로 훌륭해요. 휴대하기도 좋고요. 여성이나 어린아이도 충분히 들 수 있겠어요. 이 마력 칼날은 실제로 베이나요?"

"물론이지. 단, 칼날을 맞대고 힘겨루기가 벌어지면 도신을 형성하는 정령석에 부하가 걸려. 물리 충격에 약하다는 게 난점인 셈이지. 아, 하지만 마검끼리라면 괜찮으려나. 부산물이지만 마법을 베어 버리는 데는 아주 편리해."

유피가 감탄하며 검을 들고 사용감을 확인했다. 보기에는 그저 도신이 빛으로 되어 있을 뿐인 검이지만. 칼날을 맞대는 데 적합하지 않고 물리 공격에 약하다는 결점이 있으나 중량도 가볍고 제작 비용도 그리 많이 들지 않았다. 얼마 안 되는 아바마마가 절찬한 발명품이었다.

개발 명칭은 「마나 블레이드」. 일부 믿을 만한 왕궁 시녀들의 호신용 무기로서 실험적으로 채용되어 있었다.

칼자루밖에 없어서 휴대하기 편하단 말이지. 나는 허벅지에 단 홀더에 꽂아서 가지고 다닌다. 자루뿐이라서 숨기기도 쉽기에 비밀 무기로 안성맞춤이다.

"강도는요?"

"그것도 조정에 따라 달라져. 형상이나 강도의 배분은 취향대로 하면 돼. 단, 정령석을 사용하는지라 정령석에 너무 부하가 가서 파손되면 새 정령석으로 교환해야 쓸 수 있어. 그리고 도신에 요구하는 바가 많아지면 그만큼 마력을 써야 해. 이용 수명에 관해서는 직접 시험 중. 그런데 아바마마가 더 좋아한 건 마나 블레이드가 아니라 방패 버전인 마나 실드였어. 분해!"

"이 검의 방패 버전인가요…… 유용하겠네요."

확실히 유용하다는 건 인정하지만, 나는 이 마나 블레이드에서 낭만을 느껴 주길 원했어! 보급되는 게 무섭기에 마나 실드를 가지고 있는 사람은 아바마마와 일리아뿐이었다. 아바마마는 호신용으로, 일리아에게는 내가 선물로 줬다.

아바마마가 갑옷으로 만들 순 없겠냐고 했으나 관절 부분을 커버하기 어려워서 무리다. 주된 이유는 가동 범위였다. 검과 방패는 가동 범위가 없어서 괜찮지만, 갑옷처럼 만들기 위해 가동 범위까지 만들려니 관절 부분의 구현이 너무 어려워서 단념했다.

"질량이 있는 물리 공격에는 약하니까 만능은 아니야. 전혀 효과가 없는 건 아니지만. 정령석이 열화되니까 추천하지 않아."

"어느 정도의 질량이면 위험한가요?"

"사람보다 큰 낙석을 정면으로 막으니까 부서졌어."

"……시험해 보신 건가요?"

유피가 예리하고 싸늘한 목소리로 지적해서 나는 눈을 돌렸다. 작위적으로 헛기침하며 무마해 봤지만 유피의 시선은 여전히 차가웠다.

"그, 그 왜! 마법 중에도 마나 블레이드처럼 마법으로 칼날을 만드는 게 있잖아? 마나 블레이드는 그걸 재현한 물건이야!"

"……사용하는 사람은 별로 없지만요. 주로 기사단에 들어가려고 하는 분들이 쓸 거예요. 평범하게 마법을 쓰는 쪽이 더 좋아서……."

"한정된 실내 공간이 아니라면 그렇겠지. 아무튼 그래서 이건 마력은 있지만 마법은 못 쓰는 사람을 위한 장비야."

주로 나를 위한 장비지. 사실 내가 쓰고 싶어서 만들었다. 빛으로 만들어진 검을 휘두른다니 멋지다. 몸을 단련하고는 있지만 아무래도 여자고. 또 시녀의 호신용으로써의 쓰임이라는 생각지 못한 결과도 얻어서, 내 발명 중에서 성공작에 들었다.

"평소에는 활용되지 않는 무속성 정령석도 활용할 수 있고 말이야."

"그렇군요. 속성이 있는 정령석으로 도신을 형성하면 어떻게 되나요?"

"죽을 만큼 귀찮아."

"죽을 만큼 귀찮은가요……."

"불꽃을 두르려고 했더니 손에도 불이 붙어서 화상을 입었고, 물을 굳히려고 했더니 물인 채로는 칼날이 되지 않았고, 얼려 봤더니 이번에는 손까지 얼어서 동상을 입었고, 바람은 안정시키기 너무 어려워서 폭발했어. 땅은, 검이라기보다 몽둥이가 됐지, 응……."

나도 속성 검을 만들어 보려고 했어! 하지만 마법을 쓰지 못하는 나는 속성이 있는 정령석으로 도신을 형성할 수 없었다. 역시 감각을 모르니까. 그게 괴로웠다.

어떻게 조건을 설정하면 좋을지, 애초에 마검의 기능을 유지한 채 어떻게 속성을 부여하면 좋을지가 과제였다. 귀찮아서 뒤로 미뤄 버렸지만.

"하지만 유피라면 가능하지 않을까? 정령석이 아니라 자신의 마법으로 속성을 부여하면 되니까."

"그렇군요……."

"응. 그러니까 유피가 원하는 검을 특별 제작해 주려고."

"제게 주시려고요?"

유피가 눈을 동그랗게 뜨고 내 얼굴을 보았다. 나는 그런 유피에게 웃어 줬다.

"여기 온 기념으로 어떨까 싶어서. 유피도 검에 소양이 있으니 유용하잖아? 순간적으로 마법을 쓰는 것보다도 기습에 더 잘 대응할 수 있을 거야."

"……받아도 되나요?"

"특별 제작이니 여러 가지로 추가해서 만들어 보고 싶어! 내 취미 같은 거니까 사양하지 마!"

나는 그렇게 말하고 유피의 양손을 잡았다. 손을 잡힌 유피는 어안이 벙벙해진 얼굴이었지만, 난처한 듯 살짝 미소 짓고서 고개를 끄덕였다.

"그럼 감사히 받을게요. ……바라는 게 있긴 한데."

유피는 내 손을 놓고 고민하다가 중얼거렸다.

유피가 바라는 것을 듣고 나는 눈이 동그래졌다. 그리고 미친 듯이 웃을 뻔했다. 그 정도로 유피의 바람은 유쾌했다. 웃음이 터지려는 것을 꾹 참으며 씩 웃었다.

"최고야, 유피. 역시 널 데려오길 잘했어!"

"일단 말해 보긴 했는데…… 가능한가요?"

"도전하기 전부터 불가능하다고 말하는 건 내 신조에 어긋나!"

불안한 듯 눈썹을 모으는 유피가 안심하도록 나는 그렇게 말했다.

흥분한 상태로 이를 드러내며 웃었다. 자, 즐겁고도 즐거운 시행착오 시간이다! 재미있어졌어! 우후후후!

* * *

눈을 뜨니 아직 낯선 천장이 보였습니다. 여기가 어디지. 그렇게 생각한 것도 잠깐. 왕성의 별궁에서 지내고 있다는 것을 떠올리고 저는 몸을 일으켰습니다.

여전히 졸리고 나른해서 고개를 좌우로 흔들었습니다. 최근 잠을 제대로 못 잔 탓인지 몸 상태가 좋지 않아 무심코 한숨이 나왔습니다.

"유필리아 님, 안녕히 주무셨습니까. 들어가도 될까요?"

문 너머에서 아니스 님의 시녀인 일리아의 목소리가 들렸습니다. 최근에는 별궁 생활을 돕기 위해 제 시중을 들어 주고 있었습니다.

그 후의가 고마우면서도 질척질척한 응어리 같은 것이 마음에 생겨서 점점 톱니바퀴가 엇나가는 듯한 불쾌함을 느끼고 말았습니다.

그런 피로를 겉으로 드러낼 수는 없기에 저는 심호흡하여 기분을 전환하고 문 너머에 있는 일리아에게 말했습니다.

"일어났어요, 일리아. 아침마다 고마워요. 들어와도 돼요"

입실을 허락하자 일리아가 꾸벅 인사하고 방에 들어왔습니다. 그 후에는 평소처럼 옷을 갈아입고 아침을 먹으러 갑니다. 이곳에 온 뒤로 저는 집에서 가져온 옷보다도 아니스 님에게 받은 기사복 같은 원피스 드레스를 더 자주 입게 되었습니다.

일상적으로 드레스를 입기 싫었던 아니스 님이 특별히 주문한 디자인이라고 합니다. 조금 독특한 인상이긴 하지만 신경 쓰일 정도는 아니었습니다.

같이 지내게 된 기념으로 아니스 님이 일리아에게 수선시켜서 제게 옷을 선물해 주셨지만 다리를 드러내고 싶지는 않았기에 원피스 밑에 겹치는 치마는 롱스커트로 바꿔 달라고 했습니다.

그렇게 딴생각을 하다가 문득 정신 차리고 보니 옷은 이미 다 갈아입은 상태였습니다. 정신 똑바로 차리자며 미간을 문질렀습니다. 그러다 모습이 보이지 않는 아니스 님이 갑자기 마음에 걸렸습니다.

"일리아, 아니스 님은······?"

"공주님이라면 조금 전에 뛰쳐나가셨습니다. 비밀리에."

"······비밀리에 뛰쳐나가다니 기묘한 표현이네요."

"늘 있는 일입니다."

일리아는 평소처럼 담담한 목소리로 대답했습니다. ······그랬습니다. 최근 아니스 님을 뵙지 못했습니다. 마나 블레이드를 제게 선물하려고 분주하신 것 같지만, 깜짝 놀라게 하고 싶다며 경과를 보여 주지 않았습니다.

아니스 님의 마음은 기쁘지만 저는 별궁에서 할 일이 없습니다. 정해진 시간에 식사하고 그 뒤로는 자유 시간. 이전까지의 제 생활을 생각하면 말도 안 되는 방식으로 시간을 쓰고 있었습니다. 솔직히 말해서 당황스럽고 곤란했습니다.

얼마 전까지는 학업에 왕비 교육 등으로 숨 돌릴 겨를도 없이 아무튼 많은 것을 배워야 한다며 바짝 날이 선 채로 지냈습니다. 하지만 아르가르드 님에게 약혼을 파기당한 이상, 이 소동이 잠잠해지기 전까지 저는 갈 곳이 없습니다.

일이 이렇게 커졌으니 다시 약혼자가 될 수도 없겠죠. 이미 아르가르드 님의 마음은 저를 떠났습니다. 그 사실이 별로 아프지 않아서 오히려 놀라웠습니다. 마치 모든 것이 말라 버린 것 같았습니다.

그래서 그저 시간이 흘러가는 것이 고통스러웠습니다. 아무래도 기분이 우울해졌습니다.

"……아니스 님, 끝나려면 멀었을까요."

아침도 다 먹고 할 일이 없어지자 바로 아니스 님의 얼굴이 떠올랐습니다.

저는 아니스 님을 어떻게 생각하고 있는 걸까요? 그저 밝고 태평해 보이지만 이런저런 생각을 하고 계시고. 좋은 분이라고는 생각하지만, 전하의 사고방식이나 사물을 보는 방식은 저와 너무나 달라서 그 차이를 실감할 때마다 놀라울 뿐입니다.

마학이라는 관점도 그렇고, 마도구의 용도부터 마도구로 생겨나는 고용 확대까지. 어째서 전하가 기상천외 왕녀니, 왕족 실격이니 하는 소리를 듣는지 의문입니다. 하긴, 저도 실제로 이야기를 나누기 전에는 아니스 님을 안 좋게 봤습니다.

엉뚱한 일만 벌이는 전대미문의 문제아. 그것이 제가 아는 아니스 님의 평판이었습니다. 마도구라는 이해 못 할 발명에 빠져서 별궁에 틀어박혀 매일 이상한 연구를 하며 왕족의 책무도 다하지 않는 얼간이라고.

아르가르드 님과 사이가 좋지 않다고 들었기에 가끔 멀찍이서 볼 뿐이었습니다.

그랬는데 지금은 전하의 조수가 되었으니 인생은 어떻게 될지 아무도 모르는 것 같습니다. ……모른다고 하니까 생각났는데, 제가 전하를 어떻게 생각하는지도 모르겠습니다.

좋은지, 싫은지. 그것조차도 알 수가 없습니다. 그저 멀게 느껴지고 충격적이라 판단하기 어렵습니다. 좋은 분인 것은 틀림없는데 뭔가가 마음에 걸렸습니다.

가능하다면 이 뜻대로 되지 않는 감정에 대한 답을 조금이라도 찾고 싶지만, 정작 가장 중요한 본인을 만날 수가 없어서 답답함은 커질 뿐입니다.

"……저는 어쩌면 좋을까요."

막연하게 사고를 이어 나가며 별궁의 안뜰로 나갔습니다. 아니스 님이 다른 사람을 접근시키지 않아서 그런지 별궁의 안뜰은 남에게 보여 주는 걸 의식하지 않은 것 같았습니다. 그래서 경관도 쓸쓸했습니다.

최소한의 관리는 되어 있지만 한산한 경치가 제 마음속에 미끄러지듯 들어왔습니다. 뭔가 나 자신이 떨어지는 듯한, 혹은 뭔가를 떨어뜨리는 듯한. 그런 기분이 들어서 발밑이 무너져 내릴 것 같았습니다.

저도 모르게 깊은 한숨이 나왔습니다. 지금 저는 아무것도 할 일이 없습니다. 저를 몰아붙이는 일도 없고 의무도 없습니다. 그것이 쓸쓸한지 허무한지도 모르겠습니다. 모르겠어요. 하나도 모르겠어.

망가진 것처럼 그저 반복할 뿐입니다. 마치 마음에 구멍이라도 뻥 뚫린 것 같아서.

이대로 있으면 안 된다며 양손으로 뺨을 때려 봐도 기분은 개운해지지 않았습니다. 난감해서 한숨을 쉬려고 한 그때였습니다.

"아~! 이런 데 있었네! 겨우 찾았다, 유피!"

아니스 님이 큰 목소리로 저를 불렀습니다. 그 얼굴을 보고 저도 모르게 흠칫했습니다. 아니스 님의 눈 밑에 생긴 다크서클이 명백하게 수면 부족을 나타냈습니다.

머리는 평소처럼 좌우로 쫑긋쫑긋 흔들리게 묶었지만 살짝 처져 있었습니다. 옷도 조금 꾸깃꾸깃하여 직전까지 작업하다 왔음을 바로 알 수 있었습니다.

그래도 태양처럼 눈부신 웃음은 여전했습니다. 그리고 그런 아니스 님의 손에는 「검」이 하나 들려 있었습니다. 형상은 일반적인 레이피어였습니다.

특징적인 것은 손잡이 부분이었습니다. 손등을 보호하기 위한 완만한 곡선 형태의 가드에 세밀한 세공이 들어가 있고 여섯 가지 색깔의 정령석이 박혀 있었습니다. 이게 바로 아니스 님이 최근 매달리던 물건이겠죠.

"아니스 님, 그건……."

"에헤헤, 많이 기다렸지?! 유피 전용 마나 블레이드가 완성됐어!"

아니스 님이 자랑스레 가슴을 쭉 폈습니다. 의기양양하게 웃고서 제게 그 검을 건넸습니다.

"도신은 정령석을 섞은 합금으로 만들어서 마력 도체야! 접합해서 정령석을 박았지만 실제 마력 전도율은 시험해 봐야 알 수 있어. 잘 된다면 도신에 속성을 부여하는 걸 보조해 줄 거야! 게다가 평범하게 마법을 쓰는 것도 보조하는 사치품이지! 이야~ 열심히 만들었어!"

빠르게 말을 쏟아 내는 아니스 님의 기세에 눌리면서도 손에 든 검을 보았습니다. 중량은 생긴 대로 평범한 레이피어의 무게였습니다. 하지만 검을 쥔 순간, 이게 평범한 검이 아님을 알 수 있었습니다.

손이 닿은 곳에서 제 마력에 호응하는 듯한 반응이 돌아왔습니다. 이와 비슷한 감촉을 느낀 적이 있습니다. 하지만 예전에 잡았던 것은 검이 아니었습니다. 확인하기 위해 저는 얼굴을 들고 아니스 님을 응시했습니다.

"문득 생각나서 말씀드린 거였는데, 설마 진짜로 「마장(魔杖)」 기능을 달 수 있을 줄은 몰랐어요……."

마장. 귀족의 소양으로 들고 다니는 사람이 많은 물건입니다. 자신이 잘 쓰는 마법을 보조하는 지팡이로, 적성과 일치하는 정령석을 박은 마법 보조 도구였습니다.

마장 자체는 그렇게 희귀한 물건이 아닙니다. 하지만 검으로 쓸 수 있으면서 마장의 기능도 가진 물건은 지금까지 존재하지 않았습니다. 지팡이가 아닌 형태로는 기껏해야 반지 정도일까요. 문득 생각나서 아니스 님께 제안해 봤는데 실현될 줄이야…….

"이야~ 이왕 만드는 거 심혈을 기울이자 싶어서 말이야! 아, 하지만 아직 완성품은 아니야. 조금씩 미조정해 나가야 해!"

아니스 님은 만족스럽게 싱글벙글 웃으며 그렇게 말했습니다. 정말로 즐겁게 마도구를 발명하고 있다는 게 전해질 정도였습니다.

"맞다, 유피! 바로 부탁해서 미안한데 시험해 보지 않을

래? 여기 안뜰이니까 마법을 써도 문제없잖아!"

"……그것도 그러네요."

"잠깐만 기다려. 보호용 장갑을 가져올게!"

"아, 아니스 님! 그렇게 서두르지 않으셔도 되는데……!"

아니스 님은 황급히 달려갔습니다. 무심코 그 등을 향해 손을 뻗었지만 잡을 것이 없어서 허공을 갈랐습니다. 어쩔 수 없이 저는 손에 든 마검을 고쳐 쥐었습니다.

소리의 반향과 비슷한 감각이 마검에서 느껴졌습니다. 자신 안에 있는 무언가가 검과 공명하는 듯한 기묘한 느낌. 지금껏 느껴 본 적 없는, 마치 고동처럼 어우러져 울리는 감각.

처음 느껴 보는 기묘한 감각이라 당황스러운데 멋대로 몸에 적응하는 느낌이었습니다. 몸과 마음이 괴리되지만 싫지도 않고 무섭지도 않았습니다. 그런 신기한 감각이 저를 감쌌습니다.

"장갑 가져왔어, 유피!"

마검의 감촉을 확인하는 데 몰두해 있던 의식이 아니스 님의 들뜬 목소리를 듣고 현실로 돌아왔습니다. 기묘한 감각에서 벗어나고자 고개를 한 번 흔들고 아니스 님에게 시선을 보냈습니다.

"아니스 님, 이 검은……."

"아, 응. 세공 도안과 설계도는 내가 그렸지만 검 자체는 친하게 지내는 대장장이에게 부탁했어. 어때?"

"……좋은 검이에요."

진심에서 우러나온 생각이었습니다. 단순한 검으로 봐도 훌륭한 만듦새였습니다. 검을 잡으면 느껴지는 기묘한 감각을 빼놓고 봐도 그랬습니다.

"항상 칼자루만 부탁해서 그런지 엄청나게 의욕적으로 만들어 줬어!"

"그것 때문에 외출하셨던 건가요."

"응. 기회가 생기면 유피에게도 소개해 줄게. 그보다 시험해 보자!"

"……네, 그러네요."

아니스 님에게 받은 장갑을 끼고 다시 마검을 잡았습니다. 직접 만지지 않아도 기묘한 감각은 제 안에서 울리며 스며들듯 번졌습니다. 이 감각은 뭘까 생각해 봤지만 답은 나오지 않았습니다.

오히려 그런 의문조차 자신 안에 매몰시키는 느낌. 신기하게도 마음이 차분해졌습니다.

'전혀 불쾌하지 않아. 오히려 기분 좋아…….'

눈을 감고 이 기묘한 감각에 몸을 맡겨 보았습니다. 소리와 비슷한 뭔가의 공명이 강해지며 리듬이 일치되는 기분을 느끼고 천천히 눈을 떴습니다.

이 검은 제게 잘 맞을 겁니다. 자신의 일부였던 것처럼, 마검에 마력을 담자 마검이 기뻐하며 떠는 것 같았습니다. 그

중심에는 여섯 가지 색깔의 정령석이 있었습니다.

"……아니스 님, 마법을 써 볼게요. 떨어져 계세요."

"네~ 아, 저쪽에 과녁이 있으니까 거기에 맞혀도 돼."

아니스 님의 말씀을 따라 시선을 돌리니 확실히 훈련용으로 보이는 과녁이 있었습니다. 저는 천천히 심호흡을 반복하고서 과녁을 향해 칼끝을 겨눴습니다.

마법을 행사할 때는 정령에게 명확한 이미지를 전달해야 합니다. 머릿속에 그린 마법이 구현되려는 것처럼 칼끝이 흔들렸고 그 감각이 매우 친숙하게 느껴졌습니다.

기도, 소원, 바람. 정령에게 마력을 바쳐 형태를 이루리니. 만들어 내는 것은 불덩이.

「파이어볼」."

소리 내어 말함으로써 이미지가 명확해진 순간, 칼끝에서 불덩이가 떠올라 날아갔습니다. 그리고 착탄. 과녁을 불사르려는 듯 불덩이가 터졌습니다. 착탄한 것을 지켜보고서 저는 살며시 한숨을 쉬었습니다. 긴장했던 몸에서 힘이 빠졌습니다.

"오~ 대단해, 대단해. 어땠어?"

제가 만든 파이어볼이 과녁에 명중한 것을 보고 아니스 님은 작게 박수 치며 물었습니다. 아니스 님의 물음에 답하기 전에 저는 무심코 시선을 떨어뜨려 마검을 바라보고 말았습니다.

"아주 매끄러워요. 마법 매체로서는 제가 써 본 것 중에서 최고예요. 정령석 세공 덕분인지 정령을 지각하는 감각이 높아진 것 같아요. 덕분에 마법을 이미지하기 쉬워요."

"다행이다!"

아니스 님은 활짝 웃으며 기쁨을 나타냈습니다. 당장에라도 폴짝 안겨 들 것 같았습니다. 한쪽 손을 들어 그런 아니스 님을 제지했습니다.

"어, 겸사겸사 마검의 기능도 시험해 볼까요."

그렇게 구슬리고 검을 고쳐 들었습니다. 중단 자세로 들고 검에 마력을 주입해 나갔습니다.

'속성은…… 물로 할까요.'

방금 불을 썼기 때문은 아니지만. 제 이미지에 맞춰서 물의 정령이 호응해 줬습니다. 대가로 바친 마력에 부응하듯 물이 도신에 휘감기며 새로운 도신을 형성했습니다.

"……도신, 형성. 「워터 블레이드」."

"오오~! 굉장해! 확실하게 검이 됐어!"

아니스 님이 매우 흥분한 모습으로 눈을 반짝거리며 제가 만든 물의 칼날을 보았습니다. 레이피어의 칼날을 따라 물의 칼날이 형성되어 롱소드 같았습니다.

아이처럼 신난 아니스 님의 모습에 쓴웃음을 지으면서도 마력이 매끄럽게 담기는 것에 내심 놀랐습니다. 경악을 얼버무리듯 물의 도신을 얻은 마검을 한두 번 휘둘러 봤지만 도신은 무너지지 않았습니다. 검의 중량도 다소 무게가 더해진 정도라서 저도 모르게 감탄이 나왔습니다.

"이건…… 뭐랄까, 재미있네요."

"나는 아무리 해도 안 됐는데, 유피는 대단해!"

"아, 아니스 님! 갑자기 달려들면 위험해요!"

갑자기 아니스 님이 달려들어서 깜짝 놀라 즉각 검을 비키고 받았습니다.

그대로 힘을 줘서 꼭 껴안으며 즐거워하던 아니스 님이 불현듯 움직임을 멈췄습니다.

"……아니스 님?"

무슨 일일까요? 신경이 쓰여서 어깨를 흔들어 봤습니다.

그러자 아니스 님의 몸이 흘러내려서 눈을 크게 뜨고 말았습니다. 즉각 검을 내던지고 부축했습니다. 등골이 오싹해지며 오한을 느낀 순간…… 새근거리는 숨소리가 들렸습니다.

"……정말이지, 이 사람은."

어이가 없어서 무심코 한숨을 쉬고 말았습니다. 순간적으로 취한 자세였기에 그대로 저는 무릎을 벨 수 있도록 앉았습니다. 그리고 아니스 님의 머리를 무릎에 올리고서 얼굴을 들여다보았습니다.

아니스 님은 아주 만족스럽다는 얼굴로 완전히 안심한 표정을 짓고 있었습니다.

"……매사 열심히, 아니, 그냥 천진난만한 걸까요. 마치 커다란 어린애 같아요."

저보다 연상인데 더 어려 보이는 사람. 하지만 다양한 이름을 그대로 구현하는 사람임을 자연스레 이해하게 됐습니다. 이 마검도 간단히 만들어 내고, 정말로 규격을 벗어난 사람입니다.

"……무릎베개라니, 아르가르드 님께도 한 적이 없었네요."

……아아, 정말로 저는 뭘 했던 걸까요? 아르가르드 님과는 부부가 될 예정이었는데 그분과 이런 일을 하자는 생각을 한 번도 한 적이 없습니다. 그저 왕비가 되자는 생각만 앞서서 인간다움을 놓고 와 버렸습니다.

그래서일지도 모릅니다. 아르가르드 님과 다른 분들이 저와 연을 끊은 것도. 차기 왕비라는 말을 들으면서도 아르가르드 님과 깊은 관계가 되지 못했습니다.

그건 제게 커다란 실패입니다. 하지만 실패했기에 지금이 있습니다. 그런 자신의 얇은 생각에 자조적으로 웃고 말았습니다.

실패한 사실은 사라지지 않습니다. 하지만 지금 이렇게 손에 쥐게 된 행복감은 간지러울 정도로 따뜻해서. 떨쳐 내고 싶지 않지만 받아들이기에도 숨이 막혔습니다. 그걸 자각하자 눈시울이 뜨거워졌습니다.

"……당신이 부러워요. 아니스 님."

흘러나온 말이 바로 자신의 본심임을 알자 더는 달아날

수 없었습니다. 아아, 이 사람의 반짝임은 내게 너무나 따뜻하고 눈부신 겁니다.

툭. 아니스 님의 뺨에 물방울이 떨어졌습니다. 자신의 뺨을 타고 흘러내린 물방울임을 깨닫고 손으로 아니스 님의 뺨을 쓸었습니다. 절대 깨지 않도록, 그 반짝임과 따뜻함이 흐려지지 않도록.

눈을 떴을 때 이런 한심한 자신을 보이고 싶지 않아서. 저는 아직 이 감정을 잘 모르겠습니다. 하지만 제가 아니스 님을 부러워하는 것은 확실했습니다.

아아, 아주 조금이라도 이 사람처럼 되고 싶다. 그렇게 바라는 자신이 있음을 깨닫고 말았습니다.

*　*　*

"이야~ 무사히 성공한 걸 확인하고 단숨에 피로가 몰려왔나 봐. 미안!"

잠시 후 깨어난 아니스 님은 쾌활하게 웃으며 그렇게 사과했습니다. 저는 고개를 가로저어 신경 쓰지 않는다는 뜻을 나타냈습니다.

"아뇨, 괜찮아요. 오히려 이렇게 멋진 검을 주셔서 감사합니다."

"아냐! 나도 만들면서 즐거웠고! 나야말로 고마워!"

진심으로 기쁘다고 온몸으로 나타내는 아니스 님을 보니 저까지 웃음이 날 것 같았습니다. 그때 갑자기 아니스 님이 턱을 잡고 생각에 잠겼습니다.

"그러고 보니 유피의 마검에 이름을 지어야겠네."

"이름이요?"

"응. 마나 블레이드라고 하기에는 너무 다른 물건이 됐으니까. 으음~ 이름인가. 어떤 이름이 좋을까?"

아니스 님은 팔짱을 끼고 고민했습니다. 이 마검의 이름을 고민하는 것 같지만, 저도 특별히 바라는 이름이 없어서 입을 다물고 말았습니다.

"으음~ 레인보우…… 아냐, 분명, 그래, 그거야!"

"그거요?"

"응! 아르칸시엘! 그 검의 이름은 아르칸시엘로 하자!"

"……아르칸시엘. 「무지개」를 뜻하는 말이었죠?"

"맞아! 유피는 마법 적성을 잔뜩 가지고 있고! 무지개처럼 색깔이 많으니까 딱 맞지 않아? 유피 전용이란 느낌이 들어!"

무지개의 색깔이 유피 같다. 그렇게 표현한 아니스 님의 얼굴을 저는 무심코 응시하고 말았습니다. 무지개는 하늘에 걸리는 빛의 다리. 환상적이며 아름다운 빛의 다리를 떠올리자 기분이 가라앉았습니다.

'그건…… 제게 과분한 이름이지 않을까요.'

저는 무지개처럼 화사하지 않습니다. 오히려 재미없는 인간입니다. 그래도 아니스 님의 마음에 들었다면 그 이름을 받는 것이 아니스 님을 위한 일이겠죠. 그래서 저는 의식적으로 입꼬리를 올려 미소 지었습니다.

"감사합니다, 아니스 님. 멋진 이름이네요."

제가 고맙다고 인사하자 아니스 님이 눈을 동그랗게 뜨고 어리둥절한 표정을 지었습니다. 그러다 이번에는 구멍이라도 뚫을 기세로 저를 바라보았습니다.

갑작스러운 응시에 저는 곤혹스러웠습니다. 하지만 아니스 님은 아무 말도 하지 않았습니다. 왜 그러시는 걸까 생각하고 있으니 별궁에서 일리아가 나왔습니다.

"공주님, 돌아오셨으면 옷매무새를 가다듬어 주세요. 칠칠맞지 못해요."

"미안, 미안. 마음이 급해서."

"참 잘하셨습니다."

아니스 님은 생글생글 웃으며 대답했고 일리아는 담담히 말했습니다. 하지만 입꼬리가 살짝 올라간 것이 보였습니다. 이 두 사람 사이에는 확실한 친애와 신뢰가 있었습니다.

……별안간 심장이 불쾌한 리듬으로 뛰었습니다. 갑작스러운 일에 놀라서 가슴에 손을 얹었습니다. 대체 왜 이러는 걸까요? 지금껏 느껴 본 적 없는 감각이었는데…….

"—유필리아 님?"

누군가가 어깨에 손을 올리는 감촉에 얼굴을 들었습니다.

어느새 일리아가 앞에 있었고. 어째선지 그녀는 심각한 얼굴로 제 얼굴을 들여다보고 있었습니다. 무슨 일인가 싶어서 저는 눈을 동그랗게 뜬 채 그녀의 얼굴을 바라볼 수밖에 없었습니다.

"저기, 유피? 혹시 몸이 안 좋아?"

"네? 아, 아니스 님마저……?"

"잠깐 이마 좀 실례할게."

아니스 님까지 걱정하며 말했습니다. 제가 생각하기에 몸 상태는 멀쩡한 것 같았지만, 아니스 님은 제 이마에 양손을 얹고 자신의 이마를 맞댔습니다.

처음에는 무슨 일이 일어난 건지 몰랐습니다. 열을 재고 있다는 것을 이해한 뒤로도, 갑자기 가까워진 아니스 님과의 거리가 곤혹스러워서 움직이지 못했습니다.

"응, 조금 열이 나는 것 같은데?! 일리아, 감기일지도 몰라!"

"그건 좋지 않군요."

휙 이마를 뗀 아니스 님이 황급히 외쳤습니다. 그러자 아니스 님을 따르듯 일리아가 고개를 끄덕였습니다. 어? 아니, 저는 감기에 걸리지 않았는데요……?

"유피, 방에 돌아가자! 이렇게 나와 있으면 안 돼. 안정을 취해야 해!"

"어어, 저기요? 저는 괜찮은데……."

"일리아는 아르칸시엘을 맡아 줘! 나는 유피를 침대로 데

려갈게!"

저의 작은 항의는 묻혀 버렸습니다. 아니스 님은 재빨리 제게서 아르칸시엘을 압수하고 저를 안아 들었습니다.

아아, 마치 아르가르드 님 앞에서 끌려갔을 때와 같은 상황이라 저는 바로 포기했습니다. 이렇게 되면 저항해도 소용이 없음을 저는 배웠습니다.

그대로 아니스 님에게 안겨서 운반되었습니다. 저를 위해 준비된 방에 도착하자 아니스 님이 재빨리 저를 잠옷으로 갈아입혔고 저는 그대로 침대에 집어넣어졌습니다.

"바깥바람을 너무 많이 쐈나? 나한테 무릎베개도 해 줬지. 정말 미안해……."

"아, 아뇨. 그렇게 크게 아픈 것도 아니라서……."

"크게 아프기 전에 건강을 챙겨야지! 잠깐만 기다려, 약 받아 올게!"

"아, 아니스 님?!"

마치 돌풍처럼 달려 나가는 아니스 님을 저는 멍하니 배웅할 수밖에 없었습니다. 쓸데없이 걱정을 끼친 것 같아서 죄송스러운 마음을 느끼며 저는 이불을 끌어 올려 입가를 가렸습니다.

"……저는 뭘 하고 있는 걸까요."

나직이 중얼거리니 아침부터 느꼈던 허탈함이 단숨에 엄습했습니다. 눈을 감자 눈꺼풀이 무거워서 다시 눈을 뜨기 싫을 정도였습니다.

얼마나 눈을 감고 있었을까요. 문이 벌컥 열리는 소리를 듣고 눈을 떴습니다. 뛰어 들어온 사람은 역시나 아니스 님이었습니다.

"많이 기다렸지? 유피! 아아, 우선 한 번 더 열을 잴까."

아니스 님은 침대에 무릎을 올리고 제 위로 올라왔습니다. 그리고 그대로 이마를 맞대 열을 쟀습니다.

서로의 숨소리가 들리는 거리에서 이마에 닿은 아니스 님의 체온이 왠지 기분 좋아서 눈을 감아 버렸습니다. 잠시 열을 재던 아니스 님이 복잡한 얼굴로 이마를 뗐습니다.

"으음~ 미열? 아니, 하지만 악화하면 무서워. 어쨌든 약은 먹자. 유피, 일어날 수 있겠어?"

"네, 그렇게까지 몸이 안 좋은 건 아니라서……."

저는 순순히 상체를 일으켰습니다. 아니스 님이 도와주셔서 편하게 일어날 수 있었습니다.

남을 잘 챙기는 분이구나. 그렇게 생각하며 아니스 님을 보자 아니스 님이 약을 내밀었습니다. 저는 그것을 받아 입에 넣었습니다.

……그러고 보니 이렇게 약 먹고 쉬라는 말을 듣는 것은 처음일지도 모릅니다. 지금까지 자기 관리는 완벽했으니까요.

무엇보다 차기 왕비로서 빈틈을 보일 수는 없었습니다. 설령 상대가 가족이어도. 그렇게 생각하니 이렇게 저를 걱정해 주는 것도 신선하게 느껴졌습니다.

아니스 님이 약을 삼키기 위한 물을 가져다주셨기에 그대로 물을 마셔서 약을 삼켰습니다. 제가 약 먹은 것을 확인하고 아니스 님은 안도의 한숨을 쉬었습니다. 그리고 제 머리를 상냥하게 쓰다듬어 주셨습니다.

"푹 쉬어, 유피. 역시 환경이 바뀌면 불안하지? 몸 상태도 그렇게 나쁘지 않으니 아마 정신적인 피로 때문일 거야. 무리하지 않아도 돼."

"수고를 끼쳐서 죄송해요……."

"괜찮아, 괜찮아. 유피 덕분에 아르칸시엘을 만들게 됐으니까. 창작 의욕이 마구 샘솟더라고! 응, 내가 생각하기에도 좋은 물건이 만들어졌어!"

아니스 님은 저를 눕히고 기쁘게 웃으며 그리 말했습니다. 그 표정을 보고 있자니 흐뭇하면서 동시에 답답한 감정이 가슴을 스쳤습니다.

……역시 몸이 안 좋은 걸까요. 아무래도 기분이 싱숭생숭했습니다. 이런 경험은 처음이라 대처할 방법을 모르겠습니다…….

"유피."

사고에 몰두하려고 했을 때, 아니스 님이 제 이름을 불렀습니다.

아니스 님의 손이 제 손을 상냥하게 감쌌습니다. 아니스 님의 온기를 느끼니 역시 제 체온이 더 낮은 것처럼 느껴졌습니다.

아주 기분 좋은 온도인데 자신이 녹아서 사라져 버릴 듯한 기분이 들었습니다. 기우뚱기우뚱 흔들리는 불안정한 천칭 같은 기분을 주체할 수 없었습니다.

"……한심하네요."

그렇게 마구 흔들리는 자신이 한심해서 저는 작게 중얼거리고 말았습니다.

얼마 전의 자신이었다면 이런 추태를 보이지 않았을 텐데. 그러자 아니스 님이 살짝 화난 얼굴로 저를 노려보고 손으로 이마를 튕겼습니다. 가벼운 통증에 저는 반사적으로 눈을 감았습니다.

"유피! 넌 한심하지 않아. 나도 배려가 조금 부족했네. 응, 좀 더 유피를 신경 써야 했어!"

"하지만 이렇게 걱정을 끼치고 있는걸요……."

"유피가 건강해도 걱정은 얼마든지 할 거야."

그 말이, 손을 잡은 온기가. 나 자신을 알 수 없어지는 충격을 일으켰습니다. 이해할 수 없는 그런 자신을 들키고 싶지 않아서 저는 눈을 감고 얼굴을 돌렸습니다.

"정말 유피는 서툴구나."

"……이래 봬도 손재주는 좋습니다. 자수도 숙녀의 소양으로……."

"그런 걸 말하는 게 아니야. 인간으로서, 유피는 서툴러."

아니스 님의 손가락이 제 뺨을 콕 찔렀습니다.

"괜찮아. 다른 사람의 상냥함을 받아들여도 돼."

아니스 님은 아주 다정한 목소리로 그렇게 말했습니다. 아니스 님의 말에 가슴 안쪽이 죄어드는 것처럼 괴로워져서 가슴을 움켜쥐듯 손을 얹었습니다.

하지만 그 괴로움은 결코 불쾌하지 않았습니다. 불쾌하지 않은데 괴로워서, 괴로운데 달아나고 싶지 않아서.

이런 건 모릅니다. 맞닿아 있으면 사라져 버리고 싶어지는 이런 감정을 저는 모릅니다. 거부하듯 눈을 감아도 서서히 떠오르는 생각은 사라지지 않았습니다.

"······아니스 님."

"응."

"······저는, 저를 모르겠어요."

"응."

"······뭘, 하면 될까요?"

"으음~ 유피가 하고 싶은 걸 해."

"그것도, 모르겠으면요?"

띄엄띄엄 묻자 아니스 님은 손을 잡으며 대답해 줬습니다. 바라도 된다고. 하지만 저는 자신이 무엇을 바라는지도 알 수 없었습니다.

차라리 내게 요구하면 좋을 텐데. 역할을, 해야 할 일을.

그러니까, 그러니까 명령해 주세요. 차라리 당신이, 왕족인 당신이 바란다면.

"……유피."

그런 제 마음과는 반대로 아니스 님은 온화한 목소리로 제 이름을 부르고 말했습니다.

"뭘 하고 싶은지 모르겠다면, 뭘 원하는지 모르겠다면 같이 천천히 찾자. 유피가 정말로 하고 싶은 일을 찾는 날까지 여기서 나랑 같이 웃으면 돼. 멋대로 구는 내게 어울려 주면 돼. 그날이 올 때까지 너는 자유야."

그건 내가 바란 말이 아닌데, 역시나 괴롭고 가슴이 미어질 것 같은데. 그 말을 부정하고 싶지도 않고, 괴로워질 정도의 온기를 손에서 놓을 수 없을 것 같았습니다.

아니스 님의 손은 기분 좋게 따뜻한데도 녹아 버릴 것 같았습니다. 당신은 내게 너무 눈부셔. 세상을 보는 눈이 너무 달라. 내가 모르는 것을 아직도 많이 알고 있을 것 같아. 그렇다면, 그렇다면 당신은. 당신이라면.

─사실은 제가 뭘 원하는지 알고 있지 않나요?

그렇게 물어보려던 말은 결국 나오지 않았습니다. 아니스 님이 주는 온기에 저는 어느새 눈을 감고 있었습니다.

＊　　＊　　＊

"……어, 라?"

어느새 방은 어두워져 있었습니다. 해가 완전히 저물고 밤이 되어 있었습니다.

마도구의 어슴푸레한 빛만이 방을 밝혔습니다. 막 잠에서 깬 시야가 빛에 익숙해지자 졸음이 가셨습니다. 아무래도 그대로 잠들었던 모양인데, 그사이에 손을 잡아 줬던 아니스 님은 사라진 상태였습니다.

그래도 손에 온기가 남아 있는 것 같아서, 그 열기를 놓치지 않도록 주먹을 움켜쥐었습니다.

"……목마르네요."

갈증을 느낀다는 것은 몸이 수분을 바란다는 증거였습니다. 침대 옆 탁자에 있던 컵을 들고 물의 정령을 불러 물을 만들었습니다.

물로 목을 축이고 한숨 돌렸습니다. 하지만 뭔가를 생각할 수도 없어서 그저 멍하니 있었습니다. 정신이 해이하다는 생각은 들지만, 그래도 뭔가를 하자는 기분도 들지 않았습니다.

얼마나 멍하니 그러고 있었을까요. 조용히 문이 열려서 그쪽을 보았습니다.

열린 문 너머에 일리아가 서 있었습니다. 일리아는 저를 보더니 고개를 한 번 끄덕이고 안에 들어왔습니다.

"일어나 계셨군요, 유필리아 님."

"……일리아, 제가 얼마나 잤죠?"

"거의 한나절은 주무셨습니다. 공주님도 말씀하셨지만 정신적 피로가 단숨에 몸에 나타난 거겠죠. 환경도 바뀌었지만, 무엇보다 심경 변화도 크지 않았을까 합니다. 아무쪼록 자기 몸을 챙겨 주세요. 공주님이 걱정하셨습니다."

"……나중에 감사 인사를 드려야겠어요. 일리아도 고마워요."

"황송합니다. ……차라도 준비할까요?"

제가 컵을 들고 있는 것을 눈치챈 모양입니다. 일리아의 제안에 저는 잠시 고민하다가 고개를 끄덕였습니다. 그걸 보고 일리아는 제 방에도 설치된 보온 포트에 마력을 담아 뜨거운 물을 준비했습니다. 그사이에 저는 일리아가 차를 준비하는 모습을 멍하니 바라보았습니다. 그러자 일리아가 제 시선을 알아차리고 눈을 마주쳤습니다.

"하실 말씀이라도?"

"……아뇨, 특별히 없어요."

"그럼 제가 떠들고 싶은 기분이니 아무 말이나 먼저 꺼내주시길."

"……예?"

"사양 마시고."

그런 말을 들어도 곤란할 뿐입니다. 아마 저는 아주 한심한 표정을 짓고 있을 겁니다. 그런 저를 보고 일리아는 고개를 끄덕였습니다.

"그렇군요. 이건 꽤 중증이네요."

"……중증? 제가요?"

"네. 예전의 제가 떠올라서 등이 간질간질하네요."

"그게 무슨 뜻이죠……?"

일리아의 의도를 파악할 수 없어서 저는 그렇게 묻고 말았습니다. 일리아는 제게서 시선을 돌리고 작업을 진행하며 대답했습니다.

"주어진 역할이 아닌 일을 하는 건 많이 어렵습니까?"

"──."

"정곡을 찔린 얼굴이군요. 네, 암요. 이해합니다."

일리아의 말에 자신조차 놀랄 만큼 충격을 받았습니다. 직접 말로 들으니 괴로웠습니다. 요구되는 역할이 아닌 일을 저는 하고 싶다고 생각한 적이 없었으니까요.

"그분은 그런 사람을 잡아 오는 게 취미인 걸까요."

고민스럽다는 듯 말하면서 기가 막힌다는 것처럼 한숨을 쉬는 일리아의 얼굴을 보고 저는 마음에 떠오른 의문을 그대로 꺼냈습니다.

"……일리아는 아니스 님과 어떤 사이인가요?"

제 물음에 일리아는 변함없이 무표정이었지만 살짝 고개를 갸웃했습니다.

"글쎄요? 한마디로 말하기는 어렵습니다. 굳이 따지자면 주종 관계겠죠."

"주종 관계라고 하기에는, 그, 일리아가 너무 불경한 것 같은데요⋯⋯."

아니스 님을 대하는 일리아의 태도는 솔직히 말해서 참수당해도 이상하지 않을 정도였습니다. 그래도 아니스 님은 마음을 허락하고 있는 것 같고, 두 사람은 신뢰 관계를 형성하고 있는 것 같지만요.

"공주님은 윗사람으로 모시는 걸 싫어하시니까요. 저도 사실은 공손히 모시고 싶습니다. 하지만 적당히 장난을 치지 않으면 공주님도 숨이 막히실 겁니다. 그래서 장난에도 장단을 맞춰 드리고 있습니다."

"⋯⋯그런 건가요?"

"네. 저희는 그런 관계입니다."

"그런 관계⋯⋯."

일리아는 아니스 님을 공손히 모시고 싶다고 했습니다. 하지만 아니스 님은 윗사람으로 모셔지는 걸 싫어해서 아니스 님이 바라는 대로 불경한 태도를 취하는 겁니다. 그것도 결과적으로 공경하기에 그러는 것이라고.

확실히 기괴하다고 할까요, 한마디로 표현할 수 없는 관계라는 것은 알 수 있었습니다.

"저도 예전에는 틀에 박힌 인간이었습니다."

"……틀에 박힌 인간이요?"

"네. 부모의 말에 의문을 품지 않고, 신분 높은 귀족을 노리라고 해서 그렇게 했습니다. 집안을 지원하는 대신 저를 달라고 한 늙은 호사가에게 시집가라고 했을 때도 의문스럽게 여기지 않았습니다."

"……그건, 그."

뭐라고 말하면 좋을까요. 가벼운 화제처럼 이야기하고 있지만 내용은 상당히 심각했습니다. 그걸 틀에 박혔다고 말해도 될지 모르겠습니다.

"하지만 그런 틀에 박힌 삶을 공주님이 산산조각 냈습니다. 지금은 부모에 관해서도 꼴좋다고 생각합니다."

"……일리아는 꽤 개성적인 사람이었군요."

"황송합니다."

……칭찬은 아닌 것 같은데요. 왠지 일리아의 페이스에 말린 것 같아서 미간을 손으로 문질렀습니다. 일순 저와 일리아가 닮았을지도 모른다는 생각이 들었지만 기분 탓이었던 것 같습니다. 아마도 그럴 겁니다.

"그래서 공주님과는 다른 의미로 유필리아 님을 내버려 둘 수 없습니다."

"네?"

"유필리아 님과 저의 차이는 「인간으로서 사랑받았는가」입니다."

"인간으로서 사랑받았는가……?"

"네. 역할을 소화하는 것 외에 「고민할 수 있는」 유필리아 님은 저와 다릅니다."

"……고민할 수 있으니까?"

저는 고민하고 있는 걸까요. ……아뇨, 네. 분명 그럴 겁니다. 그렇기에 일리아도 제가 말로 표현하기 쉽게 맞춰 주고 있는 거겠죠.

"……일리아, 들어 줄래요? 저도 조금 얘기하고 싶은 기분이에요."

"네."

"저는 어릴 때부터 차기 왕비로서, 공작 영애로서 부끄럽지 않은 자신이 되려고 했어요. 다른 사람이 저를 뽑은 건 아니었지만, 다들 그런 저를 바란다고 생각했어요."

제가 이야기를 시작해도 일리아는 작업을 멈추지 않았습니다. 보온 포트와 함께 마련해 준 찻잎을 꺼내 준비를 진행했습니다.

"……제가 고민할 수 있다고 일리아는 말했는데, 맞아요 저는 고민 중일 거예요. 지금 저는 아무도 저를 바라지 않는다고 느끼고 있어요. 그래서 발밑이 무너져 버릴 것 같아요……."

"유필리아 님은 남들이 바란 이상적인 모습을 구현하는 것이야말로 자신의 가치라고 여기며 살아오셨군요."

"……부정할 수 없네요."

제가 쓴웃음을 지었을 때, 차가 준비된 듯했습니다. 차향이 코를 간질이며 마음이 차분해졌습니다. 그대로 받침과 함께 잔을 받아 차를 한 모금 마셨습니다.

　"……이대로 있어도 괜찮은 걸까 초조해요. 더는 차기 왕비로도, 공작 영애로도 저를 바라지 않는다는 걸 아니까요. 그래도 저는, 저를 모르니까……."

　제 중얼거림에 일리아는 아무런 대답도 하지 않았습니다. 그저 조용히 서 있을 뿐이었습니다. 저는 한 번 더 차를 마셨습니다. 첫 모금 때보다 입에 익숙해진 홍차를 목구멍으로 넘겼습니다. 잠시 간격을 두고서 일리아는 무거운 입을 열었습니다.

　"유필리아 님은 말을 참 잘 듣는 분이십니다."

　"……? 하, 하아……?"

　"기상천외 문제아인 공주님보다 손이 덜 가요. 제가 보증합니다."

　"……저기? 일리아?"

　"그러니 부디 마음껏 고민해 주세요. 그 고민의 답만큼은 본인이 찾으셔야 합니다. 누군가가 바라는 자신이 아니라, 자신이 바라는 자신이 되는 겁니다. 그런 자신을 찾는 데 필요한 시간은 공주님께서 얼마든지 벌어 주시겠죠. 그러다 시기를 놓쳐도 자신이 돌보겠다고 하실 거예요, 어차피."

　일리아의 말에 저는 고개를 들고 그녀의 얼굴을 바라보았습니다. 평소 점잖은 표정을 짓고 있는 일리아는 역시 살짝 입꼬리를 올리고 웃고 있었습니다.

그 시선은 아주 따뜻했습니다. 하지만 아니스 님과는 어딘가 다른 것 같았습니다. 그 차이는 뭘까요. 분명 열량의 차이겠죠.

아니스 님의 따뜻함은 녹아 버릴 것 같은, 자신이 사라져 버릴 것 같은 느낌입니다. 일리아의 따뜻함은 그것보다 훨씬 온화하고 편안해지는 온도라고 느꼈습니다.

그렇게 실감하자 가슴을 들쑤시던 불확실한 것에 약간 윤곽이 생긴 것 같았습니다.

"……아직 제대로 말할 수 없지만."

"네."

"……이 별궁에 와서 다행이라고 생각해요."

"그런가요."

네. 그렇게 대답하자 일리아와의 대화는 끊어지고 말았습니다. 하지만 이런 담담한 대화도 좋았습니다. 스스로도 이유는 모르겠지만 그렇게 생각했습니다. 언젠가 이 마음을 말로 표현하고 싶다고.

……아아, 다행이다. 저는 하고 싶은 일을 확실히 찾은 것 같습니다. 그 순간 안도와 기쁨이 북받쳤습니다. 지금 저는 자연스럽게 웃고 있을 겁니다.

"고마워요, 일리아. 아니스 님께도 감사하다고 인사해야겠어요. 저는 받기만 하네요."

"괜찮습니다. 어차피 공주님도 똑같이 말씀하시겠죠. 착
해 빠지셨으니까요."

일리아가 고개를 가로저으며 말해서 저는 살짝 웃음을 터
뜨리고 말았습니다. 착해 빠진 사람. 확실히 아니스 님을 나
타내는 적절한 말인 것 같습니다.

"확실히 그러네요. ……그럼 일리아도 착해 빠진 사람인가요?"

"……농담도. 저는 그저 공주님의 의향을 따르고 있을 뿐
입니다."

"그런가요. ……저기, 일리아. 아니스 님에 관해 더 물어봐
도 될까요? 이대로 받기만 하자니 마음이 불편해서요. 조금
이라도 뭔가를 돌려드릴 수 있게 그분을 알고 싶어요."

"네, 저로 괜찮으시다면 얼마든지. ……그 전에 한 잔 더
드시겠습니까?"

어느새 비어 버린 찻잔을 보고 저는 쓴웃음을 지은 뒤 고
개를 끄덕였습니다.

우리의 밤은 조금 더 길어질 듯합니다.

5장 전생 왕녀님은 계속 마법을 동경하고 있다

팔레티아 왕국의 역사는 정령과 함께한다. 초대 국왕이 신처럼 떠받들리던 대정령과 계약을 맺고, 정령이 친구로서 사람들을 이끄는 기치가 된 것이 건국의 계기라고 전해진다. 그 위업은 현대에도 칭송되며 오늘날에 이르고 있었다.

그렇기에 팔레티아 왕국에서는 정령의 선물인 정령석을 고맙게 여겼다. 예로부터 일상생활을 돕는 용품으로, 제사 때 바치는 물건으로 소중히 취급했다.

그런 정령석을 채취하려면, 특히 상질의 정령석을 얻으려면 자연이 풍부한 오지에 들어가야 했다. 그리고 그러한 오지에는 대체로 「마물」이 존재했다.

마물은 동물과 비슷한 생태를 보이며 인류를 위협하는 생물이다. 마물과 동물의 차이는 마법을 쓸 수 있는가 없는가였다. 마물은 흉악하여 주위 동물부터 다른 마물, 심지어 사람까지 공격했다.

그래서 정령석 채취는 마물 토벌과 밀접하게 관련되어 있었다. 마물이 있는 곳에 정령석이 있는 것인지, 아니면 정령석이 있는 곳에 마물이 자리 잡는 것인지는 알 수 없었다.

어쨌든 정령석을 채취하려면 마물의 영역에 들어가야 해

서 마물과의 싸움은 피할 수 없었다. 그렇기에 국가도 기사단을 파견하여 마물 사냥이나 정령석 채취를 지원했다.

그러나 수요가 높으면 일손이 필요해지는 것은 당연한 흐름이다. 전국에 배치된 기사단만으로 모든 수요에 대응할 만한 지원이 가능하다고 말하기는 어려웠다.

그럴 때 활약하는 것이 모험가라고 불리는 자유와 낭만을 사랑하는 자들이었다. 모험가는 국가가 공인한 직업이라 국가의 지원을 받았다. 그들은 무슨 일이든 했다.

예를 들어 상인이 다른 도시로 이동할 때 호위하거나, 기사단이라는 커다란 조직은 해결하러 나설 수 없는 사소한 문제를 해결하는 등, 모험가는 사람들의 생활과 밀접한 직업이었다.

그런 그들은 유명한 모험가가 되기 위해 마물을 토벌하여 명성과 재산을 획득하고자 했다. 국가가 솔선해서 마물을 토벌하기는 하지만, 아무래도 기사단은 큰 조직이라서 쉽게 움직이지 못할 때가 많았다. 그럴 때야말로 가뿐하게 움직일 수 있는 모험가가 나설 때였다.

모험가가 선행하여 얻은 정보로 국가가 움직이는 일도 많았다. 목숨을 건 직업이긴 하지만 보상은 컸다. 막대한 보상금은 물론이고, 때에 따라서는 나라로부터 영예를 인정받아 귀족이 되기도 했다.

그렇기에 모험가들은 영예를 추구하며 마물 토벌 의뢰를

받았다.

　—하지만 모두가 영예를 거머쥘 수 있는 것은 아니었다. 현실은 때때로 잔혹하게 이빨을 드러낸다. 어느 모험가 그룹에게는 바로 지금이 그러했다.

　"젠장, 젠장! 저딴 건 못 들었어! 아아, 젠장!"

　그야말로 모험가다운 차림새의 중년 남성이 짜증스레 외쳤다.

　그는 모험가로서 오랫동안 활약한 베테랑이었다. 화려하게 활약하진 못했으나, 이 나이가 될 때까지 현역으로 있는 것은 보기 드문 일이었다. 수수하지만 착실하다는 것이 그에 대한 주위의 평가였다.

　그런 그는 팔레티아 왕국의 정령 자원 채굴지이자 마물의 서식지로도 유명한 대삼림, 「검은 숲」에 와 있었다. 개척이 진행된 땅이라 대삼림에서 모험을 경험한 자도 많았다. 그래서 신인 모험가가 경험을 쌓는 장소로 자주 뽑혔다.

　검은 숲이라는 이름은 키 큰 나무들이 만들어 내는 어둠에서 유래한 것이었다. 안쪽으로 들어갈수록 햇빛조차 들지 않아서 숲의 전모를 아는 자는 없다고 여겨졌다.

　이 대삼림을 넘어가면 미개척 산맥이 있지만 그런 안쪽까지 들어가는 별난 사람은 없었다. 어디까지나 발을 들일 수 있는 범위에서의 탐색이 중심이었고, 그래서 이 숲의 사정을 아는 자도 많았다. 그렇기에 신인 모험가들이 경험을 쌓기 딱 좋은 장소인 것이다.

베테랑 모험가인 그도 자신의 경험을 신참들에게 가르쳐 주고 있었다. 아직 젊은 신인 모험가들의 리더로서 교육자 겸 감독 역할을 맡고 있었다.

모험가를 지망하는 신참들을 데리고 검은 숲에서 규칙을 가르친다. 그런 간단한 의뢰였을 텐데. 적어도 그는 그렇게 생각했고 신인 모험가들도 그렇게 생각했었다. 하지만 그들은 울창하게 우거진 숲속을 빠르게 달려 나가고 있었다.

마치 무언가에게 쫓겨 도망치듯. 숲을 돌진하는 그들의 표정은 초조와 공포로 일그러져 있었다.

"리, 리더! 어쩔 거야? 저거 어떡해?!"

"어떡하긴 뭘 어떡해! 일단은 숲을 나가서 길드와 기사단에 보고해야지!"

숲을 달리는 발은 결코 멈추지 않고서 한 신인 모험가가 동요하며 울부짖었다. 이에 베테랑 모험가가 고함치며 대답했다. 그 목소리에 힘이 담긴 것은 그 또한 동요를 숨길 수 없었기 때문이리라.

"하지만 기사단이더라도 「저런 것」을 처리할 수 있겠어?!"

「저런 것」. 그렇게 칭한 무언가를 두려워하듯 또 다른 신인 모험가가 외쳤다. 그 목소리는 숨기지 못한 공포로 떨리고 있었다.

"사람을 긁어모아서라도 어떻게든 처리할 수밖에 없어!"

"하지만!"

"「저런 것」을 풀어 둬 봐! 마을뿐만 아니라 도시가 사라질 거야!"

우는소리를 하는 젊은 신인 모험가들에게 베테랑 모험가가 버럭 소리를 질렀다. 하지만 그도 공포를 느끼고 있었다. 그래도 신참들을 맡았다는 책임감과 오랜 경험으로 생긴 담력이 공포를 굴복시켰다. 그였기에 지시를 내리고 신참들을 데리고서 도망칠 수 있었다. 하지만 그가 할 수 있는 일은 거기까지였다.

어금니를 깨부술 듯이 악물고서 베테랑 모험가는 짜증을 담아 외쳤다. 그들을 공포에 빠뜨린 것의 이름을. 이 팔레티아 왕국에 다가오는 위협의 이름을.

"―「드래곤」이라니 농담이겠지! 제기랄!!"

* * *

유피를 위해 만든 아르칸시엘이 완성되고 며칠이 지났다. 완전히 일상으로 돌아온 나는 일과로 몸을 움직이고 있었다.

별궁 안뜰에서 꼼꼼히 몸을 푼 뒤에 마나 블레이드를 들고 품새를 확인했다. 몸의 움직임을 확인하고 내가 생각하는 이상적인 이미지와 맞춰 나갔다.

수없이 반복하여 몸에 익은 움직임을 하나하나 신중하게 확인했다. 연구에 몰두하다 보면 무심코 소홀해지지만, 평소에는 이 품새 훈련을 일과로 하고 있었다.

최근에는 유피의 아르칸시엘을 개발하느라 조금 소홀했으니 꼼꼼히 해야지. 얼추 품새를 확인하고 그대로 몸을 움직이고 있으니 유피가 왔다. 그 허리에 달린 아르칸시엘을 보자 조금 자랑스러운 기분이 들었다.

"아니스 님, 안녕하세요."

"유피. 안녕."

"품새 연습 중이신가요?"

"연구에 몰두해 있지 않을 때는 일과로 하고 있어. 책상 앞에만 앉아 있으면 몸이 둔해지니까."

"그렇군요. 좋은 습관인 것 같아요."

유피가 동의하며 고개를 끄덕였다. 하지만 바로 이상하다는 듯 고개를 갸웃했다.

"……실례지만 정식 품새와는 다르게 변칙적이네요?"

"아아, 내 검 품새 말이지?"

질문의 의도를 확인하듯 되물었다. 유피는 고개를 끄덕였다.

"음, 기초는 기사단에서 배웠지만 어디까지나 기초를 배웠을 뿐이니까. 꽤 자기류가 되었을 거야."

"기사단 말고 다른 곳에서도 검을 배울 기회가 있었다는 건가요……?"

내 대답을 듣고 유피가 의심스럽다는 표정을 지으며 고개를 갸웃했다. 그런 유피 뒤에서 수건과 음료수를 든 일리아가 걸어왔다. 일리아는 그대로 내게 다가와 수건으로 얼굴을 닦아 줬다.

"공주님은 기초 자체는 기사단에서 단련했지만 실전으로 검 실력을 기르셨으니까요."

"실전으로요? ……아아, 가도 공사의 감독과 호위도 아니스 님이 맡으셨었죠."

납득했다는 듯 유피가 표정을 바꿨다. 하지만 일리아는 어깨를 으쓱이고 한숨을 쉬었다.

"그게 전부는 아니지만요……."

일리아의 중얼거림을 듣고 유피가 의아한 표정을 지었다. 일리아에게 물어보려고 했는지 유피가 입을 열었다. 하지만 유피의 말을 차단하듯 모습을 나타낸 것이 있었다.

전서구였다. 본 적 있는 전서구였기에 나는 눈을 동그랗게 떴다. 전서구는 일직선으로 내게 날아와 팔에 앉았다. 그 다리에는 편지가 매여 있었다.

"어라라, 이 타이밍에? 대체 무슨 일이지?"

"……아니스 님, 그건 어디서 보낸 전서구인가요?"

"잠깐만 기다려 봐. 먼저 내용을 확인하고 싶어. 이거, 긴급할 때 보내는 거니까."

"긴급……?"

내 대답에 유피가 인상을 쓰고 중얼거렸다. 대답해 주고 싶지만 먼저 내용을 확인해야 한다며 나는 편지를 풀었다. 전서구가 가져다준 문서의 내용은 간결했다. 무슨 일이 벌어졌는지 바로 이해할 수 있었다.

"……아하하하하!"

"……아니스 님?!"

그 내용을 본 나는…… 참지 못하고 입꼬리를 쭉 올리고 말았다. 묘한 웃음이 흘러나와서 유피가 무슨 일이냐는 얼굴로 나를 보았다. 하지만 나는 그런 유피를 신경 쓸 여유가 없었다.

"아아, 확실히 이건 긴급한 안건이야! 세상에! 일리아! 채비하고 올게! 바로 나가야 해!"

"아니스 님?! 어, 어디 가시려는 건가요?!"

채비하러 달려가려던 나를 유피가 붙잡았다. 순간적으로 팔을 잡혀서 넘어질 뻔했다. 그대로 발을 멈춘 나를 보고 유피는 일순 미안해하는 표정을 지었지만 바로 얼굴을 다잡고 내게 따졌다.

"대체 무슨 일이 벌어진 건가요? 긴급한 안건이라는 건 어디서 보낸 건가요?"

"유필리아 님, 방금 온 건 모험가 길드의 전서구입니다."

"모험가 길드?! 잠깐만요. 왜 모험가 길드에서 아니스 님에게 소집을 알리는 편지를 보내는 거죠?!"

나를 대신하여 일리아가 대답했다. 유피가 놀라서 더 크게 외쳤다.

"왜냐하면 나는 모험가로 등록되어 있고, 게다가 고위 랭크 모험가이기 때문이야."

내가 대답하자 유피는 영문을 모르겠다는 듯 눈을 깜박였다. 나는 목에 걸어서 옷 속에 넣어 뒀던 인식표를 증거로 보여 줬다. 인식표에는 이름이 새겨져 있었고 디자인도 꽹장히 정교했다. 이름은 본명이 아니지만!

모험가에게는 실력과 지위를 나타내는 랭크가 붙는다. 모험가가 받을 수 있는 의뢰는 길드가 관리하고, 랭크에 따라 받을 수 있는 의뢰가 달라지는 구조였다.

모험가 랭크는 팔레티아 왕국에서 유통되는 화폐에서 따와 계급을 나타낸다. 동, 은, 금 순서였다. 처음에는 동급으로 시작하여 중위 랭크라고 불리는 은급으로 올라간다. 그리고 그 위인 금급이 고위 랭크 모험가라는 증거였고, 모험가의 인식표도 그 계급에 맞춰 도장되었다.

고위 랭크 모험가를 나타내는 금색 인식표를 본 유피는 믿을 수 없다는 얼굴로 나를 보았다. 기분은 이해해. 왜 내가 이런 걸 가지고 있나 싶겠지.

"어째서 왕녀 전하가 모험가가 된 건가요?! 심지어 고위 랭크인 금급?!"

"아니, 그게. 조언을 위해 공사 현장에 동행했을 때였는데. 그때 쓰러뜨린 마물의 소재가 탐이 났거든. 모험가로 등록해 두면 직접 조달할 수 있지 않을까 싶어서 말이야. 그렇게 계속하다 보니 어느새 고위 랭크가 되어 있었어. 인식표를 보여 줬을 때는 아바마마도 머리를 싸매셨지."

"당연하죠! 폐하의 심정을 헤아리고도 남아요!"

유피가 빽 소리를 질러서 나도 모르게 귀를 막아 버렸다. 아바마마에게 들켰을 때도 비슷한 일을 겪었지, 하고 예전 일을 떠올리고 말았다.

"아니, 미안, 유피가 화내는 것도 이해해. 하지만 그 점에 관해 이야기를 나누고 있을 때가 아니야."

모험가 길드에서 전서구로 보낸 의뢰. 아마 모든 고위 랭크 모험가에게 보냈을 것이다. 그러니 내게 보낸 의뢰라기보다는 고위 랭크인 금급 모험가에게 보낸 의뢰였다. 즉, 그만큼 몹시 긴급한 의뢰라는 뜻이었다.

"진짜로 위험한 사태가 벌어졌어. 아마 아바마마에게도 곧 소식이 전해질 거야."

"대체 무슨 일이 일어났는데요?"

"스탬피드가 올 거야. 그것도 상당히 규모가 커서 성가신 상황인 것 같아."

"스탬피드가 온다고요?!"

유피가 위기감에 찬 목소리로 외쳤다. 스탬피드. 그 한마디만으로도 얼마나 중대한 사태인지 팔레티아 왕국에 사는 자라면 누구나 알고 있다.

어떠한 요인으로 마물들이 대량으로 몰려드는 현상을 스탬피드라고 부른다. 스탬피드가 일어나지 않도록 평소에도 기사단과 모험가가 마물을 토벌하고 솎아 내지만, 일어날 때는 결국 일어났다.

"스탬피드가 일어나는 원인은 주로 두 가지야. 첫째로 단순히 마물이 대량 발생해서. 너무 늘어난 마물들이 영역 다툼을 벌이고, 패배한 쪽이 새로운 거처를 찾아 인근 마을로 다가오는 경우지. 또 다른 원인은 마물 무리가 도망쳐야만 할 정도의 「거물」이 나타났을 경우야."

마물도 결국 생물이다. 생물인 이상 살 곳은 무한하지 않고, 뺏고 뺏기는 싸움도 당연히 일어난다. 하지만 그 싸움이 인간에게 영향을 준다면 이쪽도 대처해야 한다.

스탬피드가 일어났을 때는 일단 대량으로 발생한 마물의 진행을 막아야 한다. 단순한 대량 발생이라면 이것만 해도 되지만, 거물이 나타난 경우라면 이야기가 달라진다.

스탬피드 대처와는 별개로 그 거물도 동시에 상대해야 하기 때문이다. 이렇게 되면 커다란 문제다.

"거물…… 즉 「마석 개체」가 나타났다는 건가요?"

"그런 거야, 유피."

마물 중에서도 특히 강한 개체를 마석 개체라고 불렀다. 마물도 종족과 종류가 있다. 마석 개체는 그런 마물들 사이에서 돌연변이처럼 나타나는 개체였다.

마석 개체의 성가신 구석이 바로 특유의 마법을 쓴다는 점이었다. 종족에 따라 대략적인 경향이 있긴 하지만, 개중에는 전혀 다른 마법을 쓰는 개체도 있었다. 그렇기에 마석 개체는 위험도가 높았다. 마석 개체라고 불리는 까닭은 체내에 마석이란 이름의 결정체를 가지고 있기 때문이었다. 오래 산 개체일수록 양질의 마석을 가지고 있다고 여겨졌다.

많이 목격된 마석 개체에게는 따로 이름을 지어 주는 일이 많았다. 신인 모험가가 기존의 마물과 착각하지 않도록 말이다. 마석 개체는 고위 랭크인 금급 모험가가 담당하는 일이 많다. 그만큼 위험한 상대였다.

"아무튼 그런 거니까 빨리 가야 해."

"기다려 주세요! 아아, 정말, 뭐부터 물어봐야 할지 모르겠네요! 그런데 왜 아니스 님이 가시겠다는 건데요?!"

휙 등을 돌리려고 한 내 목덜미를 유피가 잡았다. 끄엑 하는 소리를 내며 나도 모르게 콜록거렸다. 뒤돌아보니 유피가 혼란과 초조로 얼굴을 일그러뜨리고 있었다.

"애초에! 아니스 님은 마법을 못 쓰시잖아요?! 아무리 금급 모험가여도 위험해요! 위험할 것을 알면서 전하를 보낼 수는 없어요!"

"고위 랭크 모험가 중에도 마법을 못 쓰는 사람은 있는데……."

아르 군이 집착하고 있는 시안 남작 영애의 부친도 그렇고. 시안 남작은 원래 모험가였고, 활약을 인정받아 남작 지위를 받으면서 귀족이 된 자였다. 이름을 들었을 때 왠지 익숙하다 싶었는데, 시안 남작이 원래 모험가였기에 이름을 들은 적이 있었던 거였다.

물론 모험가로서 활약하는 사람 중에 마법을 쓸 줄 아는 사람도 있다. 집안을 잇지 못한 귀족의 차남이라든가, 몰락한 귀족의 후손이라든가, 귀족의 서자라든가. 그런 사람들은 대부분 고위 랭크 모험가다. 마법은 쓸 줄 아는 것만으로도 강점이니까.

하지만 그게 전부가 아닌 것도 사실이다. 내게는 마도구라는 무기가 있고 마학 연구로 생긴 성과도 있어서 고위 랭크 모험가로 인정받을 만한 실력이 있었다.

"유피의 기분도 이해해. 걱정하고 있다는 것도 알아. 하지만 안 된다고 해도 나는 갈 거야."

"어째서요?! 일리아도 어째서 안 말리는 건가요?!"

유피가 왜 알아주지 않냐는 듯 외쳤다. 내게 말해도 소용없다고 생각했는지 유피의 시선이 일리아에게 향했다.

일리아는 한숨을 쉬고 고개를 가로저었다. 그 얼굴에는 체념이 떠올라 있었다. 그렇게 체념한 표정으로 타이르듯 말했다.

"안타깝지만, 말한다고 들으실 분이 아닙니다. 아시지 않습니까?"

"그럴 수가!"

"공주님이 고위 랭크 모험가라는 것도, 이름을 가진 마석 개체를 토벌한 경험이 있는 것도 전부 사실입니다. 새삼스러운 이야기에요, 유필리아 님."

"윽……! 폐하는 나무라지 않으신 건가요?!"

"그거야 당연히 무시했지! 아바마마는 진작에 포기하셨어!"

"아아, 정말로 당신이란 사람은!"

유피가 하늘을 올려다보며 외쳤다. 아니, 나도 물러날 수 없는 이유가 있거든. 안 된다고 해도 나는 이번 스탬피드에 대처하러 가야만 한다.

"유피, 나는 마석을 꼭 갖고 싶어."

"……마석이요?"

"이번 스탬피드의 원인은 틀림없이 마석 개체야. 심지어 이 기회를 놓치면 절대 마석을 손에 넣을 수 없을 만한 상대야. 그러니까 내가 나인 이상, 설령 누가 뭐라고 하더라도 갈 거야. 가야만 해."

"……마석은 명예의 상징이지만, 딱히 명예를 얻고 싶으신 건 아니죠?"

유피가 엄격한 시선을 보내며 물었다. 확실히 마석은 마물을 쓰러뜨린 자가 명예의 상징으로 가지는 것이다. 하지만 나는 딱히 명예 따위 필요 없었다.

"내가 필요한 건 마석 자체야. 그래서 나는 모험가로 활동하고 있고, 고위 랭크 모험가가 될 만큼 공적도 쌓았어."

"무엇 때문에 그렇게까지 하시는 건가요……?"

"……자세하게 설명하고 있을 여유는 없어. 나는 반드시 갈 거야. 그만큼 나한테는 중요한 일이야."

슬프게 눈물을 글썽거리는 유피를 똑바로 보며 나는 말했다. 이건 양보할 수 없는 일이다. 그러니 유피가 아무리 설득해도 양보할 수 없고, 양보할 생각도 없다. 그런 마음을 담아 유피를 보자 유피는 깊이 한숨을 쉬고 눈을 내리떴다.

"……꼭 가셔야겠다는 거군요?"

유피의 물음에 나는 힘 있게 고개를 끄덕였다. 시선을 피하지 않고 똑바로 유피를 쳐다보자 유피 쪽에서 굽히기로 했는지 가만히 한숨을 쉬었다.

"……알겠습니다. 그렇다면 최소한 저를 데려가세요. 기사단이 따라오긴 했지만 저도 마물을 토벌한 경험은 있어요. 부디 저를 데려가 주세요."

"뭐?! 유피를 데려가다니, 아니, 하지만 그란츠 공한테서 유피를 맡았고, 무슨 일이 생기면 뭐라고 설명해야 할지……!"

"그건 아니스 님도 마찬가지일 텐데요. 전하는 괜찮고 저는 안 될 이유가 있나요?"

유피의 반론에 나는 무심코 신음하고 말았다. 그렇게 말하니 나도 반박할 수 없었다. 여기서 내가 유피를 데려갈 수 없다고 하면 유피보다 신분이 높은 나는 더더욱 안 되는 것이다. 즉, 유피의 동행을 반대하면 내가 가는 것에도 반대하는 꼴이 된다. 거절할 수 없었다.

"저는 전하의 조수로서 이곳에 있어요. 전하가 무엇을 바라는지, 그걸 알 권리도 있을 테죠. 아닌가요?"

"……후우, 그렇게까지 말한다면, 알겠어."

이번에는 내가 깊이 한숨을 쉬게 되었다. 이대로 계속 의논해 봤자 평행선을 달릴 것이 눈에 보였다. 지금은 시간이 없다. 이렇게 된 거, 유피도 데려갈 수밖에 없다.

"하지만 느긋하게 설명하고 있을 여유는 없으니까 이동하면서 말할게. 그래도 되지? 마녀 빗자루로 현장에 날아갈 건데."

"……또 그걸 타는 건가요. 아뇨, 알겠어요. 각오는 되어 있어요."

마녀 빗자루로 이동한다고 하자 유피는 조금 망설였지만, 이내 결심한 듯 표정을 다잡고 고개를 끄덕였다. 그런 유피의 모습이 재미있어서 조금 웃고 말았다.

"쇠뿔도 단김에 빼랬어! 엄청난 일이 될 거야!"

"그런데 아니스 님, 이번 스탬피드의 원인인 마물의 정보는 확인하셨나요?"

"물론이지. 그래서 모험가 길드도 황급히 전서구를 날렸을 거야. 이번 상대는 누구나 알 만한 거물이거든."

전생에 판타지의 대명사였던 생물. 이 세계에서도 절대 강자로 칭해지는 거물이었다. 이름을 들으면 누구나 두려워하며, 그 마물을 쓰러뜨리고 얻을 명성을 꿈꾸게 된다. 그런 상대였다.

"―상대는 「드래곤」이야."

용살자, 혹은 드래곤 킬러. 세계가 바뀌어도 누구나 동경하는 명예의 증명이라는 것은 같았다. 숨을 삼키는 유피를 보고 나는 도전적으로 웃었다.

* * *

내가 그 소식을 들은 것은 매일 처리해도 줄지 않는 서류를 정리하고 있을 때였다.

국왕의 집무실 문을 누군가가 부술 기세로 두드렸다. 얼굴이 하얗게 질려서 뛰어 들어온 기사의 보고를 듣고 나는 언성을 높이지 않을 수 없었다.

"드래곤이 나타났다고?! 맙소사, 설마 산맥 너머에서 날아오기라도 한 건가?! 뭔가 착오가 있었던 건 아니고?!"

"오르펀스 폐하! 안타깝게도 모험가 길드에서 긴급 안건으로서 정식으로 보고한 내용입니다! 지시를 내려 주십시오!"

"끄으으응……! 가뜩이나 귀찮은 일이 벌어졌는데 또 이런 일이 벌어지다니! 연락을 돌려라! 국왕의 이름하에 긴급

회의를 연다! 즉각 소집하라!"

기사의 보고에 두통을 느끼면서도 국왕으로서 판단을 내리고 지시했다. 내 지시에 빠르게 집무실을 뛰쳐나가는 기사들을 지켜보고서 나는 위 부근을 문질렀다.

"에잇……! 아르가르드 일만으로도 머리가 아픈데 왜 드래곤까지 나오는 거야!"

드래곤. 이 세계에서 위협의 대명사로 통하는 것 중 하나다. 모두가 두려워하는 생명의 정점에 이른 생물. 그 강인함도 문제지만, 드래곤의 성가신 점은 「하늘을 날 수 있다」는 것이었다.

드래곤은 목격된 경우가 적어서 그 모습을 본 사람은 거의 없었다. 그렇기에 출현했을 때의 위협에 소름이 돋으며 등골이 오싹해지는 충격을 받는 것이다. 드래곤의 습격은 천재지변이라고 해도 과언이 아니었다.

팔레티아 왕국의 역사를 살펴봐도 드래곤이 습격해 왔다는 기록이나 전승은 없었다. 하지만 다른 나라가 드래곤에 의해 멸망했다는 이야기는 유명했다. 그 정도 규모의 재앙을 일으키는 것이 드래곤이라는 마물이었다.

"진정하자, 진정해……! 하지만, 그러나! 어떻게 대처하면 좋지……?!"

상대는 드래곤이다. 단순히 생물로서도 강하지만, 하늘을 날 수 있다는 점이 무엇보다 성가시다. 방위선을 구축하더라도 그 위로 지나가 버리면 손쓸 방도가 없다.

폭풍이 떠나는 것처럼 드래곤이 사라져 준다면 좋겠지만, 스탬피드가 일어난 이상 무시할 수는 없다. 왜냐하면 마물은 마물을 잡아먹기 때문이다.

스탬피드가 일어났으니 드래곤은 마물을 먹이로 보고 있을 가능성이 크다. 사냥감인 마물을 해치워 버리면 의도치 않아도 자극하고 말 것이다. 어쩌면 좋을까 싶어서 지끈거리는 머리를 누르고 있으니 문을 노크하는 소리가 들렸다. 곧이어 문 너머에서 들린 목소리에 나는 눈을 부릅떴다.

"―아바마마, 아르가르드입니다. 입실을 허락해 주십시오."

"아르가르드?! 너는 근신 중일 텐데…… 아니, 됐다. 들어와라! 무슨 일이냐!"

생각지 못한 목소리를 듣고 동요하면서도 아르가르드의 입실을 허락했다. 문 너머에는 감정을 억누른 듯 무표정한 아들이 있었다.

얼마 전에 유필리아에게 약혼 파기를 선언한 것 때문에 근신시키고 사정을 들었을 때부터 아들은 정체 모를 분위기를 풍겼다. 정무가 바쁘다는 것은 핑계도 되지 않지만, 나는 아들을 잘 이해할 수 없었다.

'얼간이 딸내미도 이해할 수 없는 건 마찬가지지만……'

아르가르드와는 대조적으로 낙관적으로 싱글벙글 웃는 아니스피아의 모습이 뇌리에 떠올랐다. 아니스피아는 무슨 짓을 저지를지 모른다는 의미로 이해할 수 없지만, 아르가르드에게서는 정체 모를 불가해함을 느꼈다. 그렇게 생각하고 있으니 아르가르드가 말을 꺼냈다.

"실례지만 아바마마. 드래곤이 나타났다는 이야기를 들었습니다."

"……정말이지, 근신 중이면서 어디서 들었는지 모르겠구나. 아무튼 무슨 일로 왔느냐?"

한숨을 쉬며 아르가르드에게 진의를 묻자 놀라운 말이 돌아왔다.

"제가 드래곤 토벌에 참여하는 것을 부디 허락해 주십시오, 아바마마."

"……너는 무슨 말을 하는 거냐?"

아르가르드의 갑작스러운 요구에 나는 눈썹을 찌푸리고 말았다. 내가 인상을 써도 아르가르드는 흔들림 없는 표정으로 말을 이었다.

"단적으로 말하자면 명예를 얻고 싶습니다."

"명예? 그걸 위해 직접 드래곤 토벌에 나서겠다는 거냐?!"

"네. 가지고 싶은 게 있습니다. 만약 드래곤을 토벌한다면 제가 바라는 것을 보상으로 받고 싶습니다. 그걸 위해서라면 이 목숨을 걸 각오가 되어 있습니다."

용살자. 누구나 인정하는 커다란 영예다. 그렇군, 가지고 싶은 것이 있기에 명예를 얻고 싶다고 아르가르드는 말하고

있었다. 충분히 이해가 가는 이유였다.

하지만 그렇기에 나는 슬펐다. 어째서 모르는 거냐고 아르
가르드에게 화도 났다. 아르가르드가 무엇을 원하는지 상상
이 갔기 때문이다.

"……아르가르드. 그렇게나 유필리아가 마음에 안 들었던
거냐? 그렇게나 남작 영애가 좋은 거냐? 모르겠구나. 나는
너를 모르겠다, 아르가르드. 남작 영애를 측실로 두면 안
됐던 거냐? 나는 측실을 두지 않았지만, 왕이 측실을 두면
안 된다는 법은 없다. 왜 그렇게 고집스레 유필리아를 거부
하는 거냐?"

아르가르드는 유필리아와의 약혼을 파기하길 원했다. 그
것도 남들이 보는 앞에서 단죄했다.

그 죄상을 나도 읽기는 했지만, 확실히 말해서 전부 누명
같았다. 사랑에 눈이 멀었나 싶어서 아르가르드를 의심하기
도 했었다. 하지만 아르가르드에게서는 그런 모습이 보이지
않았다. 아들에게 불같은 뜨거움은 없었다. 오히려 냉철함
마저 느껴질 정도였다.

"제 심정을 소상히 밝힐 시간은 없습니다, 아바마마. 반드
시 보상을 약속해 달라는 건 아닙니다."

한없이 고요하면서도 냉정하게 아르가르드는 말했다.

"하지만 이대로 가만히 있을 수는 없습니다. 주어진 길을
그저 주어진 대로 나아가는 왕이 정말로 이 나라에 필요합

니까?"

"……하고 싶은 말이 뭐냐, 아르가르드."

"마법 재능만 있었다면, 남자로 태어났다면. 그렇게 숙덕거리는 소리를 제가 듣지 못했을까요?"

아르가르드의 말에 나는 눈을 내리뜨고 말았다. 아르가르드의 말이 무엇을 의미하는지 알았기 때문이다. 아니스피아와 아르가르드, 두 사람 사이가 결정적으로 틀어져 버린 게 언제였을까.

어릴 때는 그래도 괜찮았다. 아직 어렸을 때, 아니스피아와 아르가르드는 늘 함께 있을 정도로 사이가 좋았다. 아니스피아가 아르가르드를 데리고 다니며 문제를 일으키고 함께 웃던 시기가 분명히 있었다. 하지만 아니스피아가 마학이라는 길을 발견하고 나서부터 조금씩 모든 것이 망가졌다.

마법 재능은 없지만 혁신적인 발상과 발상을 실현하는 행동력이 아니스피아에게는 있었다. 그것은 아르가르드의 곤경으로 이어지고 말았다. 아르가르드에게는 빛나는 재능이 없다고 주위 사람들이 업신여기기 시작한 것이다. 어떻게 해야 할지 고민하는 사이에 아니스피아와 아르가르드의 사이는 틀어져 버렸다.

수복이 불가능할 만큼 사이가 틀어진 두 사람은 각자 다른 길을 걷기 시작했다. 아니스피아는 스스로 왕위 계승권을 포기하고 지금의 입장에 안착했다. 기상천외 왕녀, 왕족답지 않은 얼간이. 그건 아니스피아 나름의 배려였을 것이다.

남아이고 왕위를 이을 아르가르드를 위해. 자신은 그런 걸 짊어질 소질이 없다고. 그렇다면 내가 할 수 있는 일은 아르가르드를 정통 왕위 계승자로 키우는 일이라고 생각했다. 언젠가 자식에게 물려줄 나라를 지키는 것이야말로 나의 사명이라며 심혈을 기울였다.

아니스피아와 비교하면 평범하다고 말하지 않을 수 없었던 아르가르드의 반려로 유필리아를 붙여서 장래를 굳건히 다지려고 그란츠와 교섭했다. 나라를 하나로 뭉치기 위해 파벌 싸움이 격화되지 않도록 노력하며 평온한 나라를 만들려고 고심했다.

그런 가운데 아니스피아의 활약은 좋게도 나쁘게도 눈길을 끌었다. 마학이라는 이단의 제창자인 아니스피아를 멸시하는 자는 많지만, 개중에는 이해를 나타내는 자도 일정 수 있었다.

그래서 누군가가 숙덕거리는 것이다. 아니스피아의 결점이 채워진다면, 어쩌면. 그렇게 아니스피아와 아르가르드를 비교하는 자가 있다는 것은 알고 있었다.

하지만 그래도 차기 국왕은 아르가르드다. 내가 국왕으로 즉위했을 때, 이 나라는 몹시 어지러웠다. 그 과거를 떠올리기만 해도 회한이 일었다. 그렇기에 아들인 아르가르드는 나와 같은 일을 겪지 않았으면 했다.

줄 수 있는 것은 다 줬다고 생각했는데, 그걸 받는 아르가르드가 무슨 생각을 하는지는 이해해 줄 수가 없었다. 새삼스럽지만 정말이지 한심한 이야기다. 어떻게 하는 게 옳은 일이었을까? 솔직히 모르겠다.

그래도 나는 국왕이다. 멈춰 설 수는 있어도 되돌아갈 수는 없다.

"아르가르드. 드래곤을 토벌했다는 명성이 있다면 확실히 네 지위도 굳건해지겠지. 게다가 지금은 조금이라도 나라를 위해 힘이 필요해. 한 번만 더 묻겠다. 목숨을 걸 각오는 되어 있는 거겠지?"

"네. 전부 각오하고 말씀드린 겁니다."

"좋다. 그렇게 조치하마. 특별히 긴급회의에 참여하는 걸 허락하겠다. 그리고……."

아르가르드와 대화를 이어가려고 했을 때, 다시 노크 소리가 울렸다. 세 번째쯤 되니 역시 나도 짜증을 감출 수 없었다. 긴급 사태라고는 하지만 세 번째라니! 나는 신경질을 부리며 문을 향해 고함쳤다.

"에잇, 이번에는 뭐냐!"

"폐, 폐하! 큰일 났습니다! 아니스피아 왕녀 전하가!"

허둥거리는 기사의 목소리에 나는 맹렬하게 불길한 예감을 느꼈다. 활짝 웃으며 자신의 발명품을 과시하러 왔던 딸의 모습이 뇌리를 스쳤다. 그 손에 들려 있던 것은…….

"왕녀 전하가 유필리아 공작 영애와 함께 예의 그 마도구를 타고 날아가는 모습을 봤다는 목격 정보가 들어왔습니다!"

그 녀석은 분명 모험가로 등록하여 고위 랭크로 인정받았을 터. 내 기억이 옳다면 유사시에는 우선적으로 고위 랭크 모험가에게 긴급 의뢰 형태로 정보가 간다.

거기까지 떠올리고 나는 등골이 오싹해졌다. 설마 아니겠지. 하지만 떠오르는 가능성은 그것뿐이었다.

"아니스피아는 어디로 날아갔지?! 말해라!"

"거, 검은 숲 방면이었던 것 같습니다!"

"……그 멍청한 딸내미가아아아아아아아!!"

오늘 하루 가장 큰 두통을 느끼며 나는 버럭 소리를 지를 수밖에 없었다.

* * *

"에취! 으~ 바람을 맞으니 역시 조금 으슬으슬하네. 유피는 괜찮아? 안 추워?"

"……아니스 님은 어떻게 그렇게 아무렇지도 않으신가요."

바람을 느끼며 하늘을 나는 감각은 내게 익숙하지만 유피는 그렇지 않았다. 내 허리에 감긴 팔의 힘은 셌고 몸은 밀착되어 있었다. 떨어지지 않기 위해서도 필사적이겠지.

이렇게 밀착되니 유피의 체온이 느껴져서 기묘했다. 유피의 체온뿐만 아니라 심장 소리도 들릴 것 같다. 바람이 쌀쌀하기도 하여 유피의 존재를 강하게 느끼고 말았다. 너무 의식하면 기분이 이상해질 것 같았기에 나는 가볍게 고개를 흔들었다.

이 마녀 빗자루는 말보다 속도를 낼 수 있었다. 아직 하늘이 익숙하지 않은 유피를 위해 높이는 적당히 낮췄지만, 장애물도 그냥 넘어갈 수 있어서 거침없이 전진할 수 있었다.

"아니스 님, 확인하고 싶은 게 있는데요."

뒤에서 나를 안고 있어서 유피의 목소리가 귓가에서 들렸다. 살짝 간질간질했지만 질문에 답하지 않을 수도 없었다. 나는 앞을 본 채 대답했다.

"뭘 묻고 싶은데?"

"아니스 님이 마석을 추구하는 이유요. 모험가로 활동하는 것도 그것 때문이죠?"

"오로지 마석 때문에 모험가로 활동하는 건 아니야. 마물의 소재도 목적이고."

내 연구는 국가로부터 인정받은 것도 아니라서 직접 돈을 벌어야 했다. 돈을 전혀 안 받는 건 아니지만. 일부 마도구를 지급하고 보상이란 형태로 예산을 받은 적도 있다.

하지만 나랏돈은 어디까지나 백성을 위해 쓰이는 것. 결과적으로 마도구가 누군가에게 도움이 되더라도 마학 연구는 결국 개인적인 연구다. 이 나라의 모습을 바꿀 수 있다

해도 내 연구를 대대적으로 벌일 수는 없었다.

"하지만 마석이 가장 큰 이유려나. 그게 지금 가장 열심히 연구 중인 소재니까."

"마석을 소재로 쓰는 건가요? 대체 어떻게……?"

"말해도 믿지 않을 테니까 그다지 말하고 다니지 않지만. 애초에 마석은 뭐라고 생각해?"

유피의 물음에 나는 질문으로 대답했다. 마석이란 무엇인가? 유피는 잠시 간격을 두고 나서 대답했다.

"마석은 마석 개체의 핵……이라고 해야 할까요."

"일반적으로 그렇게들 말하지. 마석을 가진 마물이 위험시될 정도로 강한 건, 마석이 고유의 마법을 쓸 수 있게 만들기 때문이라고 해. 하지만 어째서 마석이 생기는 걸까? 어째서 마석이 힘의 원천이 되는 걸까? 그래서 나는 마석을 조사했어."

"그렇게 조사하고서 원하시는 걸 보면 마석에 관해 뭔가 알아내셨나 보네요."

"응. 마석은 마물의 체내에서 변질된 정령석의 아종 같은 거야."

"네……?! 마석이, 정령석의 아종이라고요?!"

유피가 귓가에서 소리쳐서 조금 놀라고 말았다. 하지만 이 정도 반응은 예상했던 범위였다. 특별히 신경 쓰지 않고 나는 계속 비행했다.

"그래. 마물이 정령을 흡수하고 체내에 변질된 정령석을 만들어 냄으로써 마석이 생겨나. 그렇기에 마석을 가진 마물은 고유의 마법을 쓸 수 있는 거야."

"……도저히 믿을 수 없는 얘기예요."

"그래서 말했잖아. 믿지 않을 거라고."

정령석은 이 나라에서 신성시되는 물건이다. 아무리 아종이라지만, 사람을 해치는 마물에게서 얻을 수 있는 마석이 정령석이라고 하면 누가 믿겠는가? 황당무계한 이야기라고 일축되고 끝날 뿐이다. 그래서 이 연구 결과는 극소수의 사람만 알았다.

"정령석에 마력을 담으면 그 속성의 현상을 일으킬 수 있듯이, 마석도 마력을 담으면 힘을 발휘해. 하지만 마석은 마물과 깊이 연결되어 있어서 단순히 마력을 담아 봤자 아무런 효과도 발휘되지 않아."

"그럼 아니스 님은 어떤 활용법을 찾으신 건가요?"

유피가 진짜로 묻고 싶은 게 이거겠지. 유피에게 마석에 관해 설명했지만, 당연히 이대로는 마석을 못 쓴다고 생각할 것이다. 실제로 쓰이고 있지도 않고.

"마석이 효과를 발휘하려면 마석의 효과를 받을 매개체가 있어야 해. 그럼 어떻게 이용하느냐. 마석을 자신에게 쓰면 된다고 나는 생각했어."

"마석을 자신에게 쓴다고요……?"

내 허리에 감긴 팔의 힘이 강해져서 나도 모르게 이상한 소리를 내고 말았다. 유피는 나와 더욱 거리를 좁히듯 상체를 붙였다.

"그런 게 가능한가요……? 아뇨, 애초에 위험하지 않나요?"

"임상 실험은 확실하게 했어! 괜찮아, 괜찮아! 안전성은 문제없으니까! 내가 모험가로 활동하기 시작했을 무렵에 기술을 확립시켰으니 이미 꽤 됐어."

"……정말로 전하가 하시는 일은 심장에 안 좋아요. 폐하의 심정을 알겠어요."

뒤에서 유피가 머리를 싸매고 싶다는 듯 한숨을 쉬었지만 나는 그저 쓰게 웃었다. 걱정을 끼치고 있다고 나도 생각하긴 해.

"하지만 그렇게라도 안 하면 나는 마법을 못 쓰니까."

"……아니스 님?"

내가 중얼거리자 유피가 불안해하며 나를 불렀다. 그래도 내 말은 멈추지 않았다.

"마석의 힘은, 말하자면 그 마물이 쓰는 고유 마법의 근원이야. 정령에게 소원하거나 기도해서 형태를 이루는 게 아니지. 마석을 가진 마물이 존재했다는 증거 그 자체. 마석 개체의 고유 마법이란 그런 거야. 그래서 나는 마석을 가지고 싶어. 정령에 의한 올바른 마법을 못 쓰는 내가 마법을 쓰기 위해 필요한 거니까."

그게 내가 나라는 가장 확실한 증명이니까. 나는 나의 원점을 잊을 수 없다.

아무리 고민해도 잊을 수 없었다. 전생을 떠올리고, 마법을 동경하고, 그리고 재능이 없음을 알았을 때부터 시작된 도전이었다.

"……그래서 아니스 님은 드래곤의 마석을 원하시는 건가요?"

"맞아. 상대는 드래곤이잖아!"

내 목소리는 기대에 차 있을 것이다. 유피에게는 마음에 들지 않는 일이겠지만 나는 흥분을 감출 수 없었다. 그만큼 드래곤이라는 이름은 나를 매료했다.

"마물뿐만 아니라 생물로서도 정점에 가까운 종족이라는 드래곤. 그런 드래곤의 마석을 어떻게 원하지 않을 수 있겠어. 그 힘을 내 기술로 다루게 된다면. 그걸 생각하면 가만있을 수가 없어."

"그렇게 함으로써 전하가 바라는 게 무엇인가요?"

허리에 감긴 팔의 힘이 어쩐지 달라진 것 같았다. 세기는 그대로인데, 타박한다기보다도 끌어안은 듯한 그런 차이였다.

"전하의 마학은 훌륭해요. 마도구도 사람을 위해 있어요. 하지만 마석을 다루는 기술은 무섭게 느껴져요. 그건 마치 자신에게 마물의 힘을 심는 것 같잖아요."

"……그렇지. 유피의 말은 틀리지 않았어. 이 기술은 자신을 마물로 바꾸는 기술이라고 해도 나는 부정할 수 없어."

"······그런데도 바라시는 건가요? 뭘 위해서요?"

자신을 마물로 만들어 버릴지도 모르는 금기. 그런 수단을 쓰면서까지 무엇을 하고자 하는가. 그 질문에 대한 답은 이미 나와 있다. 그건 줄곧 내 가슴속에 깃들어 있는 소원이다.

"그게 내 소원이니까. 평범한 방법으로 마법을 쓸 수 없다면 나는 그걸 택할 수밖에 없어. 내게는 꼭 이루고 싶은 소원이 있으니까."

"아니스 님의 소원이요?"

"마법사가 되고 싶어. 누군가의 미소를 위해, 마법은 그걸 위해 있는 거라고 보여 주고 싶어. 내 마법이 다른 사람과 다른 형태여도 상관없어. 위협이 있다면 그것에 맞서는 힘을, 좀 더 생활이 편해지는 도구를 개발해서 모두가 웃을 수 있게. 나는 그런 마법사가 되고 싶어. 평범한 마법을 못 쓴다고 포기할 수 있는 꿈이 아니야."

아아, 그래. 나는 내가 된 뒤로 줄곧 마법에 대한 이 동경을 지우지 못하고 있다. 때로는 저주처럼 여겨지지만, 이 생각만큼은 내가 나이기 위해 배반할 수 없다.

"이 앞에 무엇이 있을지 나는 알고 싶어. 내가 뭘 할 수 있는지 확인하고 싶어. 그리고 내가 걸은 길을 똑같이 걷는 누군가가 있을지도 몰라. 그런 누군가의 선구자가 된다면 좋겠어."

그러니까, 하고. 나는 기도하고 소원하듯 유피에게 말했다.

"말리지 말아 줘. 내가 완전히 잘못돼서 정말로 어쩔 도리가 없어지기 전까지는. 분명 유피라면 나를 말려 줄 거라는 그런 타산도 있었어. 유피는 정통파 천재잖아? 나도 나라를 적으로 돌리고 싶은 건 아니야."

"……나라를 적으로 돌리실 건가요?"

"안 그러고 싶어도, 내가 하려는 일을 모두가 받아들이지는 못할 테니까. 어쩌면 그렇게 될지도 모른다고 늘 생각해. 이 나라를 떠나자고 생각한 적도 없진 않아."

마학은 팔레티아 왕국에서 이단적인 발상이다. 정령을 친구로, 공경해야 할 존재로 여기는 이 나라에는 정령석을 도구처럼 쓰며 신비를 해명하고 밝혀내려고 하는 나를 탐탁지 않게 생각하는 인간이 수두룩했다.

불쾌한 경험도 많이 했다. 괴롭고 분해서 전부 버리겠다고 얼마나 생각했던가. 이 나라는 내가 살아가기에는 힘들었다. 자신답게 있으려고 하면 할수록 숨이 막혔다. 그래도 내가 여기 있는 이유는 정말로 단순했다.

"나는 그래도 이 나라를 좋아하고 싶어. 내가 동경한 마법이 있는 나라, 마법을 못 써서 이단적인 사고방식을 가진 나를 받아들여 준 부모님, 모험가로 활동하면서 접한 이 나라의 백성들. 무엇보다 마법과 함께 걸어온 이 나라의 문화를 사랑해."

나를 싫어하는 사람이 있어도, 내가 동경한 마법을 쓸 줄 아는 귀족이 아무리 나를 꺼려도. 그래도 마법을 동경하는 이 마음을 지울 수는 없었다. 그렇기에 그런 사람들이 사랑스럽다.

아무리 이단의 괴짜라는 말을 듣더라도. 나는 이 나라의 왕녀다. 왕족이었기에 마학 연구도 여기까지 진행할 수 있었다. 그 보상분만큼은 이 나라에 이바지하고 싶다.

"드래곤은 하늘을 날 수 있어. 그건 나라에 커다란 위협이야. 이 나라에서도 맞설 수 있는 사람은 한정적이겠지. 그 사람들은 이 나라의 보물이야. 하지만 드래곤과 싸워서 그런 사람들을 잃을지도 몰라. 그러니까 내가 가는 거야. 나는 하늘을 나는 기술이 있고 드래곤에게 맞설 수 있어. 가장 큰 이유는 나 자신을 위해서지만, 어쨌든 왕족이라는 자각은 있으니까."

"……아니스 님, 당신은……."

"그리고 마법사는 누군가를 웃게 만들기 위해 마법을 쓰니까! 내 마법은 이럴 때를 위해 있다고 말하고 싶어!"

나는 생각하는 바를 전부 유피에게 전했다. 그러고 보면 일리아나 아바마마에게도 이렇게까지 말한 적은 없었던 것 같다. 처음으로 털어놓은 상대가 어째서 유피였을까.

단순한 우연일까? 나도 눈치채지 못한 이유가 있는 걸까? ……어느 쪽이든 상관없겠지.

이렇게 따라와 준 유피이기에 전하고 싶었다. 내가 나이기 위해 필요한 것. 내가 나이기 위해 해야만 하는 것을. 그걸 알아줬으면 했다.

그러자 유피가 온몸을 맡겨 왔다. 원래부터 밀착해 있던 몸이 더 찰싹 붙었다. 내 몸을 끌어안는 팔의 힘은 강해지기만 했다.

"저는 마법을 쓸 수 있는 게 당연했어요. 무엇을 위해 마법을 쓰는지는 생각한 적이 없었어요. 그래서 제게는 당신의 존재가 몹시 눈부시게 보여요."

유피의 말에서 느껴지는 마음에 나는 일순 숨을 멈추고 말았다. 나도 모르게 돌아보고 싶어질 만큼 유피의 말은 절실했다.

"저도, 좀 더 앞을 보고 싶다는 생각이 들었어요. 당신과 함께 걷는 이 길의 끝을."

"유피……."

"당신과 걷는 이 길에서 저는 분명 제게 부족한 것을 찾을 수 있겠죠. 그런 생각이 들어요. 그러니까 무모한 짓만큼은 하지 말아 주세요. 전하의 소원은 분명 존귀해요. 하지만 그 생각이 아니스 님을 멀리 데려가 버릴 것 같아서 무서워요. 저는 당신을 잃는 게 무서워요."

유피의 팔에서 느껴지는 온기가, 전해진 말이 내 안쪽에 있는 무언가를 흔들었다. ……아아, 응. 그래서 유피였을지도 모른다. 조금 전의 의문에 대한 답이 보인 것 같다.

아직 확실히 말로는 표현할 수 없지만. 그래도 답에 다가간 것 같았다. 유피가 찾으려고 하는 것처럼 나도 유피에게서 찾고 싶다. 유피는 누구보다도 내가 이상적으로 여기는 마법사에 가까운 천재. 내 이상을 그대로 그려 낸 듯한 사람이고 영애로서도 완벽했다.

하지만 알면 알수록 유피는 여자아이로서는 서툴러서 내 버려 둘 수 없는 아이였다.

유피에게 호감을 품었기에 내가 걷는 길을 유피에게 보여주고 싶은 걸지도 모른다. 내가 가지 못한 길의 끝에 있는 그녀이기에. 그리고 유피도 내가 걷는 길의 끝을 보고 싶다고 해 줬다. 그 말이 무엇보다도 내게 힘을 줬다.

"괜찮아. 죽지 않을 거고, 여기서 멈출 생각도 없어. 그러니까 유피, 나와 함께 이 길의 끝을 보러 가자! 드래곤 따위 애피타이저로 만드는 거야!"

"……그건 그것대로 머리가 아프지만, 그러네요. 그게 아니스 님다운 거겠죠. 정말 아닌 것 같다는 생각이 드는데, 왜일까요. 신기하게도 전하를 말리면 안 될 것 같아요. 그렇다면 함께하겠어요. 조수로서, 당신 곁에서."

유피는 웃음기 어린 목소리로 말했다. 살짝 돌아보고 싶어질 만큼 밝은 목소리였다. 그게 공연히 기쁘고 묘하게 낯간지러워서 나도 웃었다.

드래곤을 퇴치하러 가는 길에 바보 같은 짓일지도 모르지만 내게는 중요한 확인이었다. 유피도 똑같은 생각이었으면 좋겠다고 바랄 만큼.

"자, 유피! 서두르자! 속도를 올릴 테니까 바람 마법으로 지원해 줄래?"

"드디어 조수다운 공동 작업이네요……. 무리하지 않는 선으로 부탁드려요."

유피는 그렇게 말했지만, 이렇게 즐거운 기분이 든다면 무리할 것 같았다. 북받치는 기쁨을 곱씹으며 나는 그렇게 생각하고 말았다.

* * *

드래곤이 나타났다는 소식은 드래곤을 발견한 모험가들에 의해 무사히 모험가 길드에 전해졌다. 보고를 받은 모험가 길드는 곧장 경계 태세를 취하고 각처에 연락을 보냈다.

이윽고 모두가 스탬피드의 조짐을 느끼기 시작했다. 검은 숲 인근을 수호하는 기사단과 부근에 머물던 모험가들 사이에 긴장감이 감돌았다. 그럴 만 했다. 스탬피드 발생만으로도 충분히 위기감이 드는 일인데 이번 스탬피드의 원인은 드래곤이라고 하니까.

"서둘러! 마을 사람들을 어서 피난시켜! 스탬피드가 도래

하기 전까지 포진하고!"

"이봐, 걸리적거리게 뭐 하는 거야! 조심해!"

"약도 있는 대로 가져와! 아끼다간 죽어!"

고함이 울려 퍼지며 다들 앞으로 있을 전투에 대비해 뛰어다녔다. 그런 소란 속에서 갈 곳이 없다는 듯 어색하게 있는 자들이 있었다.

그들은 검은 숲에서 돌아와 드래곤 발견을 보고한 신인 모험가들이었다.

"어, 어쩔 거야……?"

"어쩔 거냐니…… 드래곤에다가 스탬피드잖아?"

"어쩌고 자시고도 없어. 우리도 여기 남아서 싸울 수밖에."

공황 상태에 빠진 신인 모험가들에게 베테랑 모험가가 담담히 말했다. 신인 모험가들이 믿을 수 없다는 듯 그에게 시선을 보냈다.

"지금 도망쳐 봤자 스탬피드에 따라잡히면 끝이야. 여기 남아서 기사단과 함께 싸우는 편이 생존율은 높을지도 몰라."

"하, 하지만 리더! 스탬피드에다가 드래곤이잖아! 우리가 뭘 할 수 있겠어!"

"기분은 이해해. 그러니 너희는 피난민과 함께 가도 돼. 호위라는 명목이라면 별말도 나오지 않겠지."

"……리더는 갈 거야?"

"지금이 물러날 때라는 건 알지만."

그는 쓴웃음을 지었다. 그리고 과장되게 어깨를 으쓱였다.

"이번만큼은 상대가 안 좋아. 도망쳐도 죽는다면 마지막 정도는 만용에 걸어 봐도 좋겠지. 모험가로서 화려하게 활약하지는 못한 인생의 마지막 전별이 될지도 몰라. 원래부터 너희를 다 키운 다음에 은퇴할 생각이었고."

그가 어깨를 으쓱이며 말하자 신인 모험가 중 한 명이 앞으로 나왔다. 그 표정에는 곤혹뿐만 아니라 그를 향한 분노도 떠올라 있었다.

"오래 사는 게 좋은 모험가의 비결이라고 했잖아! 명성을 아쉬워하지 말고 목숨을 아끼라며! 살아 있으면 얼마든지 다시 일어날 수 있다고! 우리한테 그렇게 가르쳐 준 건 다름 아닌 리더잖아!"

"그래, 맞아. 하지만 우리가 전부 빠지면 겁쟁이라는 낙인이 찍힐 수도 있어. 도저히 상대할 수 없는 녀석이더라도 말이야. 하지만 나 혼자라도 남으면 그건 미담이 될 수 있어."

앞으로 나온 신인 모험가의 어깨를 두드리고서 그는 달관한 표정으로 그렇게 말했다. 모든 것을 깨친 듯한 그 표정을 보고 앞으로 나온 신인 모험가는 숨이 막힌 것처럼 입술을 앙다물었다.

"내 원수를 갚겠다고, 도망쳤던 날의 분함을 밑거름으로 삼는 거야. 어때? 아주 괜찮은 얘기 아니야?"

그의 말에 모두가 숨을 삼켰다. 앞으로 나왔던 신인 모험가는 분함 때문인지, 아니면 공포 때문인지 주먹이 떨릴 만큼 움켜쥐고 있었다. 이윽고 동료 중 한 명이 오열하기 시작했다.

"하지만 그렇다면! 우리가 남아도 물러날 때를 모르는 바보가 되는 거고, 물러나도 겁쟁이라는 소리를 듣게 되잖아! 어느 쪽으로 굴러도 좋은 일 따위 없어!"

"모험가라는 게 원래 그래. 그러니까 오래 살아야지. 죽으면 기회도 없어. 그리고 기회가 있기에 목숨을 거는 거다. 그래서 목숨을 아끼라고 가르친 거야."

"……평소에는 막 소리 질러 대면서 이번에는 안 그러네. 리더."

"마지막 정도는 좋은 녀석으로 보이고 싶으니까. 겉멋에 사는 게 모험가야."

그의 대답을 듣고 노려보며 말하던 신인 모험가가 입술을 깨물었다. 이윽고 멀리서 포효와 땅울림 소리가 다가오는 게 들렸다. 그것이 모험가들의 공포심을 부추겼다. 당장에라도 도망치고 싶어질 만큼 심란해졌다.

"떨고 있을 때야?! 모험가라고 할 거면 스스로 생각하고 움직여!!"

"……윽, 결국 소리 지르잖아! 젠장!!"

그의 말에 앞으로 나왔던 신인 모험가가 울고 싶은 듯한, 화내고 싶은 듯한 표정으로 외쳤다. 이런 상황이 아니었다면 판단을 재촉하지도 않았을 텐데. 리더는 내심 쓴웃음을 지었다.

한마디 더 필요할 것 같아서 소리를 높이려고 했을 때였다. 스탬피드의 접근을 알리는 소리와는 다른 웅성거림이 들렸다.

"—비켜, 비켜! 내가 왔어!"

이 상황에 전혀 어울리지 않는 목소리였고, 그렇기에 모두의 귀에 전달됐다. 목소리는 위에서 들렸다. 그리고 하늘에서 두 소녀가 내려왔다.

"……설마, 농담이겠지?"

그는 멍하니 중얼거렸다. 하지만 말끝에 희색이 섞여 있었다. 모두가 하늘에서 내려온 두 소녀에게 시선을 보냈다. 빗자루와 비슷하게 생긴 기묘한 기구를 들고서 당당히 가슴을 편 모습을 그는 잘 알고 있었다.

분주하게 준비하던 기사들조차 고함치는 걸 멈추고 조용해졌다. 소녀 중 한 명은 「왕족의 상징」으로 여겨지는 백금색 머리카락을 휘날리고 있었다. 그것이 의미하는 바를 모두가 알고 있었다. 그녀가 누구인지를.

그런 가운데, 멍하니 있던 베테랑 모험가가 진심으로 재미있다는 듯 웃기 시작했다.

"하, 하하하, 하하하하하! 그래, 그렇군! 당신이라면 왕도에서도 늦지 않게 올 수 있는 건가! 진짜 바보 아니야?! 애들아! 바보가, 바보가 왔다! 아주 거물이신 바보가 왔어!"

조금 전의 절망했던 모습에서 일변하여 희색을 드러내며 떠드는 그를 보고 신인 모험가들이 곤혹스러워했다. 하지만 그런 그들을 신경 쓰지 않고 그는 계속 말했다.

"희귀한 마물이 있으면 문자 그대로 바람처럼 나타나는 괴짜! 기묘한 도구를 구사하여 싸우는 기상천외한 인물! 외모만큼은 아름다운 희대의 문제아! 숨기지도 않는 머리카락 색으로 신분을 알 수 있어서 이렇게들 부르지! 이름하여 「수렵의 약탈 공주」!!"

"—지금 누가 나를 머로더라고 불렀어?! 하다못해 매드라고 부르라고 했잖아!!"

본인은 그 이명을 납득하지 못하는지 거세게 항의했다. 그녀가 바로 왕족이면서 마법을 쓰지 못하고, 왕족답지 않은 성격과 행동으로 악명을 떨치는 문제아. 동시에 국민이 경의와 친애를 담아 머로더 프린세스라는 이명으로 부르는 사람. 아니스피아 윈 팔레티아 왕녀 전하. 그야말로 이 상황을 타개할 희망 그 자체였다.

* * *

하늘 여행을 마치고 현장에 도착하자 누군지 모르겠지만 불명예스러운 이명으로 나를 부르는 소리가 들렸다. 머로더라니 그게 뭐야. 그 정도는 아니잖아! 오히려 마도구 개발자 쪽의 의미로 매드라고 부르면 그나마 허용할 수 있는데! 누가 약탈자라는 거야!

"아니스피아 왕녀 전하?! 게다가 유필리아 공작 영애까지……왜 이곳에?!"

한 기사가, 그것도 갑옷의 장식을 보면 단장임을 알 수 있는 기사가 제일 먼저 말을 걸어왔다.

그 표정이 복잡한 감정을 나타내고 있었다. 검은 숲 인근을 수호하는 기사단과는 모험가로서 동행한 적도 있지만, 갑자기 나타났으니 곤혹스러울 것이다.

"고위 랭크 모험가를 긴급히 소집하길래 왔어. 아, 여기 있는 유피는 내 조수로 같이 왔어."

"아니스피아 왕녀 전하가 고위 랭크 모험가라는 것은 알지만, 그래도 왕족이시지 않습니까! 이번에는 단순한 스탬피드가 아닙니다!"

"단순한 스탬피드였다면 계셔도 이상하지 않은 거군요……."

옆에서 유피가 작게 중얼거렸지만 나는 깔끔하게 무시했다. 아니, 그렇잖아? 스탬피드는 마물의 소재를 대량으로 획득할 기회인걸. 그렇게 생각하면서도 얼굴에 드러내지 않으며 나는 헛기침했다.

"나한테 왕족이란 무엇인가를 설명하는 게 시간 낭비라는 건 알지? 상황은 어때?"

"……아아, 정말! 믿음직스럽지만 심장에 좋지 않은 분이십니다! 현재 저희 기사단 일동은 현지에 있던 모험가와 공동으로 방위선을 구축하고 있습니다. 하지만……."

"응. 통상적인 스탬피드라면 몰라도, 뒤에는 드래곤이 있지. 여기서 방위선을 구축하여 전진을 막아도 드래곤이 난입하면 혼란은 피할 수 없어."

"……네. 그렇게 되면 피해는 막대해질 겁니다. 최악에는 괴멸할 수도 있습니다."

긴장한 모습으로 대답한 기사단장에게 나도 동의하며 고개를 끄덕였다. 역시 상황은 그다지 좋지 않았다.

"그렇다고 해서 아무것도 안 하면 밀어닥친 마물 무리에게 유린당해서 피해가 커질 거야. 그리고 드래곤이 위로 그냥 지나가면 인근 마을뿐만 아니라 최악에는 왕도까지 도달할 수도 있어. 그러니까 여기서 막고 싶은 거야. 맞지?"

통상적인 스탬피드였다면 방위선을 펴고 요격 태세를 취하면 되지만 이번에는 뒤에 드래곤이 있다는 게 문제였다.

게다가 마물은 마물을 포식하는 경향이 있다. 마물이 다른 마물을 포식하는 이유가 힘을 흡수하기 위해서인지, 단순히 마물 간의 영역 다툼인지는 알 수 없다. 어쨌든 마물 간의 싸움은 격렬하다. 마석을 가진 마물은 단독으로 강한 개체가 많아서 무리 짓는 일이 적었다. 그리고 주변 마물을 모두 먹이라고 생각하는 것처럼 공격하는 일이 많았다.

그렇기에 마석을 가진 마물이 스탬피드를 일으키는 것이지만, 이번 상대인 드래곤은 하늘을 날 수 있어서 막으려고 해도 위로 지나가 버리면 끝이었다. 하지만 도망친 마물을 쫓아 전장에 난입한다면 그건 그것대로 혼란을 피할 수 없었다.

그러나 지금 이곳에는 내가 있다. 이 나라에서 거의 유일하게 「하늘을 날 수 있는 전력」이었다.

"먼저 여쭙겠습니다. 진심이십니까? 아니, 제정신이십니까?"

"내 쪽에서도 이것저것 되묻고 싶지만, 진심이고 제정신이야. 드래곤이 나오면 내가 상대하겠어."

내가 대답하자 기사단장이 숨을 삼키고서 나를 바라보았다. 그리고 눈썹을 찡그리고 고민스레 침음을 흘렸다. 그런 기사단장의 모습에 나는 쓴웃음을 짓고 말았다. 내 안전을 걱정해 주는 건 고맙지만, 그런 말을 하고 있을 상황이 아니니까.

"이렇게 말하면 납득하기 쉬우려나. 이건 팔레티아 왕국의 왕녀로서 명령하는 거야. 내가 드래곤을 상대하는 동안 스탬피드를 막아 줘. 아, 초반 마물들도 내가 처리할 거니까 내 몸의 소재도 잘 계산해 줘!"

"……정말로 당신이란 분은. 그 마도구를 제가 쓸 수 있다면 제가 가겠다고 할 수 있었을 텐데요."

"익숙하지 않은 사람에게 공중전을 벌이라고 할 순 없지."

"왕족에게 드래곤과 싸우라고 하는 쪽이 더 말도 안 됩니다."

기사단장의 말에 동의한다는 듯 유피가 고개를 끄덕였지만 일부러 무시했다. 어쨌든 왕녀로서 명령했으니 상대방도 따라야만 할 명분은 생겼다. 아마도.

"여하튼 시간이 없어. 나는 유격대로 움직일 테니까 드래곤이 나올 때까지 준비와 지원에 전념해 줘. 드래곤이 나오면 스탬피드는 기사들한테 맡길게."

"그게 명령이라면 저는 따를 수밖에 없습니다. 어차피 만류해도 안 듣고 뛰쳐나가실 테고. 이번에도 폐하께는 아무 언질도 없이 오셨겠죠?"

"……이, 일리아한테 말을 전해 달라고 했어."

궁색하게 대답하자 「그러시면 안 되죠」라는 뜻이 담긴 유피와 기사단장의 시선이 내게 박혔다.

"그런데 왕녀 전하께 마물 처리까지 맡겨도 되는 걸까요……. 드래곤을 상대하시려면 괜한 체력 소모는 피해야 하지 않겠습니까……?"

"내 몫의 재료를 뺏겠다는 거야?!"

"아, 네…… 알겠습니다……."

뭐라 말할 수 없는 표정을 짓는 기사단장에게 나는 고개를 끄덕였다. 스탬피드는 자주 일어나지 않는단 말이야! 아니, 자주 일어나도 큰 문제니까 그건 좋은 일이지만.

하지만 이런 기회가 아니면 소재를 한꺼번에 입수하기 어렵다! 본업이 모험가인 것도 아니고.

"그리고, 음. 유필리아 공작 영애도 함께 가시는 겁니까······?"

"그럴 생각으로 동행했습니다."

"······호위가 필요하십니까?"

"내 발목을 잡지 않을 정예라면?"

"하하하, 농담도. ······알겠습니다. 필요 없다는 거군요."

기사단장이 한숨과 함께 쓴웃음을 지으며 중얼거렸다. 고위 랭크 모험가는 거저 된 것이 아니다. 직접 이런 말을 하기도 뭐하지만, 나는 왕국 내에서도 꽤 강한 축에 낀다고 생각한다.

여담인데, 설령 상대가 마법을 쓸 줄 아는 귀족이더라도 압도할 수 있다고 자신한다. 귀족은 후방에서 마법을 쓰는 사람이 많았다. 교양으로 검을 다루는 사람도 있지만, 기사가 되려고 배우는 것도 아니라서 접근하면 내 상대가 못 된다.

그리고 나는 어떤 의미에서 마법사의 천적이었다. 내 마나 블레이드는 평범한 검과 달리 마법을 베는 부차적인 효과가 있다. 아무래도 실체가 있는 마법에는 효과가 없지만, 내 마나 블레이드는 마법을 베는 데 적합했다. 예전에 마법을 쓰는 고위 랭크 모험가와 모의전을 벌였을 때 상대방이 되게 투덜거렸지. 그리운 추억이다.

"오히려 내가 유피를 호위하게 되려나. 유피, 주위에 사람이 없으면 대규모 마법으로 섬멸할 수 있지?"

"……전력을 다하겠어요. 제 이름에 걸맞은 활약을 약속드리겠습니다."

"좋아, 그럼 반대로 호위가 있는 건 안 좋겠네. 내가 유피를 호위하면서 마물을 유인하겠어. 그걸 유피가 마법으로 섬멸하는 거야."

"네."

"드래곤이 나오면 일단 뒤로 빠져서 기사들과 교대하고 나는 드래곤을 상대하겠어. 드래곤이 나오면 유피도 후방 지원으로 빠져 줘."

"……드래곤을 혼자서 상대하시려는 건가요?"

"공중전이 될 테니까. 그걸 지원할 수 있겠어?"

내 지적에 유피가 눈썹을 모았다. 이 세계에는 아직 공중전이라는 개념이 없다. 지원하겠다면서 마법을 잘못 쏘기라도 하면 큰일이다. 그럴 바에야 유피의 힘은 스탬피드 섬멸에 쓰는 편이 효율적이다.

"마물들을 섬멸하면 드래곤도 물러날지 몰라. 이건 효율의 문제야. 이해하지? 유피."

"……이해하지만 납득할 수 없는 문제도 있어요."

"알아. 그런 표정을 짓게 만드는 사람이 나라는 것도 전부. 알면서 말하는 거야. 괜찮아."

"……아니스 님을 믿을게요."

유피의 어깨에 손을 얹고 말하자 유피가 그 손을 잡아 기도하듯 양손으로 쥐고 이마를 댔다. 잠시 가만히 그러고 있던 유피는 스탬피드가 다가오는 소리가 멀리서 들리자 내 손을 놓았다.

"가죠, 아니스 님."

"응. 유피의 실력, 기대할게."

유피의 진짜 실력을 나는 아직 모른다. 그래서 그걸 보는 게 솔직히 기대되었다.

"두 분 다 부디 무사하시길. 무운을 빌겠습니다."

"기사단장도 조심해. 당신이 없어지면 내가 검은 숲에 오기 어려워지니까! 또 차라도 같이 마시자!"

정중히 경례하는 기사단장에게 밝게 인사하고 나는 유피와 함께 날아갔다. 검은 숲 입구와 방위선 사이에는 숲으로 가는 길이 있는 평원이 펼쳐져 있었고, 숲속에서 마물들이 나무 사이를 누비며 일심불란히 달려오는 것이 보였다. 곧 있으면 마물 무리가 숲에서 튀어나올 것이다.

"엄청나게 많네. 이게 평범한 스탬피드였다면 기뻐했을 텐데!"

"스탬피드에 기뻐하는 왕녀님이라니……."

"기상천외 왕녀님이잖아. 자, 그럼."

한숨을 쉬는 유피에게 대답하며 나는 품에 손을 넣어 휴대용 병을 꺼냈다. 그 안에는 환약이 들어 있었다. 그 환약을 본 유피가 인상을 썼다.

"……아니스 님, 그건?"

"내 연구의 집대성 중 하나야. 마도구와는 달리 대놓고 공개할 수 없는 물건이지. 마석을 부수고 섞어서 만든 약이야. 나는 마약(魔藥)이라고 부르고 있어."

전생의 마약(痲藥) 같은 거니까. 이게 형태를 이룰 때까지 많은 시행착오를 거쳤다.

하지만 이건 세상에 보급되면 안 되는 위험한 기술이었다. 그래서 나는 경계의 의미를 담아 이것을 마약이라고 불렀다.

"마석을 소재로 만든 약인가요?!"

"맞아. 그것 말고도 여러 가지를 섞었지만. 과하게 섭취하면 악영향을 일으켜서 약을 조제하는 데 몇 년은 걸렸어."

"……이 얘기는 나중에 자세히 듣겠어요."

유피가 귀신 같은 형상으로 노려보았다. 나는 어깨를 으쓱여 그 시선을 흘려버리며 환약 하나를 입에 넣었다.

"아아, 맞다. 작은 부작용이 있지만 걱정하지 마."

"정말로 괜찮은 거 맞죠?!"

"괜찮아, 괜찮아. 조금 흥분하게 된다고 할까, 이성의 족쇄가 풀린다고 할까, 그렇게 될 뿐이니까."

"전혀 괜찮은 것 같지 않은데요?!"

유피의 항의를 들으면서도 나는 입에 넣은 환약을 깨물어 부쉈다. 부서진 환약의 맛은 확실히 말해서 최악이었다. 속이 울렁거리는 맛을 억지로 삼켰다.

마약은 순식간에 효과를 발휘했다. 세계가 빙 도는 듯한 감각 후에 찾아온 것은 절정의 가장자리에 걸친 듯한 행복감이었다.

"……후후, 후후후! 아하하하!"

아아, 재미있어졌다. 지금부터 시작되는 것은 사냥이다. 그것도 지금껏 본 적도 없는 거물이 기다리고 있는데 어떻게 즐겁지 않을 수 있을까. 그러니 웃음이 나더라도 별수 없었다. 애타는 흥분에 나는 입꼬리를 올렸다.

마약의 효과가 온몸에 퍼졌다. 기사가 즐겨 쓰는 신체 강화 마법과 같은 효과였다. 하지만 효과만을 엄선하여 조제한 마약은 평범한 신체 강화 마법의 효과를 뛰어넘었다. 그야말로 마물 같은 움직임이 가능할 만큼.

"아니스 님……."

걱정하는 유피에게 가볍게 손을 살랑살랑 흔들어 안심시켰다.

"괜찮아, 괜찮아! 그럼 적당히 사냥하고 올게! 마법을 쓸 거면 뭔가 신호를 보내 줘! 바로 물러날 테니까!"

나는 마나 블레이드를 양손에 하나씩 들고 달려 나갔다. 거의 동시에 스탬피드의 선두 집단 마물들이 모습을 드러냈다.

"아하하하하! 왔다, 왔다!! 그럼 나도 간……다아아아아아!!"

나는 발에 힘을 주고 거의 땅에 붙다시피 자세를 낮춰 돌진했다. 양손에 든 마나 블레이드에 마력을 담자 마력 칼날이 형성되었다. 마주 오는 마물들의 종류는 다양했다.

늑대처럼 생긴 마물도 있고, 원숭이 같은 마물도 있고, 걸어 다니는 커다란 꽃 같은 마물도 있었다. 전생에는 환상의 존재로 이야기되던 생물이 다종다양하게 떼 지어 왔다.

 마물 무리가 나를 요격하기 위해 일제히 이빨을 드러냈다. 하지만— 이미 늦었다.

 "하나."

 제일 먼저 덤벼든 늑대 계통 마물의 목을 벴다. 곧이어 뒤에서 달려들려고 한 원숭이 계통 마물을 다른 손에 든 마나 블레이드로 찔렀다.

 "둘."

 그대로 검을 휘둘러 마물을 내팽개치고 반대 손에 든 마나 블레이드로 거대 꽃의 뿌리부터 몸통 부분을 베어 버렸다. 도륙한 마물들과 교차하는 순간 피와 체액이 튀어 나를 적셨다.

 "셋, 넷, 다섯, 여섯, 일곱, 여덟, 아홉, 이걸로 열!"

 마약으로 신체가 강화되어 마치 세계의 시간이 느려진 것처럼 느껴졌다. 육박하는 마물의 목을 베고, 몸통을 쪼개고, 때로는 걷어차서 목뼈를 부러뜨렸다.

 도륙한 마물의 수를 세는 내 목소리는 희희낙락했다. 내가 해치운 모든 마물이 연구 재료가 되는 것이다. 웃음이 멈추지 않았다.

 "그레이 울프, 킬러 에이프, 맨드레이크! 아, 저쪽에는 코

카트리스도 있잖아! 역시 검은 숲이야! 꺄아~! 너무 멋져!!"

기분이 고양되어 황홀하게 웃고 말았다. 이래서 스탬피드 참가를 멈출 수가 없는 거야!

하지만 그런 내 기분에 찬물을 끼얹는 녀석이 있었다. 털이 북슬북슬한 이족 보행 대형 마물, 트롤이었다. 그저 나무를 깎았을 뿐인 몽둥이를 휘두르며 다가왔다. 그것도 내가 해치운 마물을 짓밟으면서.

"—야."

즐거웠던 기분이 곤두박질쳤다. 나도 모르게 감정을 억누른 낮은 목소리를 내며 트롤을 노려보았다. 이게 뭐 하는 짓이야?

"소재를 못 쓰게 되잖아!!"

이 녀석은 방해된다. 빨리 끝장내자. 겸사겸사 다가오는 것들도 일소하자.

그렇게 생각하고 마나 블레이드에 마력을 더 주입했다. 내 의지를 받은 마나 블레이드는 더 밝게 빛나며 칼날을 변형시켰다. 변형된 칼날은 내 키를 넘을 만큼 길었다. 나는 풍차 날개처럼 마나 블레이드를 들고 한 바퀴 돌았다.

트롤이 휘두르려고 한 몽둥이와 함께 본체를 베어 버리고 트롤을 따라온 마물 무리를 두 동강 냈다.

"뒈져 버려."

내 소재에 흠집을 낸 무지렁이는 나뒹구는 게 어울린다.

어느새 내 주위에는 마물의 사체가 넘쳐 났다. 그래도 스탬
피드는 이 정도 규모로는 끝나지 않는다. 안쪽에서 나오려
고 하는 마물과 내게 겁을 먹었는지 발을 멈춘 마물이 충돌
하고 있었다.

"아아! 그렇게 복작거리면 소재를 못 쓰게 되잖아!!"

그렇게 분개하며 한 걸음 더 앞으로 내디디려고 했을 때였다.

"아니스 님, 물러나 주세요!!"

고양된 의식이 순식간에 냉정해졌다. 유피의 목소리였다.
이것이 그녀의 신호임을 깨닫고 나는 뒤로 힘껏 뛰어 물러
났다. 돌아보니 유피의 모습이 보여서 그대로 그녀 곁에 착
지했다.

옆으로 오니 확실히 알 수 있을 만큼 유피의 마력이 고조
됐다. 마치 세계 전체를 뒤흔드는 것 같았다. 마법으로 구현
하기 위한 전 단계인지 정령으로 여겨지는 빛이 유피를 에
워싸고 춤추며 마법진을 그리는 모습을 홀린 듯이 바라보
고 말았다.

"바라는 것은 작열의 우리, 눈에 보이는 모든 것을 뒤덮어
모조리 재로 만들라."

낭랑한 유피의 목소리는 마치 지배자의 울림 같았다. 아
니, 잠깐, 이거 영창하는 마법이야?! 유피라면 영창 없이도
평범하게 마법을 쓸 수 있을 텐데, 영창하여 이미지를 명확
히 하는 마법이라면 대체 위력이 얼마나—.

"—「익스플로전」."

선고하듯 행사한 마법이 형상을 이루었다. 유피가 말했듯이 나타난 것은 작열하는 우리였다. 반원형으로 퍼진 화염이 마물 무리를 불살랐다. 휘몰아치는 열풍의 여파조차 살을 태울 듯이 뜨거웠다. 아르칸시엘을 들고서 불타는 반원형의 화염 우리를 바라보는 유피의 옆얼굴은 오싹할 정도로 무표정했다.

나는— 가슴이 두근거릴 만큼 매료되고 말았다. 마약의 영향도 있었다. 하지만 마약 때문에 흥분한 상태가 아니었더라도 아마 나는 유피에게 반하고 말았을 것이다.

내가 동경했던 마법을 숨 쉬듯 다루는 유피에게. 그 재능에. 유필리아라는 존재 자체가 내 마음을 완전히 사로잡았다. 그렇게 생각해 버릴 만큼 유피는 아름다웠다.

"……아, 유피! 내가 쓰러뜨린 마물의 소재까지 불타고 있어! 전부 재가 될 거야!"

"네?"

유피에게 홀려서 정신이 나가 있다가 퍼뜩 정신 차리고 외쳤다. 그와 동시에 마법의 효과가 끝났는지 화염 우리가 줄어들고 사라졌다. 그리고 유피가 깊은 한숨과 함께 어이없다는 눈길을 보냈다.

"……이 마당에도 당신이란 사람은……."

"그치만!"

"……역시 그 약에 관해서는 나중에 자세히 얘기를 들어야겠어요!"

불타서 허허벌판이 된 곳을 아쉽게 바라보고 말했다. 하지만 유피의 마법은 역시 대단했다. 솔직히 이 정도로 대단할 줄은 몰랐기에 침을 삼켰다. 이게 바로 진짜 천재. 내가 바라 마지않았던 영역에 발을 들인 선택받은 사람.

그저 동경하고 말았다. 그렇게 생각하며 유피의 얼굴을 보다가 귀에 들린 소리에 의식이 돌아왔다. 그건 그야말로 포효라는 말이 걸맞은 소리였다.

"……아니스 님."

"알고 있어. 일단 빠지자, 유피."

유피의 재촉에 고개를 끄덕이고 방위선으로 물러나기 시작했을 때였다. 우리와 교대하듯 기사단과 모험가 무리가 앞으로 나옴과 동시에 그 그림자가 하늘에 나타났다.

사람보다 훨씬 큰 거구. 웅대하기까지 한 모습은 경외심이 들 정도였다. 멀리 있는데도 확실하게 보이는 그 실루엣은 틀림없었다. 드래곤이 마침내 나타난 것이다.

드래곤은 흔히 도마뱀 같다고 하지만 말도 안 되는 소리였다. 도마뱀보다는 전생의 괴수 같다고 해야 했다.

이족 보행도 가능할 것 같은 형태와 웅대한 날개. 그리고 날카로운 발톱이 난 양손과 흉악한 이빨. 이렇게만 묘사하면 꺼림칙한 모습이 떠오를지도 모르지만, 전신을 덮은 아름다운 붉은 비늘과 우아한 뿔은 생명체로서의 고매함이 넘쳐흘렀다. 이쯤 되면 움직이는 예술이라고 해도 좋았다.

"저게 드래곤……!"

유피의 대규모 마법에 반응했는지, 아니면 자신의 먹이였던 마물이 도륙당한 것에 분노했는지. 혹은 단순한 영역 의식인지. 그건 알 수 없다.

다만 확실한 것은— 저 존재는 내게 있어 탐나도록 매력적인 존재라는 것이다. 억누를 수 없는 흥분에 가슴이 뛰었다.

"굉장해! 진짜 굉장해! 저런 생물이 있다니! 세계는 언제나 멋져!"

지금까지 많은 마물을 봤다. 그중에는 물론 마석을 가진 마물도 있었다. 숨을 삼킬 만큼 존재감을 내뿜는 마물도 있었다. 하지만 바로 지금, 여태껏 만났던 마물들에 관한 기억을 전부 지워 버리는 존재감을 가진 녀석이 눈앞에 있었다.

피가 들끓으며 전신이 떨렸다. 지금부터 나는 저 존재에게 도전한다. 적 따위 없다는 듯 왕처럼 하늘을 나는 저 존재에게.

"아니스 님……."

걱정스럽게 나를 부르는 유피를 보았다. 불안해하는 그녀에게 나는 웃어 줬다.

"괜찮다니까! 그보다 저것 좀 봐, 유피! 저렇게 훌륭한 존재가 이 세계에 있어! 아아, 드래곤이라니 정말 굉장해. 꿈을 꾸는 것 같아! 만약 저 드래곤의 마석을 가공하게 된다면 나는 어떤 일을 할 수 있을까?!"

더 알고 싶다. 드래곤이라는 존재를 남김없이. 그리고 모조리 파헤치고 싶다. 그 끝에 내 양분으로 삼고 싶다. 지금보다 더 앞으로, 누구도 도달하지 못한 곳으로 가기 위해.

"아니스피아 왕녀 전하!"

"기사단장!"

"……이게 필요하실 것 같아서 가져왔습니다."

스탬피드를 요격하기 시작한 기사단과 모험가 연합군을 지휘해야 할 사람이 내 마녀 빗자루를 전해 주러 왔다. 나는 웃으며 마녀 빗자루를 받았다.

"고마워. 미리 계획한 대로 내가 하늘로 올라갈게. 유피를 부탁해도 될까?"

"알겠습니다. 다시금 무운을 빕니다."

복잡한 표정을 지으면서도 기사단장이 기도해 줬다. 나는 유피에게 고개를 끄덕이고 마녀 빗자루에 올라타 한 손으로 단단히 자루를 잡았다. 마녀 빗자루를 잡지 않은 손에는 마나 블레이드를 든다. 준비 완료다.

"유피, 그럼 잠깐 다녀올게!"

더는 참을 수가 없었다. 나는 마녀 빗자루에 마력을 담아 쏜살같이 하늘로 올라갔다. 내가 향하는 곳에는 적 따위 없다는 것처럼 여유롭게 하늘을 나는 드래곤이 있었다.

드래곤은 유유히 하늘을 날다가 방금 막 눈치챘다는 듯 내게 시선을 보냈다. 그 동작이 마치 벌레의 날갯소리를 들은 사람 같아서 웃고 말았다.

"반가워! 그리고 이거나 먹어라!!"

흥분하여 외치며, 도신이 내 키조차 넘어가 버린 마나 블레이드의 마력 칼날을 스쳐 지나가면서 긋듯이 휘둘렀다.

하지만 칼날은 드래곤의 비늘에 막혔다. 아니, 이건 정확하지 않은 표현이다. 굳이 따지자면 막혔다기보다 「칼날이 걸렸다」라고 해야 했다.

"윽, 뭐야, 이거……!"

마력을 줄여서 마력 칼날의 출력을 저하시켰다. 칼날 기능을 잃은 마나 블레이드가 걸린 데서 빠졌고 대신 남은 원심력이 나를 휘둘렀다. 어떻게든 자세를 되돌림과 동시에 드래곤이 나를 보고 있음을 알아차렸다.

드래곤은 그 거구를 공중에서 한 바퀴 돌렸다. 그리고 나를 향해— 꼬리가 날아왔다!

"칫!!"

마녀 빗자루에 마력을 담아 급가속하면서 다소 하강하여 꼬리 일격을 피했다. 바로 고도를 올리려다가 드래곤이 머리 위에 있음을 깨달았다. 드래곤은 이번엔 입을 벌렸다. 사람을 간단히 꿀꺽할 수 있을 만큼 커다란 입에 빽빽이 늘어선 흉악한 이빨이 내게 다가왔다.

"잡아먹힐 것 같아?!"

드래곤의 이빨이 도달할 위치에서 벗어나기 위해 몸 전체를 옆으로 돌리고 전속력으로 전진했다. 조금이라도 늦었다면 내게 박혔을 이빨이 서로 맞부딪치는 소리가 지척에서 울렸다.

등골이 오싹해서 어색하게 웃었다. 떠오르려고 하는 공포를 굴복시키기 위해 나는 외쳤다.

"좋다, 이거야!"

나는 비행하는 방향을 반전시켜 몸을 돌리고 드래곤과 마주했다.

다시 마력 칼날을 전개하여 정면으로 벴다. 역시 뭔가에 걸리는 것 같은 감각이 방해했다. 칼날은 비늘에 흠집 하나 내지 못했다.

"그게, 뭐 어쨌는데?!"

출력이 부족하다면 높이면 된다. 나는 마나 블레이드에 더 많은 마력을 주입했다. 주입된 마력에 반응하여 마나 블레이드의 마력 칼날이 더 밝게 빛났다. 그리고 걸려 있던 저항이 갑자기 사라진 것처럼 「미끄러졌다」.

"―허?"

무심코 떨어뜨릴 뻔한 마나 블레이드를 고쳐 잡으며 검이 지난 자리를 보았다. 내가 그린 검광에 의해 피부가 일자로 쭉 찢어진 드래곤이 피를 흘리고 있었다. 이 느낌은 뭐지?

뭔가 걸리는 감각을 그대로 베어 버려서 그런가?

"─크오오오아아아아아아아아!!"

고막은 물론이고 전신이 찌르르 떨리도록 드래곤이 포효했다. 아프기 때문인지, 아니면 다친 것에 화가 났는지. 그래도 한 가지는 분명했다. 드래곤은 강렬한 투기 같은 것을 내게 보내고 있었다.

"마침내 나를 위협이라고 인식했나? 맞아! 나는 여기 있어!"

뭔가에 걸리는 감각이 신경 쓰이지만, 공격이 안 통하는 건 아니다!

나는 마녀 빗자루와 마나 블레이드를 고쳐 쥐고 드래곤과 마주했다. 그리고 이번에도 베어 버리려고 했을 때, 드래곤이 크게 몸을 뒤로 젖혔다.

"뭘─?!"

하려는 거냐고 내 입에서 나오려던 물음의 답은 폭풍이었다. 날개를 퍼덕여 일으킨 바람이 불어와서 나는 움직일 수가 없었다.

"위, 험─!"

마주 보고 있었던지라 정면으로 강풍을 맞은 나는 다시 비행을 제어하려고 했다. 바람의 흐름을 타듯 궤도를 변경하기 위해 드래곤에게 등을 돌리듯 상체를 틀고 눈을 부릅뜨고 말았다.

드래곤의 입에 희미한 빛이 떠올라 있었다. 아까 유피의 마법이 발동되기 전에 봤던 현상과 아주 비슷했다. 뇌가, 아니, 온몸의 세포가 외쳐 댔다. ―도망치라고.

"으, 아, 아아아아아아아아!!"

목이 터져라 소리를 지르며 마녀 빗자루에 마력을 주입했다.

드래곤이 숨을 들이마시듯 입 안에 빛을 모았고― 나를 향해 섬광이 날아왔다. 적어도 나는 그렇게 인식할 수밖에 없었다. 그 섬광은 공간을 일그러뜨릴 만한 여파를 동반하며 구름을 쓸어 버렸다.

무슨 일이 일어난 건지 모르겠다. 모르겠지만, 하나는 이해할 수 있었다.

"떨어진다……!"

여파에 휘말려 공간을 인식하는 감각이 마비된 모양이었다. 내가 어디로 가고 있는지 알 수 없었다. 어떻게든 다시 제어하려고 했을 때, 몸에서 뭔가가 빠져나가는 감각이 들었다. 마치 냉수를 뒤집어쓴 것 같은 선득한 감각.

'―큰일이다. 마약의 약발이 다했어……!'

마약은 효과를 내는 시간이 정해져 있다. 안전성을 위해 효과가 길게 가지 않도록 조제한 것이 이 순간 화가 되었다. 갑자기 흥분이 식은 머리는 연속된 해프닝으로 혼란에 빠졌고, 아무것도 못 하는 상태로 땅이 가까워지고 있음을 겨우 이해했다.

'죽는다, 안 돼, 착지, 적어도, 충격 경감, 마나 실드, 마력

충전, 발동, 안 늦을까?!'

뚝뚝 끊어지는 사고를 어떻게든 연결해서 피해를 최소한으로 억제하려고 했다.

내가 낙하하는 곳에는 다행히 아무도 없었다. 주된 전장에서 조금 떨어져 있는 듯했다. 그렇다면 어떻게든 주위에 피해를 주지 않고 착지를—.

"—아니스 님!!"

필사적인 목소리가 내 생각에 끼어들었다. 누군가에게 안기는 듯한 충격에 내 의식은 일순 끊어지고 말았다.

* * *

"유필리아 님은 일단 물러나십시오! 조금 전에 쓰신 대규모 마법은 난전에 적합하지 않습니다. 치유 마법도 쓰실 수 있다면 부디 그쪽을 지원해 주시기 바랍니다!"

"……알겠어요. 저는 그쪽으로 갈게요."

아니스 님이 드래곤을 향해 날아간 후. 저는 기사단장이 요청한 대로 후방으로 물러났습니다. 확실히 제 마법은 대규모로 효과를 발휘할 수 있지만, 난전 중에 마법을 행사하기는 어려웠습니다.

그렇기에 쓸 수 있는 사람이 한정적인 치유 마법으로 후방에서 지원해 달라고 한 거겠죠. 후방 지원의 필요성은 저도 이해합니다.

그리고 부상자 치유 중에 호위하는 요원으로도 기대한 것 아닐까요. 공작 영애인 저를 최전선에 내보낼 수 없었던 점도 있겠지만요.

제가 쓴 마법이 효과가 있었는지 스탬피드의 기세는 그리 거세지 않았고 실려 오는 부상자도 드물었습니다. 그래서 제 의식은 아무래도 하늘로 가게 됐습니다.

아니스 님이 정면으로 드래곤에게 덤비는 모습을 봤을 때는 식겁했습니다. 첫 공격은 실패했는지 옆으로 빠져나가듯 피했습니다.

드래곤의 반격을 받으면서 아니스 님이 응전하는 것이 잘 보였습니다. 그리고 아니스 님의 마나 블레이드가 전에 없이 크게 빛나며 드래곤을 향해 휘둘렀습니다.

그때, 드래곤의 비늘이 마력 칼날을 막듯 저항하는 것처럼 보였습니다. 드래곤의 비늘이 반짝이는 모습은 마치 마력으로 전신을 덮고 있는 듯했습니다.

'저건, 설마…… 마력 방벽?'

그건 아니스 님이 사용하는 마나 블레이드나 마나 실드를 발생시키는 것과 똑같은 이치였습니다. 하지만 아니스 님은 전신을 덮는 도구를 만드는 건 어렵다고 하셨습니다.

그걸 가능케 하는 것이 마물의 정점으로 꼽히는 드래곤이라는 종족인 겁니다. 저는 자연스럽게 주먹을 쥐고 말았습니다. 저 드래곤에게 상처를 입히려면 큰 출력으로 일격을 가해야 합니다. 혹은 드래곤의 마력이 다할 때까지 싸워야겠죠.

'아니스 님 혼자서 그게 가능할까요……?'

아니스 님은 마법을 쓰지 못할 「뿐」, 규격을 벗어난 사람입니다. 아까 스탬피드의 초반 기세를 꺾는 것을 보고 그것을 이해했습니다. 그래도 불안한 마음은 가시지 않았습니다.

그리고 그 순간이 찾아왔습니다. 자신을 상처 입힌 아니스 님을 위협으로 인식했는지 드래곤이 날개로 강풍을 일으켰습니다.

솔직히 저 거구를 날개만으로 비상시키기는 어려울 것 같다고 느꼈는데 답이 나왔습니다. 비행을 가능케 하는 마법을 쓰고 있다고 생각하면 납득이 갑니다.

아니스 님은 강풍에 휩쓸리면서도 계속 비행하려고 했지만 드래곤이 또 다른 행동에 나섰습니다.

「마법」 발동의 전조를 저도 느꼈습니다. 등골이 오싹해지고 온몸이 떨릴 정도의 마력 파동. 저건, 저런 걸 맞으면 사람은 버티지 못하리라는 확신이 들었습니다. 그 사선상에 아니스 님이 있었습니다.

"안 돼!"

순간적으로 외쳤을 때, 아니스 님에게 빛의 격류가 방출되었습니다. 단순한 마력 파동이었으나 그렇기에 오롯이 파괴

하는 폭력의 섬광이었습니다.

공기조차 진동시키는 일격은 하늘을 쪼갤 기세였습니다. 그 일격을 아니스 님은 피했지만 빠르게 땅으로 추락하는 것이 보였습니다. 다행히 밑에는 아무도 없었지만, 저 속도라면 죽어 버릴지도 모릅니다.

—아니스 님이, 죽는다.

저는 정신없이 달렸습니다. 이 거리에서는 신체를 강화하고 달려도 따라잡을 수 없음을 알아도, 그래도 달려가야 했습니다. 저는 이때 그 생각에 사로잡혀 있었습니다.

점점 대지와 가까워지는 아니스 님을 바라보면서 오직 심장 소리만이 들리게 될 만큼 극한까지 집중력이 높아진 순간이었습니다.

제 안에서 뭔가가 「터졌습니다」. 극한 상태를 넘어서서 제가 바란 것은 그저 저분 곁에 도달하는 것. 기묘한 감각이 뇌리를 스쳤습니다. 이를테면 뿔뿔이 흩어진 파편이 모여서 형태를 이루는 듯한 감각이었습니다. 자신도 완벽하게 파악할 수 없는 그 감각에 저는 몸을 맡겼습니다.

'속도를, 더 빨리, 땅을 달리는 것보다도, 더 빨리, 저분 곁으로—!'

「그래, 저분이 그랬듯이.」

땅을 박차고 공중에 떠올라 일직선으로 「날아갔습니다」. 빠르게 가까워지는 아니스 님과의 거리에 심장이 터질 듯이 세차게 뛰었고, 강제로 착지점에 끼어들었습니다.

"ㅡ아니스 님!"

신체 강화 효과가 남은 몸은 낙하한 아니스 님을 확실하게 받았습니다. 그래도 충격은 완전히 억제되지 않아서 그대로 밑에 깔려 쓰러지고 말았습니다.

"윽, 콜록…… 콜록, 콜록!"

"아니스 님! 무사하신가요?!"

"유피……? 어? 나를…… 받아 준 거야……?"

낙하의 충격으로 의식이 몽롱한지 아니스 님이 머리를 누르며 물었습니다.

하지만 곧 퍼뜩 정신을 차리고서 눈의 초점을 맞춰 하늘을 노려보았습니다. 그리고 품에 손을 넣어 마약이 든 병을 꺼냈습니다.

그것을 본 저는 순간적으로 아니스 님의 손을 잡고 말았습니다. 아니스 님이 깜짝 놀라 당혹한 얼굴로 저를 보았습니다.

"유피?"

"계속 싸우시려고요? 혼자서? 방금 죽을 뻔하셨어요!"

이토록 가슴이 미어진 적은 이제껏 없었습니다. 저는 거칠게 숨을 내쉬며 충동적으로 외쳤습니다.

"그 약도 부작용이 있잖아요? 그래도 싸우려면 써야 하면서! 당신한테는 그것밖에 없으면서! 마법을 못 쓰면서 왜 저런 괴물에게 도전하시려는 건가요?!"

마물과 싸워야 하는 것은, 나라를 지켜야 하는 것은 귀족의 의무입니다.

귀족으로서 자란 제게는 뼛속 깊이 각인된 가르침입니다. 하지만 아니스 님은 다릅니다. 이분은 마법을 못 쓰고, 왕족으로서도 무시당하며 외면받는데.

귀족도 상대하길 주저할 드래곤에게 맞서는 이 사람을 저는 이해할 수 없었습니다. 의무도 아니고 사명도 아닌데 왜 싸우려고 하는지를.

"당신은, 왜—."

"—이유는 간단해."

어째서. 어째서죠? 당신은, 왜 당신은.

—지금도 웃을 수 있는 건가요?

＊　＊　＊

"당신은, 왜—."

추락한 영향으로 몽롱했던 의식이 또렷해졌다. 그리고 유피가 내게 왜냐고 물었다. 대답할 말은 바로 떠올랐다. 전해야 할 말을 하는 나는 분명 웃고 있을 터다.

"—이유는 간단해. 「그게 내가 생각하는 마법사니까」."

드래곤이 얼마나 위협적인지는 몸소 깨달았다. 마약의 효과가 사라진 지금, 솔직히 몸이 떨릴 만큼 무서웠다. 내가 생각하기에도 미친 것 같았다.

—그래도, 그래도 도망치고 싶지 않았다. 이대로 내팽개치고 싶지 않다고 마음이 외쳤다.

마법을 쓰고 싶다. 마학으로 밝혀내고 싶다. 마도구를 더 개발하고 싶다. 전부 부정하지 않는다. 그게 나를 움직이는 원동력이다. 하지만 그 소원의 근저에 있는 것은 단순했다.

나 자신이 지금의 내가 되는 계기가 된 그 날부터 줄곧 가슴에 품었던 것이었다.

"저것은 사람들의 웃음을 앗아 가는 존재, 내버려 두면 안 되는 존재야. 그러니까 싸울 거야. 그게 내가 생각하는 마법사니까. 내가 그리는 마법사는 언제나 누군가의 미소를 위해 마법을 써. 그러니까 나는 저것과 싸울 거야. 여기서 도망치면 나는 더 이상 마법사라고 할 수 없어."

이건 그냥 고집이다. 내가 나의 이상을 포기하지 않기 위해 필요한 일이었다. 지금 포기해 버리면 되찾을 수 없다.

"나는 드래곤과 싸울 만한 마법을 쓸 수 있으니까."

평범한 마법을 쓰지 못해도 이게 내 마법이라고 당당히 말할 수 있는 힘이 내게 있다면.

의무는 아니다. 책무도 아니다. 사명 같은 것도 아니다. 그저 자신에게 맹세한 기도와 소원이다. 이런 마법사가 되고 싶은 자신을 위해 싸우는 것이다. 타인을 위해 이바지하고

싶은 게 아니다. 누군가를 위해 분골쇄신하고서 흡족하고
싶은 게 아니다. 내가 바라는 경치를 보고 싶다. 그저 그것
뿐이다.

"웃어 줘, 유피. 나는 괜찮으니까. 이번에는 잘할 거야. 그
리고 함께 꿈을 꾸고 싶다고 네가 그랬잖아? 누군가의 소원
을 이루어 주는 게 마법사가 하는 일이야."

마법을 동경했다. 모두를 웃게 할 수 있으니까. 그래서 나는
마법사가 되는 것을 포기하지 않는다. 그러니 나는 가야만 한
다. 그래서 생각을 전하고 다시 하늘로 가기 위해 유피의 손
을 떼려고 했다. 그러자 유피가 내 손을 더 세게 잡았다.

"저는, 모르겠어요."

"유피."

"하지만, 하지만 그것이, 그 생각이 저를 이곳에 있게 하
는 것이라면, 저는 그걸 지키고 싶어요. 그래서 보내고 싶지
않아요. 당신이 죽지 않았으면 해요."

한 방울, 단 한 방울의 눈물을 흘리며 유피는 필사적인 표
정으로 소원했다. 나는 시선을 돌릴 수 없었다. 괴로운 걸
참으면서 똑바로 나를 바라보며 말하는 유피의 말이 남김없
이 내게 울렸다.

"지금 가야지만 당신이 당신으로 있을 수 있다면! 적어도
저를 데려가 주세요. 절대 방해하지 않겠어요. 당신의 마법
을 이해하고 싶어요. 하늘을 나는 기술이라면 그 감각은 파

악했어요. 보조할 수 있어요. 마법으로 방어도 할 수 있어요. 당신을 보좌할 수 있어요. 그러니까, 그러니까 부디— 혼자 가지 마세요……!"

내 손을 잡은 양손이 마치 기도를 올리는 것 같았다. 유피의 마음이 전해지듯 손의 온기가 스며들었다. 공포로 떨리는 몸을, 그래도 싸워야 한다며 조급해지는 내 마음을 안정시켰다.

"혼자 가지 마세요, 인가."

나는 혼자가 아니구나. 내가 동경했던 「마법사」에 누구보다도 가까운 유피가 나와 가까워지고자 했다. 내가 아직 이루지 못한 꿈을 함께 꾸자고 한다.

무모하다며 화내고, 어이없어하고, 포기해도 별수 없는데. 그런데도 용납해 줬다.

"알겠어. 안 갈게. 혼자 안 갈게."

"아니스 님."

"하지만 막아야 해. 그러니까 가야 해. 나 혼자서는 역시 힘들어. 유피, 그러니까— 같이 가 줄래?"

골인 지점이 어디인지는 모른다. 이렇게까지 말해 주는 사람은 없었으니까. 새삼 이런 말을 들으니 자신이 없고, 보답할 수 없을 것만도 같지만.

내가 나로 있어도 된다고 말해 준다면 관철하고 싶다. 그걸 위해 데려가야 한다면 부디 같이 가 줬으면 좋겠다.

"네. ……네."

내 물음에 유피가 고개를 끄덕여 줬다. 지금껏 봤던 유피의 표정 중에서 독보적으로 아름답게 미소 지으면서.

"당신께서, 그러길 바라신다면. 어디까지라도 함께하겠어요."

"……유피는 유난스럽네."

자력으로 일어났다. 한 번 놓았던 손을 다시 유피에게 내밀었다.

"유난 떤 김에 공적을 세우러 가자. 유피. 드래곤을 사냥하러 가는 거야!"

"네!"

유피가 확실한 목소리로 대답하고서 내 손을 잡고 일어났다.

유피를 일으킨 후, 나는 마약이 담긴 병을 꺼냈다. 연속 섭취는 부작용이 무섭지만 신경 쓸 때가 아니었다.

각오하고서 환약 두 개를 씹어 삼켰다. 마약의 효과로 단숨에 기분이 고양되며 전신에 활력이 차올랐다. 그래도 의식의 고삐는 놓치지 않도록. 깊이 숨을 들이마시고 마녀 빗자루에 올라타 유피를 보았다.

"타!"

내 말에 유피가 고개를 끄덕이고 뒤에 탔다. 그리고 내 허리에 손을 감아 꽉 끌어안았다. 그것을 확인하고 나는 다시 하늘로 날아올랐다. 드래곤은 아직 하늘에 떠 있었다.

마치 나를 기다린 것 같았다. 표정 같은 건 알 수 없지만,

이빨을 드러낸 것이 웃는 것처럼 보여서 섬뜩했다.

"여유 부리기는……!"

마약을 복용하여 공포심은 투쟁심으로 바뀌었다. 드래곤
에게 느끼는 섬뜩함도 투지로 바꾸고서 마나 블레이드를 전
개하여 덤벼들었다. 드래곤도 학습했는지 맞지 않고 피하려
고 했다.

"아니스 님! 추측이지만 드래곤은 전신을 마력 방벽으로
덮고 있어요!"

"뭐? 전신에 마력 방벽? 그 말은 즉……."

"이론상으로는 마나 블레이드와 똑같은 원리예요. 그래서
마나 블레이드가 막히는 걸 거예요. 반대로 그걸 깨면 유효
타가 돼요!"

"그런가. 그래서 벴을 때 위화감이 들었던 거구나!"

그래서 드래곤도 마나 블레이드를 확연하게 경계하기 시
작한 건가. 마법으로 짠 것을 벨 수 있는 마나 블레이드가
결과적으로 드래곤의 방어를 깨부순 것이다. 마력 방벽도
어쨌든 마법이긴 하니까!

"날개를 조심하세요! 저 거구로 비행할 수 있는 건 드래곤
고유의 마법 덕분일 거예요! 그 마법을 쓰는 게 날개예요!"

"아까 봤던 강풍 같은 거 말이지?! 알겠어. 그럼 노릴 거
면……!"

""날개!!""

나와 유피의 목소리가 함께 울렸다. 드래곤이 거리를 벌리려고 휘두른 꼬리를 피했다. 미끄러지듯 선회하며 목표를 겨냥했다.

"유피, 드래곤한테 붙고 싶은데, 의표를 찌르려면 단숨에 가속할 수밖에 없어! 내 신호에 맞춰서 가속시킬 수 있겠어?!"

"네! 할게요!"

"목숨, 확실히 맡았어!"

"진작에 맡겼어요!"

나는 마녀 빗자루를 고쳐 쥐고 비행에 의식을 집중했다. 노리는 건 날개. 한쪽이라도 좋으니 잘라 내겠다. 그 순간을 잡기 위해 하늘을 달렸다.

드래곤도 우리에게 집중하고 있는지 좀처럼 뒤를 내주지 않았다. 반드시 정면을 마주하도록 자세를 유지했다.

"윈드 커터,"

그런 와중에 유피가 날린 마법이 드래곤을 강습했다. 바람 정령에 의해 생겨난 바람 칼날은 드래곤의 마력 장벽을 돌파하지 못하고 무산되었다.

하지만 아주 잠깐 드래곤의 움직임이 멈췄다. 그 순간, 나는 힘차게 외쳤다.

"지금이야!!"

내 신호에 유피가 비행 속도를 가속시켰다. 몸이 확 당겨지며 머리에 피가 몰렸다. 의식이 명멸하는 가운데, 드래곤의 얼굴 옆을 지나쳐 비상했다. 돌아보니 드래곤의 등이 보였다. 등을 본 나는 마녀 빗자루를 잡고 있던 손을 놨다.

체공하는 것은 한순간. 드래곤이 돌아보기 전에 마나 블레이드에 마력을 주입하고 양손으로 움켜잡았다. 머리 위로 치켜든 마나 블레이드를 그대로 내리쳤다.

"이번에는, 네가 떨어져—!!"

일섬. 혼신의 일격이라고 해도 과언이 아닌 공격이 날개 밑부분에 파고들었다. 공격에 대한 저항이 아까보다 강했다. 전신을 덮은 마력을 강화했나?! 아니면 중요한 부위라서 마력 방어의 비중이 큰 건가?!

"알, 게, 뭐야—!!"

잘라, 잘라, 잘라 버려. 그것만을 바라며 마나 블레이드에 마력을 보냈다. 갑자기 저항이 사라지며 미끄러지듯 휘둘러진 마력 칼날이 드래곤의 날개를 잘랐다.

"크오아아아아아아아아아아아아—?!"

비명 같은 포효가 울리며 드래곤의 몸이 기우뚱하더니 땅으로 떨어졌다. 나도 완전히 땅에 떨어지기 전에 마녀 빗자루를 한 손으로 잡고 착지하기 위해 서서히 고도를 내렸다. 급격히 사용한 마력과 마약의 영향으로 착지와 동시에 눈앞이 깜박거렸다.

"아니스 님!"

"……윽, 괜찮아."

비틀거리는 내 몸을 유피가 끌어안았다. 유피가 나를 안아서 마녀 빗자루와 고정해 줬기에 손을 놓는다는 선택을 할 수 있었다. 한 손으로는 절대 벨 수 없었을 거다.

착지하여 마녀 빗자루를 놓았다. 그대로 드러눕고 싶은 것을 참고 드래곤이 떨어진 곳을 보았다. 숲속에 추락했다면 귀찮았을 텐데, 드래곤이 추락한 곳은 평원 한가운데였다.

"이제 못 날 테니까 지상에서 싸울 수 있어……!"

제발 그러면 좋겠다고 바라면서, 나는 흙먼지를 일으키며 일어난 드래곤을 응시했다. 드래곤은 눈을 부릅뜨고서 우리를 노려보고 있는 것 같았다.

다음 순간, 나는 숨을 삼켰다. 녀석의 입에 빛이 모이고 있었다. 「브레스」가 온다.

"아니스 님! 대피하세요!"

유피의 필사적인 외침에 고개를 끄덕이며 시선을 돌리다가— 움직임을 멈췄다.

"—안 돼."

"네?"

"뒤쪽은…… 전장이야!"

저 멀리 스탬피드를 막고 있는 기사단과 모험가들이 보였다. 명백하게 브레스의 범위 내였다. 우리가 여기서 피하면 저 일대가 쓸려 나간다.

드래곤에게 사람이나 마물이나 똑같을 터다. 똑같이 자신의 먹잇감이라서 티끌로 만드는 데 아무런 저항감도 없을 터다. 그래서 나는 여기서 물러날 수 없었다.

어쩌지, 어쩌지, 어쩌지. 초조해하며 속으로 같은 생각을 계속 반복했다.

그리하여 내가 내놓은 답은 내가 생각하기에도 어이가 없을 만큼 솔직했다. 아까까지 썼던 마나 블레이드를 홀더에 꽂고 다른 마나 블레이드를 뽑았다.

"유피는 전장에 브레스가 도달하지 못하도록 전력으로 방어해. 무슨 수단을 써도 좋으니까."

"아니스 님, 뭐 하시려고요?!"

"—저걸 벨 거야."

저것도 「마법」이다. 그리고 물질적인 요소는 존재하지 않는다. 순수한 마력 포격. 그러니 마나 블레이드로 「베어 낼」수 있을 터다. 문제는 지금껏 시험한 적 없는 큰 출력이 요구된다는 것이었다. 내 말에 유피가 잠시 말을 잇지 못하다가 당황하여 외쳤다.

"그럴 수가…… 무모해요!"

"다른 방법이 없어."

"서둘러 사선에서 벗어나면……."

"하지만 이대로 브레스가 방출되면 나는 평생 후회할 거야."

그러니까 물러나지 않는다. 더는 유피를 볼 수 없었다. 브레스가 이제나저제나 해방될 순간을 기다리고 있었다.

"마나 블레이드, 리미트 릴리스."

평소에는 최대 출력을 제한하는 마나 블레이드의 리미터를 해방했다. 이론상으로는 마나 블레이드에 얼마든지 마력을 주입할 수 있었다.

하지만 마나 블레이드는 도구라서 한계가 존재했다. 이 리미터는 마나 블레이드가 망가지지 않도록 출력을 제한하는 처치였다. 그렇기에 그 제한을 해제했다.

출력 제한을 해제해야 드래곤의 브레스를 벨 수 있다. 드래곤의 브레스를 베기 전에 내 마력이 고갈되는 게 먼저일까, 아니면 리미터를 해제하여 버티지 못하게 된 마나 블레이드가 망가지는 게 먼저일까. 어떻게 생각해도 내게 불리하기만 한 도박이었다.

"하지만 새삼스러워."

마법 재능이 없던 나는 늘 불리한 도박에 걸었다. 내가 택할 수 있는 건 그것뿐이었으니까. 몇 번을 실패해도, 때로는 도박에서 져도 되풀이했다.

"이 순간에만 선택할 수 있는 일이 있다면, 선택을 후회하지 않기 위해 스스로 택하겠어."

검 하나로 드래곤과 싸우려 들다니, 기가 막히는 영웅담 아닐까? 냉정한 것인지 들뜬 것인지 알 수 없는 자신이 어딘가에서 그렇게 속삭였다. 그래서 나는 웃을 수 있었다. 다음 순간 저 브레스에 삼켜져 사라질지도 모르는데.

"왕녀 같은 거 나랑 안 어울리고, 용을 죽인 영웅이라는 칭호를 얻고 싶은 것도 아니야. 다만 한 가지는 양보할 수 없어. 마법사가 되기 위해서. 불가능을 가능케 하지 못한다면 마법사라고 할 수 없어!!"

그러니까 사과하지 않을 거야. 유피.

"—알겠어요. 부디 원하시는 대로 하세요."

응.

"보여 주세요. 제가 지킬 테니까. 당신도, 당신의 등도 지킬 테니까요."

알고 있어.

"제가, 보고 있을 테니까요—!!"

고마워, 유피.

눈을 태우는 듯한 섬광이 분출되었다. 드래곤이 뿜어낸 브레스가 시야를 하얗게 물들였다. 나는 하얘지는 시야에 저항하듯 앞만을 응시하며 마나 블레이드를 상단에서 내리쳤다.

"아아, 아아아아아아, 아아아아아아아아아아아아아—!!"

이를테면 검을 휘둘러 격류를 베려는 것처럼 무모했다. 역시 검으로 벨 수 있는 게 아니었다. 누구나 이해할 수 있는 이야기였다.

하지만— 그래도 내가 든 이 검은 평범한 검이 아니다. 이 검은 마법이다.

이 세계에서만 만들어 낼 수 있는 것. 내가 아는 이론을 뛰어넘어 이 세계의 이치로 생겨난 것. 나는 알고 있다. 나는 동경하고 있다. 내가 나 자신이 됐을 때부터 머릿속에 그렸던 무한한 가능성을.

—마법이 있다면 하늘도 날 수 있다.

사람에게 불가능은 없다고, 그렇게 말할 수 있는 일이었다. 마법이 없는 세계에서도 가능했던 일이니 이 세계에서는 더 멀리 갈 수 있을 터다. 그러니까, 그래, 그러니까!

"—불가능 따위, 가능하게 만드는 거잖아!!"

마력이 부족하다. 부족하면 보태면 된다. 마력이란 뭐였지? 마력은 영혼에서 흘러나온 무언가다. 그럼 더 쥐어짤 수 있다. 내 영혼이 필요하다면 더 가져가!!

자신 안의 보이지 않는 무언가가 떨어져 나가는 감각이 들었다. 빛 속에서 떠밀리지 않도록 힘을 주며 소원하고 기도했다. 베어라, 베어라, 베어라. 베는 거다.

영원처럼 느껴지는 순간, 하얀 빛이 시야를 뒤덮은 가운데— 불현듯 하늘의 색을 보았다.

빛 때문에 안 보이던 세계가 갈라지며 점차 색과 형태를 되찾았다.

앞쪽에 선 드래곤의 가슴에서 몸통까지 일자로 상처가 난 것이 보였다. 그리고 상처가 생긴 게 이제 생각났다는 듯 피가 솟구쳤다. 피가 대지를 적시고 드래곤이 소리 없이 무릎을 꿇었다. 그대로 힘을 잃은 듯 대지에 쓰러졌다. 그게 현실의 광경이라는 생각이 도저히 안 들어서. 나는 그제야 생각난 것처럼 숨을 내쉬었다.

"웃, 하, 아."

목이 타는 것 같았다. 온몸이 다 아팠다. 나라는 존재가 전부 삐걱거리는 것처럼 아팠다. 그래도 내가 일으킨 결과를 확인하지 않을 수 없어서 걸어갔다.

얼마나 걸었는지도 모르겠다. 대지를 적신 드래곤의 피를 밟고 나서야 드래곤과의 거리를 잴 수 있었다. 가까이서 본 드래곤은 상처를 입어 대지에 쓰러졌으면서도 아직 숨을 쉬고 있었다. 드래곤의 눈이 나를 보았다. 하지만 그 눈에 적의는 없는 것 같았다.

『─훌륭하다, 희귀자여.』

갑자기 뇌에 직접 울리는 듯한 목소리가 들렸다. 나는 눈을 크게 뜨고 드래곤을 바라보았다.

"……방금 그 목소리, 네가 냈어?"

드래곤은 말할 수 있는 거야? 그렇게 지능이 높아? 희귀자라는 건 나를 말하는 건가?

갑작스러운 일에 사고가 정리되지 않은 채 멍하니 드래곤을 바라볼 수밖에 없었다.

『그렇다. 기이한 희귀자여. 그대에게 토벌당하는 것 또한 인도인가. 참으로 기괴하긴 하였으나 그대가 사는 방식은 유쾌하군.』

"……갑자기 말하면, 그게, 깜짝 놀란다고 할까…… 미안……?"

설마 말을 걸어올 줄은 몰랐기에 나는 순간적으로 사과하고 말았다. 그러자 드래곤이 졸린 듯 눈을 가늘게 뜬 것 같았다.

『실로 기이한 희귀자여. 왜 사죄하지?』

"……말을 나눌 수 있을 줄은 몰랐어. 대화할 수 있는데도 나는 일방적으로 널 죽이려고 했어."

『그것은 피차일반이다. 나 또한 임종을 앞두었기에 말하기로 한 것이다. 오히려 자랑스러워해라. 네가 그 몸에 양분으로 삼은 자들의 생명 조각처럼.』

"……그런 것도 알 수 있어?"

아마 드래곤이 말하는 것은 마석을 원재료로 만든 마약이리라. 그런 것까지 알 수 있다니, 이 드래곤의 지능은 얼마나 높은 걸까.

『너만큼 기이한 희귀자는 많지 않을 것이다.』

"희귀자라는 건 나를 말하는 거야? 왜 그렇게 불러?"

『사람이라는 왜소한 종이면서 자신의 혼으로 길을 개척하는 자여. 나와 같은 도달자를 토벌할 때 이 세상에 나타나는 희귀한 자여.』

　나는 지금 엄청난 이야기를 듣고 있는 것 같다. 아아, 어느새 마약의 효과도 사라졌다. 흥분이 식으면서 터무니없는 짓을 저지른 게 아닐까 하는 생각이 샘솟았다.

　그러자 드래곤의 눈꺼풀이 감기기 시작했다. 이제 곧 이 드래곤은 죽어 버린다는 확신이 들 만큼 그 동작은 완만했다.

　"……좀 더 너랑 대화를 나누고 싶었어."

　『우리 사이에 필요 없다.』

　절실한 생각을 담아 중얼거린 내 말은 간단히 부정되었다.

　『그대가 무엇을 바라는지는 모른다. 모르지만, 그 끝에 있는 것은 예견할 수 있다. 그리고 그대는 지금껏 그랬듯이 나조차도 먹겠지.』

　가늘어진 눈이 잠들기 직전 같았지만 웃는 것처럼도 보였다. 그런 표정을 짓고 있다는 생각밖에 안 드는 목소리였다.

　『그렇기에 어느 날 그대도 도달하리라. 그대가 나를 먹는다면 나 또한 함께. ─예언하지. 언젠가 그대도 드래곤이 될 것이다.』

　나는 아무 말도 할 수 없었다. 그저 입술을 떨기만 할 뿐이었다. 뭔가 말해야 할 것 같은데 말이 떠오르지 않았다.

　『그러한 희귀자는 그대뿐이리라. 참으로 기괴한 인연이다. ……필요하겠지? 그걸 위해 그대는 나와 싸우고 승리했다. 승자이니 나의 송장도 포함해서 자유롭게 써라.』

"……나를 원망하지 않아?"

『……크크큭, 하하하하하! 원망? 원망인가! 참으로 유쾌하군. 수많은 생명을 잡아먹는 희귀자여. 나는 「저주하겠다」. 그리고 「축복하겠다」. 나의 송장을 쓰는 것만으로는 부족하다. 그 혼에 새겨라. 나라는 존재를 영원토록, 그 상징을 짊어져라!』

뇌리에 울리는 말에 힘이 담겼다. 오싹하게 소름이 돋는 듯한, 내 안에 박히는 듯한 이물감이 들었다. 그것은 「말」 같으면서 「지식」 같았다. 형용할 말을 찾을 수 없는, 내게 새겨진 무언가였다.

그것은 새겨진 것이지만 기도가 담긴 것 같았다. 맡긴 것일지도 모른다는 생각이 드는 것은 왜일까. 아아, 더 이해하고 싶은데 시간이 없다.

"……나는 아니스피아 윈 팔레티아. 너를 죽이고 먹을 자야."

드래곤이 숨을 거두기 전에 나는 내 이름을 밝혔다.

그 행동에 대체 얼마나 의미가 있을지 모르겠지만, 아무 말 없이 이 존재를 보낼 수는 없었다. 그러자 드래곤의 눈이 조금 흔들린 것 같았다.

『……팔레티아? 그 이름은, 그런가! 크하하하하! 「정령」에게 사랑받은 아이의 혈족인가. 그 혈족에서 희귀자가 태어나다니 얄궂은 이야기로군! 아아, 아니스피아여. 나를 토벌한 자여. 나는 간절히 비노라.』

네가 저주받기를 비노라, 축복받기를 비노라. 한없이 온화하게, 모든 것을 받아들이듯, 「양쪽 의미로」 들리는 말을 마지막에 남기고서 드래곤은 눈을 감았다. 그 모습을 지켜보고서 나도 천천히 눈을 감았다.

이 위대한 존재가 확실하게 살아 있었음을 잊지 않도록. 나는 자신에게 새기듯 묵도를 올렸다. 묵도하고 있으니 휘청거리며 다리에서 힘이 빠졌다.

그대로 뒤로 넘어가려는 것을 누군가가 안아 줬다.

"아니스 님!"

나를 안은 사람은 유피였다. 나는 유피에게 부축받아 어떻게든 자세를 바로 세우고 유피를 보았다. 유피는 글썽거리는 눈으로 걱정스럽게 내 얼굴을 들여다보고 있었다.

"정신은 또렷하신가요? 몽롱하게 걸어가시더니 혼잣말을 중얼거리셨는데."

"……어? 유피한테는 안 들렸어?"

유피는 정말로 무슨 말인지 모르는 것 같았다. 그럼 드래곤은 나한테만 말한 거구나. 좀 더 얘기하고 싶었는데. 내가 아직 이해하지 못한 것과 모르는 것을 드래곤은 알고 있는 것 같았다. 여러 가지로 신경 쓰이는 말도 했고…….

"……맞다, 스탬피드는?!"

여운에 잠겨 있을 때가 아니었다. 드래곤 때문에 발생한 스탬피드는 어떻게 됐을까. 드래곤을 쓰러뜨리고 끝났다는 기분을 느끼고 있었지만 그쪽도 중요했다.

"드래곤이 쓰러짐과 동시에 숲으로 돌아가기 시작한 것 같아요. ……보세요."

유피가 살짝 미소 짓고서 뒤쪽을 가리키듯 시선을 보냈다. 귀를 기울이자 함성이 들려왔다. 그것을 확인하고 나는 또 힘이 빠질 뻔했다.

"……그런가, 뒤쪽에는 피해가 가지 않았구나. 다행이야……."

"……정말로 무모한 짓을 하셨어요."

"이번만큼은 부정할 수 없네……."

"……무사하셔서 다행이에요."

유피가 강하게 나를 끌어안았다. 유피의 몸이 살짝 떨리는 것도 전해질 만큼.

한 번 더 하라고 해도 어려울 테고, 되도록 하고 싶지 않다. 역시 나도 반성했다. 하지만 그래도, 만약 정말로 똑같은 상황이 벌어진다면, 나는 또 일어날 것이다.

하지만 유피를 이토록 떨게 만든다면. 다음에는 좀 더 어떻게든 하고 싶다. 선택지도 늘리고 싶다. 그걸 위한 도구도, 지식도, 수단도, 역시 전부 부족하다.

"……갈 길이 머네."

유피에게 몸을 맡기니 당장에라도 기절할 것 같았다. 그래도 해 둬야 할 일이 있었다. 유피의 몸에 손을 얹고 혼자 일어섰다.

"아니스 님?"

"······내가 해 줘야 해. 내가 맡은 일이니까."

말하지 않는 드래곤에게 다가가 마나 블레이드를 들었다. 그 몸을 만져 어디 있는지 찾고, 목표물이 있는 곳의 비늘을 벗기듯 살을 갈랐다.

"······있다."

가슴 안쪽, 그것은 심장과 함께 있었다. 드래곤의 마석이었다. 보석처럼 아름다운 그것은 명예의 물건으로 장식하기엔 과분할 정도여서. 나는 그것을 조심스레 심장에서 떼어 냈다.

"······크네, 이거. 어쩌지."

드래곤의 거구에 걸맞은 마석 크기에 나는 쓴웃음을 짓고 말았다.

그러자 멀리서 말이 달려오는 소리가 들렸다. 기사단 사람들이 오는 것 같았다. 아아, 운반도 그들에게 부탁할 수밖에 없겠다.

거기까지 생각하고 나는 힘을 빼듯 숨을 토했다. 아까부터 온몸이 무진장 아프고 의식이 몽롱했다. 하지만 기사단 사람들이 오면, 뒷일을, 부탁해야······.

"······아니스 님, 무리하지 마세요."

"······미안해, 유피. 조금 지쳤어······."

내가 그렇게 말하자 유피는 위로하듯 안아 줬다. 안아 주는 팔의 온기가 너무나도 기분 좋아서, 녹초가 된 반동으로 욱신거리는 몸에 고마웠다.

이윽고 의식이 점점 멀어졌다. 곤란한걸. 해야 할 일도 잔뜩 있는데. 하지만 역시 이번에는 기진맥진이다. 이제 손가락 하나 까딱하기도 힘들었다. 그러니 조금만. 아주 조금만 쉴게. 금방 일어날 테니까.

"……정말로 수고하셨어요. 아니스 님."

의식이 완전히 가라앉기 전에 아주 상냥한 목소리로 치하하듯 건네진 유피의 말이 들린 것 같았다.

엔딩

아니, 진짜로 바로 일어날 생각이었다. 정말이야. 하지만 나는 사흘쯤 곯아떨어져 있다가 눈을 떴다. 과도한 마력 소비와 마약 과잉 섭취로 인한 반동과 피로가 원인이었다. 깨어나니 별궁에 있는 내 방이었다.

"안녕히 주무셨습니까, 공주님."

"……일리아? 여긴, 별궁……? ……어라, 드래곤은 어떻게 됐어?!"

"진정하세요. 아니스 님이 드래곤을 토벌하시고 몸져누우신 지 사흘째입니다."

"사흘이나 지났어?!"

"그리고 깨어나시는 대로 폐하께 알리라고 하셨습니다. 이쪽으로 오신다고 합니다."

"뭐? 싫다."

곯아떨어지지 않았다면 핑계 대고 도망칠 생각이었는데. 성을 뛰쳐나가서 기절한 상태로 돌아왔으니 반드시 설교를 들을 거야! 싫어. 면회 금지해 줘!

"그럼 모셔 오겠습니다."

"일리아! 나랑 얘기 좀 하자! 아바마마 설득하는 걸 도와 줘……!"

"그 점에 관해서는 폐하와 유필리아 님 사이에 협정이 맺어졌기에, 대단히 안타깝지만 협력할 수 없습니다. 후후."

"웃지 마! 아으으, 아파?! 온몸이 쥐가 난 것처럼 아파!!"

"그럼 실례하겠습니다. 후후후……."

"안 돼! 기다려, 일리아! 적어도 나한테 하루만 줘……!"

필사적으로 호소한 보람도 없이 일리아는 무표정으로 기분 나쁜 웃음소리를 남기고서 방을 나갔다. 도망칠까 생각했지만 몸 상태가 완전하지도 않고, 눈물을 머금고서 포기하고 받아들일 수밖에 없음을 깨달았다.

일리아가 방을 나가고 얼마쯤 지나자 아바마마가 모습을 드러냈다. 심지어 아바마마뿐만 아니라 유피와 그란츠 공도 함께였다. 벌써부터 싫은데요. 전력으로 도망치고 싶어. 몸을 뒤로 돌리고 싶어. 목 돌리는 것도 조금 아프지만!

"……드디어 깼구나, 기상천외 바보 딸내미야."

"아바마마, 이런 곳까지 와 주시다니, 저 아니스피아, 정말로 기뻐요! 평안히 지내셨는지요?!"

"하, 하, 하! 관자놀이에 불거진 이 핏줄이 안 보이느냐?"

네, 아주 잘 보이네요. 명랑하게 웃고 계시지만 웃음의 압력이 엄청나요, 아바마마!

"이 멍청한 것!!"

"히익!"

고막을 진동시키는 아바마마의 노성이 내 뇌를 정확하게 흔들었다.

　"어떤 왕족이 제일 먼저 최전선으로 달려가고, 심지어 드래곤에게 돌격한단 말이냐?! 유필리아까지 끌어들여서 너는 뭘 하는 거야!!"

　"그, 그건, 구름보다 높고 계곡보다 깊은 사정이 있어서……."

　"어엉?"

　"죄송합니다!! 제가 멋대로 굴었습니다!! 심지어 저뿐만 아니라 유피를 끌어들였습니다!!"

　나는 아바마마의 압력에 굴하여 외쳤다. 그만큼 아바마마의 압력은 거무칙칙해서 뭔가가 될 것 같았다.

　내 외침을 들은 아바마마는 거무칙칙한 압력을 천천히 가라앉히고 깊이 한숨을 쉬더니 미간을 문질렀다.

　"……정말로 너란 녀석은. 유필리아한테 보고는 들었다. 네가 뛰쳐나가지 않았다면 피해가 커졌을 거라더구나."

　"흐에?"

　"통상적인 전력으로 싸웠다면 드래곤의 마력이 고갈되기를 노릴 수밖에 없었겠지. 아니면 너처럼 마력 칼날을 무장하고 싸워야겠지만, 너처럼 싸울 수 있는 자는 별로 없어. 그런 자를 현장까지 데려가는 것도 시간이 걸렸겠지. 피해를 억제하는 점에서 네 행동이 최선의 결과를 낳은 건 틀림없다."

아바마마의 말에 나도 동의하며 고개를 끄덕였다. 드래곤은 전신을 마력으로 덮고 있었기에 절대적인 강자로서 군림했을 것이다. 통상적인 마법이라면 유피 수준의 출력으로 마법을 계속 부딪쳐야 그걸 깰 수 있으리라.

평범하게 싸운다면 드래곤이 피폐해지도록 마법으로 계속 공격해서 마력 고갈을 노릴 수밖에 없다. 하지만 그래서는 드래곤의 진격을 막을 수 없다. 그러니 더 큰 피해를 봤을 거다. 내가 뛰쳐나가서 드래곤의 발을 묶은 것은 결과만 보면 최선이었다.

"하지만 그게 문제다, 바보 딸내미야. 사태를 혼란스럽게 만들었어."

"멋대로 굴었다는 자각은 있지만, 그래서 살아난 사람이 있다면……."

"그렇지. 그 점은 칭찬해 주고 싶지만. 네 입장을 생각하면 그렇지도 않아. 심지어 너는 이번에 완전히 아르가르드를 방해했으니 더더욱 문제야."

"네? 아르 군이요?"

왜 여기서 아르 군의 이름이 나오는지 도통 알 수 없어서 나는 고개를 갸웃했다.

"아르가르드는 드래곤 토벌에 참가하기를 강하게 희망했었다. 왕자면서 드래곤에게 맞섬으로써 약혼 파기 건을 마무리 지으려고 한 거겠지."

"……네? 그럼 저는 완전히 아르 군의 계획을 망친 건가요?"

"심지어 정면으로 말이다."

뭐어어어?! 그런 얘기는 못 들었어! 그보다 아르 군은 근신 중이지 않았어?! 얌전히 있어야지! 물론 아르 군도 얌전히 있으란 말을 나한테 듣고 싶진 않겠지만!

"너는 늘 그랬듯 주위를 신경 쓰지 않고 하고 싶은 대로 행동한 거겠지만, 이번만큼은 역시 상황을 너무 고려하지 않았어. 이렇게 극단적으로 일을 저지르는 네 머릿속은 어떻게 되어 있는 거냐! 덕분에 아르가르드는 다시 근신하러 돌아갔고 네 평가는 둘로 쪼개졌다."

"독단전행한 돌아 버린 기상천외 왕녀와 드래곤을 쓰러뜨리기 위해 혼자서 맞선 용감한 왕녀. 이런 느낌인가요……?"

"대강 그렇게 인식하면 돼."

아바마마가 깊이 한숨을 쉬었다. 내 평가가 둘로 쪼개진 거야 항상 그랬기에 상관없지만, 상황을 생각하라고 해도 말이지…….

"……스탬피드의 피해는 어떤가요?"

"사상자는 적다. 중상자도 있지만, 스탬피드가 일어났고 드래곤까지 출현한 걸 생각하면 놀라우리만큼 적은 피해겠지."

"다행이네요. 제 평가가 어떻게 됐든 간에 누군가를 구했다면 그걸로 좋아요."

내가 왕족으로서 시원찮다는 건 옛날 옛적에 깨닫고 포기했다. 나에게는 자신에 대한 평가보다 중요한 게 있었다. 먼저 기사단과 모험가들의 피해가 그리 크지 않다는 것. 그리고 또 하나. 오히려 내게는 이쪽이 더 중요했다.

"그리고 제가 드래곤을 쓰러뜨렸으니까 드래곤의 소재도 제 거죠?!"

"그게 목적이란 건 알고 있었지만, 정말이지 너란 녀석은……! 그게 나라에 얼마나 큰 보물이 될지 모르는 거냐!"

"전부 달라는 건 아니에요! 적어도 마석은 넘길 수 없어요! 그건 제가 맡은 거니까요!"

"뭐? 맡았다고?"

아바마마가 의심스럽다는 표정으로 나를 보았다. 조용히 대기하던 유필리아, 그란츠 공, 일리아의 시선도 내게 꽂혔다. 약간 주눅이 들 것 같지만, 나도 이건 양보할 수 없다.

"드래곤이 저한테 맡겼어요. 그러니까 최소한 마석만이라도 저한테 주세요."

"잠깐, 잠깐, 아니스. 드래곤과 대화했다는 거냐?!"

"그건 혼잣말이 아니었던 건가요……?"

아바마마가 경악하여 외쳤고 유피는 숨을 삼키며 중얼거렸다. 나도 여전히 믿을 수 없지만, 이야기를 하긴 했으니까 어쩔 수 없다. 맡기지 않았더라도 갖고 싶었던 거고.

"드래곤은 제가 쓰러뜨렸으니까 저한테만 말한 거겠죠. 믿든 안 믿든 상관없어요. 독단적으로 행동한 벌도 제대로 받겠어요. 그러니까 최소한 마석만이라도 양보해 주세요."

"……하아아아, 잇달아 귀찮은 일을 벌이는구나."

"……폐하, 한 말씀 올려도 되겠습니까?"

"……뭐지? 그란츠."

"드래곤 뒤처리도 검토해야겠지만, 이번 아니스피아 왕녀 전하에게 내릴 보상과 처벌에 관해 제게 생각이 있습니다."

"……말해 봐라."

"네. 현재 드래곤 토벌은 국민에게 숨길 수 없는 일이 됐습니다. 드래곤 토벌에 공헌한 사람이 아니스피아 왕녀 전하라는 것도 마찬가지입니다. 이런 상황에서 아니스피아 왕녀 전하의 독단 행동을 꾸짖는 벌을 대대적으로 내린다면 백성의 반감을 살지도 모릅니다. 그렇다고 처벌 없이 넘어간다면 귀족의 반감을 사겠지요."

"아니스를 벌하면 백성이 납득하지 못하고, 처벌 없이 넘어가면 귀족이 납득하지 못하나."

그란츠 공의 말에 아바마마가 짜증스레 인상을 쓰고서 침음을 흘렸고 그란츠 공도 고개를 끄덕였다.

"아니스피아 왕녀 전하에게 처벌은 내려야 합니다. 하지만 표면상으로 제가 뒷배가 되는 것은 어떨까요? 유필리아에게 공적을 주고 싶다는 생각이 앞서서 이번 아니스피아 왕녀 전하의 독단행동으로 이어졌다고 말입니다."

"아버지, 무슨 말씀을 하시는 건가요?"

유피가 놀라서 눈을 동그랗게 뜨고 그란츠 공을 보았다. 나도 조금 놀라고 말았다.

"그렇게 말하면 제가 마젠타 공작가 편을 드는 것이 되지 않나요?"

"그렇게 되겠지요. 하지만 아주 틀린 말은 아니지 않습니까?"

"그건, 그렇지만······."

원래부터 유피를 내 조수로 삼은 목적에는 유피가 공적을 올리게 해서 약혼 파기로 떨어진 평판을 뒤집는 것도 포함되어 있었다. 그리고 이번에 유피는 나와 함께 스탬피드를 막았고 드래곤 토벌에 크게 공헌했다. 어떤 의미에서 내 생각대로 됐다고 말해도 과언이 아니었다.

"이미 행동해 버린 이상, 아르가르드 왕자 전하의 계획을 망친 것은 부정할 수 없습니다. 심지어 유필리아의 명예가 회복된다면 정면으로 대립하는 게 되겠지요."

"그래서 네가 아니스의 뒷배가 되겠다는 건가? 그란츠."

"네. 제가 뒷배가 되어 왕가에 감사를 전함과 동시에 아니스피아 왕녀 전하께 감사드리고 싶다는 입장을 취하는 겁니다."

"그 말은 즉, 아버지의 파벌에 아니스피아 왕녀님을 넣으시려는 건가요?"

"유피. 원래부터 내 파벌은 군벌이다. 아니스피아 왕녀 전하께 잠재적으로 호의적인 자가 많아. 아르가르드 왕자 전하와 이렇게 정면으로 부딪쳐 버렸으니 애매한 입장으로 둘 수는 없다."

"그, 그렇긴 하지만, 저는 귀찮은 정치에 말려들기 싫은데요!"

"이번에는 아무래도 너무 눈에 띄셨습니다. 포기하실 수밖에 없습니다."

"그, 그럴 수가!"

으으으으으! 하긴, 유피를 비호하기로 했으니 아르 군과는 대립할 수밖에 없었다. 원래부터 대립했었지만, 내가 정치 표면에 그다지 나서지 않았기에 저쪽도 적극적으로 나를 제거하려 들지 않았었다.

그리고 제거할 것도 없이 나는 왕위 계승권을 포기해서 「아르 군이 왕이 되는 걸 방해하지 않을 거예요」라는 입장을 취하고 있었지만, 아르 군이 불합리하게 약혼 파기를 선언한 탓에 상대적으로 내 입장이 올라가고 말았다.

게다가 내가 드래곤까지 토벌했으니 내 입장은 더 올라가 버리는 것이다. 유피의 명예 회복을 위해 그랬다고 하면 미담이 되어서 더 화제가 되겠지. 안 좋게 눈에 띄는 건 그나마 괜찮지만, 평범하게 평가받아서 눈에 띄는 건 싫다. 귀찮아.

"하아…… 싫다고 할 수도 없나……."

"아니스피아 왕녀 전하, 이번 일은 제게 빚을 지시는 것으로 하지요."

"빚이요?"

"네. 이번 일과 아르가르드 왕자의 실패로 전하께 접근하

엔딩 297

려는 자가 적잖이 있을 겁니다. 그건 제가 처리하겠습니다. 그걸 빚으로 생각해 주셨으면 합니다."

"……하아. 즉, 언젠가 갚으라는 건가요?"

"유피를 구해 주신 것에 대한 답례이기도 하지만, 제게도 생각이 있는지라."

음, 어떻게 할까. 솔직히 나는 정치적인 음모에 밝지 않다. 애초에 그런 음모에 말려들기 싫어서 적극적으로 거리를 뒀었다.

하지만 이번만큼은 내가 일을 너무 크게 쳐서 도망칠 수 없었다. 너무 큰 사태라 아바마마도 나를 어떻게 취급할지 고민하는 거였다. 국민과 귀족, 양쪽이 불만을 품지 않도록 수습하면서 정치 관련 음모로부터 달아나는 건 내겐 도저히 불가능한 일이다. 그렇다면 정치가 가능한 사람에게 조력을 바라는 게 가장 좋다.

그란츠 공은 자진해서 그 역할을 하겠다고 나서 줬다. 즉, 이번 일에서 정치적인 뒷배가 되어 주겠다는 얘기다.

하지만 그걸 승낙하면 다른 사람들은 내가 그란츠 공의 파벌에 들어갔다고 볼지도 모른다. 딱히 그란츠 공의 파벌 사람들과 사이가 안 좋은 건 아니지만.

그란츠 공은 이 나라의 재상이고 아바마마의 상담 역이다. 동시에 각지의 기사단과 국방을 맡은 조직인 「국방부」의 윗사람이라 그란츠 공의 파벌은 본인도 말했듯 군벌이었다.

나는 모험가로서 활동할 때 각지의 변경 기사단과 함께 행동했고, 의뢰 형태로 돕기도 했다. 그리고 근위 기사단과의 관계도 그리 나쁘지 않았다.

　내 검 훈련을 봐주기도 했고, 괴짜 취급은 받지만 사이는 나쁘지 않았다. 하지만 그렇다고 해도 그란츠 공의 의도를 완벽하게 파악할 수 없어서 섣불리 고개를 끄덕일 수 없었다.

　"……그란츠 공, 이번 일로 아르 군이 왕이 되는 데 반대한다든가 그러진 않을 거죠?"

　"이번 일로 자질을 의심하고는 있지만, 그건 유필리아를 약혼자로 원했을 때부터 반쯤 알고 있었습니다. 아르가르드 왕자 전하가 국익을 해치는 어리석은 자가 된다면 모를까, 아직 제 쪽에서 뭔가를 할 생각은 없습니다."

　으음, 어쨌든 내게는 선택지가 없다. 차라리 틀어박히고 싶지만, 역시 사태가 사태다 보니 내가 표면에 나서지 않으면 풍파가 일 수도 있다. 늘 있는 일이라고 말해 주면 편할 테지만, 드래곤이니 말이지. 역시 그렇게는 안 될 테니까 그란츠 공도 제안하는 것이다. 이건, 어쩔 수 없나.

　"……빚지기로 할게요. 이번에는 도와주시겠어요?"

　"알겠습니다. 폐하도 괜찮으십니까?"

　"……하아, 상관없다. 어차피 이번 결과가 나온 시점에 너도 어느 정도 구상을 해 뒀겠지? 그란츠."

　"저는 이 나라의 국익을 위해 폐하 곁에서 충의를 나타내는 자이므로."

그란츠 공이 공손하게 인사하자 아바마마가 얼굴을 찡그렸다. 그 후 깊이 한숨을 쉬며 나를 보았다.

"아니스. 왕녀답게 축하회에 참가해라. 그것이 너에게 내리는 벌이다. 드레스부터 행동거지까지, 이번만큼은 평소처럼 유별나게 굴지 말고 조신하게 있도록."

"으엑?! 축하회라니, 드래곤 토벌 축하회요?! 심지어 제가 주역이고요?!"

"당연하지, 멍청한 것! 네가 해낸 일이지 않으냐! 앞으로는 왕녀답게 행동하겠다는 자세를 보여서 조금은 주위의 소란을 진정시켜라!"

앞으로는 제대로 된 왕녀님이 되겠다고 마음을 바꿔 먹으라고요? 으, 싫은데. 하지만 싫다고 못 하겠지. 으으, 하지만 싫다. 어째서 축하회 같은 데 나가야 하는 거야. 심지어 왕녀답게 굴라는 제약까지 있으니 분명 숨이 막힐 거야! 왕녀답게 구는 건 나한테 무리야!

"그럼 그 자리에서 유필리아가 정식으로 아니스피아 왕녀 전하의 조수가 된 것을 공표하고 이번 공적에 힘을 보탰음을 알리기로 하지요. 좋은 기회입니다."

"으으~~~! 싫어~~~! 왕녀답게 굴기 싫어~~~!"

"떼써도 소용없다, 바보 딸내미야!"

아바마마한테 혼났지만 싫은 건 싫단 말이야! 아아, 벌써부터 우울하다. 여기서 도망치고 싶어.

"유필리아, 아니스의 매너 복습을 도와주겠나? 그리고 도망치지 못하게 감시도 해 다오."

"알겠습니다, 폐하."

"아아아아아, 싫어어어어어, 매너 복습하기 싫어어어어어!"

"그리고 춤도 있다. 왕족으로서 부끄럽지 않을 정도로는 다시 배워 두도록."

"싫~~~어~~~~~!"

저항하는 내 목소리가 안 들리는지 그대로 다들 나를 내버려 두고서 의논을 시작했다.

소외된 나는 원망스레 침음을 흘려 봤지만 아무도 상대해 주지 않아서 고개 숙이고 포기할 수밖에 없었다.

* * *

드래곤 토벌 축하회 개최가 결정된 뒤로 정신없이 바쁘게 시간이 흘러갔다. 몸 상태가 괜찮아지자 바로 드레스를 맞추기 위해 치수를 재고 매너와 댄스 복습이 시작됐다. 어릴 때 배운 뒤로 손을 놓고 있었기에 주입식 교육이 되었다.

주입식 교육을 담당해 준 유피와 일리아가 무서웠다. 과도한 주입식 교육이 싫어져서 한 번 도망치려고 했다가 두 사람에게 붙잡혔다. 그 이후로 둘이서 감시하기 시작해서 본

격적으로 도망치기를 포기했다.

그리고 순식간에 축하회 당일이 되었다. 나는 축하회가 시작되기 전부터 기진맥진하여 축 처져 있었다. 그런 내 기분을 더욱 우울하게 만드는 것이 드레스였다. 어깨가 결릴 만큼 무거웠다.

급하게 맞춘 드레스였지만, 일리아가 이전부터 손을 써서 언제든 드레스를 준비할 수 있도록 얘기해 뒀다고 한다. 변함없이 유능한 시녀다. 하지만 절대 용서하지 않을 거야. 일리아 녀석, 대체 언제 디자인 같은 걸 한 거야……

이번 축하회를 위해 준비된 드레스는 왕족이 입는 드레스로 나무랄 데가 없는 일품이었다. 입는 사람이 내가 아니었다면 나도 순순히 굉장하다고 생각했을 것이다.

포근한 분홍색을 기조로 한 색조에 하얀 프릴로 장식하고 자수도 훌륭한 무늬를 그리고 있었다. 몸에 걸친 보석도 화려하게 장식되어 드레스를 돋보이게 했다.

거울 속에 비치는 나는 전혀 나 같지 않았다. 확실하게 화장한 나는 솔직히 미소녀였다. 하지만 내 모습을 보면 볼수록 기분은 우울해졌다.

"언제까지 부루퉁하게 있을 거냐."

"아바마마."

거울 속 자신을 노려보고 있으니 아바마마가 방에 들어왔다. 그 옆에는 일리아가 서 있었다. 옷도 갈아입고 화장도 끝냈으니 들여보낸 거겠지. 나랑 아바마마는 같이 회장에 들어가기로 했고. 이제 시작되는 건가. 싫다…….

한숨을 쉬자 아바마마가 나를 지그시 보았다. 그러더니 피곤한 얼굴로 어깨를 떨구고 한숨을 쉬었다. 마치 유감스러운 것을 본 듯한 태도였다.

"입 다물고 있으면 너도 왕녀답거늘……."

"쓸데없는 참견이에요! 저도 제가 왕녀답다고 생각한 적 없어요!"

내가 짜증스레 말하자 아바마마도 눈썹을 치켜세우고 나를 노려보았다.

"정말이지…… 축하회에서 그런 식으로 말하지 마라, 아니스."

"……알겠어요, 아바마마."

나는 몇 번째인지 모를 한숨을 쉬고 스위치를 누르듯 의식을 전환했다.

감정을 가라앉히고 삼인칭 시점으로 자신을 내려다보듯이. 감정을 분리하고 외부에서 자신을 움직이는 듯한 감각이었다.

살포시 미소 짓고 아바마마에게 인사하자 아바마마가 기묘한 표정을 지었다. 마치 유령이라도 본 것 같은 얼굴이었다. 평소 같았으면 입술을 삐죽였겠지만 미소 지은 채 아바마마의 손을 잡았다.

"아바마마야말로 신하분들에게 그런 표정을 보이지 않게

조심하세요."

"……너의 그 변모는 정말로 몇 번을 봐도 적응이 안 되는 구나."

"황송하네요."

아바마마가 어이없어하며 한숨 섞인 목소리로 말했다. 나는 작게 고개를 갸웃하며 그런 아바마마에게 미소 지었다. 반드시 왕족으로 행동해야만 할 때 나오는 공주님 모드였다. 무슨 말을 듣든 부드럽게 미소 지으며 무난하게 대답한다. 아바마마에게 보여 주면 이렇게 기분 나빠하지만.

"그럼 갈까요. 에스코트 잘 부탁드려요, 아바마마."

"……그래."

"다녀올게요, 일리아."

"네, 공주님. 조심하시길."

조심해서 다녀오라고 인사하는 일리아에게 적당히 대답하고서 나는 아바마마의 에스코트를 받아 축하회 장소에 발을 들였다. 축하회에 참가한 귀족들은 이미 제각기 담소하고 있는 것 같았다.

축하회는 귀족에게 사교장이기도 하고, 정보를 얻으려면 필요한 일이니까 말이지. 과연 내가 드래곤을 토벌한 것을 진심으로 기뻐하는 사람이 이 중에 얼마나 될까. 머리 한편으로 그런 생각을 하며 걸음을 옮겼다.

"오르펀스 국왕 폐하와 아니스피아 왕녀 전하가 입장하십니다!"

　사회자의 말에 사람들의 시선이 우리에게 모였다. 아바마마는 당당히, 나는 등을 곧게 펴고서 걸어갔다. 먼저 아바마마가 국왕으로서 인사말을 해야 했다. 그걸 위해 준비된 단상에 올라간 아바마마가 회장에 모인 귀족들을 둘러보았다.

　"다들 축하회에 잘 모였다. 오늘 밤은 축하하는 자리이니 편하게 즐겨도 좋다. 천재지변이라고 해야 할 드래곤이 이 나라를 습격했으나 나의 불초한 딸 아니스피아가 그 드래곤을 토벌하였다. 이 축하회는 아니스피아의 건투를 기리기 위해 열린 연회다."

　아바마마가 소개해서 나도 왕녀답게 얌전히 인사했다.

　"아니스피아는 훌륭하게 공적을 세웠으나 독단전행 등 꾸짖어야 할 잘못도 저질렀다. 하지만 그것을 감안하더라도 이 공적은 뒤집기 어렵다. 따라서 상을 내리기로 했다. 그리고 이번 드래곤 토벌에 크게 공헌한 사람은 또 있다. 나의 충신 마젠타 공작과 그 딸 유필리아는 단상으로 올라오라!"

　아바마마의 지시에 따라 사전에 협의한 대로 그란츠 공과 유피가 공손히 인사하고서 단상에 올라왔다. 그란츠 공은 평소보다 화려한 장식이 들어간 근사한 예복 차림이었다.

　그리고 유피. 백은색 머리카락은 묶어 올렸고, 진한 파란색에서 연한 파란색으로 그러데이션이 들어간 드레스를 입고 있었다. 누구나 인정하는 미모를 눈부시도록 과시하고 있어서, 착용한 보석 못지않게 나무랄 데 없이 아름다웠다.

"나의 충신 그란츠의 딸인 유필리아여. 이번에 제멋대로인 내 딸과 함께 드래곤을 토벌하느라 참으로 수고 많았다."

"황송합니다, 국왕 폐하. 저는 영애지만 나라가 위태롭다면 전장에 서는 것도 서슴지 않을 것입니다. 오히려 추태를 보였는데도 과분한 명예를 받아 감사드릴 따름입니다. 그리고 저는 아니스피아 왕녀 전하의 조수로 임명되었으니 저의 모든 명예는 곧 주인의 명예. 훌륭하신 폐하의 따님의 훈장입니다."

유피가 공손하게 무릎을 꿇으며 말했다. 이렇게 띄워 주니 겸연쩍었지만 표정에 드러나지 않도록 미소 짓는 가면을 썼다.

"음. 유필리아, 네게는 많은 고생을 강요하고 말았다. 그것을 치하하기 위함은 아니나, 앞으로도 불초한 딸 곁에서 충성심을 보여 주길 바란다."

"모두 폐하의 뜻대로 될 것입니다."

"그란츠도 훌륭하게 딸을 키웠군. 앞으로도 변함없이 짐을 보좌해 다오."

"저의 몸과 충성심은 언제나 이 나라와 폐하를 위해 있습니다."

마젠타 공작가의 부녀가 훌륭히 응답하고 인사했다. 고개를 끄덕이며 그것을 지켜본 아바마마가 내게 시선을 보냈다.

나도 양손을 단전에 올리고 아바마마를 보았다.

"아니스피아여, 이번 공적은 훌륭했다. 하지만 너는 왕족으로서의 책무를 소홀히 해 왔지. 아낌없이 칭찬할 수 없어서 아쉽구나. 앞으로는 왕족으로서도 상응하는 행동을 유념하라."

"이 몸에 흐르는 왕가의 피에 부끄럼이 없도록 하겠습니다."

"그 말이 거짓이 되지 않게 힘쓰거라. 다시 한번 수고했다, 아니스피아. 네가 소망했던 드래곤의 마석은 네 것이다. 전부 줄 수는 없으나 드래곤의 소재도 주겠다."

앗싸~! 얼굴에 드러나지 않도록 힘을 주며 나는 내심 환호했다. 이로써 드래곤의 마석은 내 거다! 신난다! 노력한 보람이 있었어! 아바마마는 속으로 기뻐 날뛰는 나를 힐끗 봤다가 오늘 축하회에 참석한 귀족들에게 시선을 돌렸다.

"다들 알다시피 아니스피아의 마학 연구가 이번 국난을 해결했다. 앞으로도 아니스피아가 나라의 보탬이 되기를 짐은 바라고 있다. 유필리아."

"네, 폐하."

"다시금 정식으로 아니스피아의 조수로서 그 수완을 발휘해 다오."

"알겠습니다. 아니스피아 왕녀 전하와 함께 올바른 길을 모색해 나가고 싶습니다."

"그래. 아니스피아, 네가 개척하는 길은 미지수다. 그러니 결코 길을 엇나가지 않도록 하라."

"마음에 단단히 새기겠습니다."

"좋다! 모두 들어라! 오늘은 국난을 물리친 것을 기념하는 연회다! 마음껏 즐기기를 바란다!"

아바마마의 말이 끝나자 다들 저마다 대화를 나누는 자리로 돌아갔다. 회장으로 내려가니 내게 인사하려는 것인지 귀족들이 차례차례 몰려들었다. 나뿐만 아니라 유피와 그란츠 공, 그리고 아바마마에게도 사람들이 몰려드는 것이 보였다.

아아, 이래서 싫은 거야! 이런 사교장 따위! 웃으며 인사해 오는 귀족들 중 몇 명이나 진심으로 내 활약을 기뻐하고 있을까. 그렇게 생각하며 인사를 나눴다.

"아니스피아 왕녀 전하, 이번 활약은 정말로 훌륭했습니다."

"고마워요. 아직 부족한 제게는 과분한 칭찬이라 송구스럽네요."

"그렇지 않습니다. 저도 인사드리고 싶습니다, 왕녀 전하."

"정중히 인사해 주셔서 고마워요."

잇달아 인사해 오는 귀족에게 웃는 가면을 쓴 채 대처했다. 하지만 오래 머물며 나와 대화하려고 하는 귀족은 별로 없었다. 길게 얘기 중인 것은 유피나 아바마마 쪽이었다. 두 사람은 말을 걸어오는 사람도 많고 이야기도 활기를 띠고 있는 듯했다.

나야 뭐, 평소에 사교 모임에 안 나가니까. 괴짜라는 걸 다들 알고 있으니 할 만한 이야기도 없을 테고, 내가 왕족이라는 것 자체가 마음에 안 드는 사람도 있을 터다.

내가 마음을 고쳐먹고 왕족답게 굴 것을 믿는 사람도 별로 없을 테고 말이지. 지금까지 한 짓이 있으니까. 역시 한동안은 얌전히 지내야겠다. 적어도 아르 군 문제가 해결될 때까지는 눈에 띄지 말아야지.

"아니스피아 왕녀 전하, 안녕하십니까. 연회는 잘 즐기고 계시는지요?"

"네, 고마워요. ……어? 스프라우트 기사단장이에요?"

나는 말을 걸어온 상대를 보고 눈을 동그랗게 뜨고 말았다. 살짝 가면이 벗겨져 버렸다. 내게 말을 걸어온 사람이 구면이었기 때문이다.

"격조했습니다. 건강해 보이셔서 다행입니다."

"영예로운 근위 기사단장 각하가 그렇게 말씀해 주시니 영광이에요."

팔레티아 왕국의 왕성과 왕도를 수호하는 영예로운 근위 기사단. 기사단 중에서도 엘리트가 모였다는 근위 기사단의 기사단장이었다.

이름은 매튜 스프라우트. 스프라우트 백작가의 가주이자 내게 무술의 기초를 가르쳐 준 은인이었다.

진녹색 머리카락과 연녹색 눈을 가진 온화하게 생긴 사람이었다. 하지만 몸은 확실하게 단련된 무인의 몸이었다. 분위기대로 온화한 사람이지만 전장에 서면 냉정한 지휘관과 용감한 기사의 얼굴을 보여 줬다.

평상시 태도가 부드럽고 유능한 기사라서 기혼자임에도 불구하고 왕궁 시녀들의 뜨거운 시선을 받았다. 지금도 멀찍이서 영애들의 뜨거운 시선이 느껴졌다.

"변함없이 인망이 넘쳐서 부럽네요."

"놀리시는 건가요? 아니스피아 왕녀 전하. 왕녀 전하야말로 오늘은 대단히 사랑스러우시지 않습니까."

스프라우트 기사단장은 미소를 거두지 않은 채 그렇게 대답했다. 나도 어깨에 들어갔던 힘이 조금 빠졌다.

"이번 활약은 저도 들었습니다. 독단전행에 관해서는 한마디 올리고 싶지만, 전하가 진력해 주셔서 기사단의 피해도 최소한에 그쳤습니다. 제 쪽에서도 다시금 감사 인사를 드리고 싶습니다."

"아니에요. 근위 기사단이 파견될 수도 있는 사태였으니까요. 이번 스탬피드에 대응한 기사단도 큰 피해를 입지 않았다고 해서 가슴을 쓸어내렸어요."

"제게도 서한이 왔습니다. 아무쪼록 왕녀님께 감사하다고 전해 달라더군요."

"음, 앞으로도 열심히 하라고 전해 주세요."

"네. ……그 유명한 드래곤과 싸워 보니 어떠셨습니까?"

스프라우트 기사단장이 눈을 가늘게 뜨고서 본론을 꺼냈다. 나는 자세를 바로 하고 그의 얼굴을 보았다.

"제가 나서길 잘했어요. 종래의 기사단만으로는 사정이 달랐을 거예요."

"만만치 않은 상대였습니까?"

"지금껏 싸운 상대 중에서 가장 버거웠어요. 마녀 빗자루가 완성되어 있어서 정말로 다행이에요."

"아아, 그렇지요. 이번처럼 현장에 급히 갈 수도 있고, 하늘을 나는 마물과 싸우는 데도 아주 효과적이었던 것 같습니다."

스프라우트 기사단장은 고개를 한 번 끄덕이고서 내게 열렬한 시선을 보냈다.

"아니스피아 왕녀 전하가 발명한 마도구는 정말 훌륭합니다. ……하지만 역시 앞으로도 양산할 가망은 없는 겁니까?"

스프라우트 기사단장의 말에 나는 가면을 벗고 쓴웃음을 짓고 말았다.

"마음은 기쁘지만…… 역시 그다지 칭찬받을 일은 아니니까요."

"그게 무슨 말씀이냐고 하고 싶지만…… 어떤 마음이신지 이해합니다."

내게 맞춰 스프라우트 기사단장도 쓴웃음을 지었다.

스프라우트 기사단장은 마나 블레이드 개발과 일부 왕궁

시녀의 호위 장비로 보급하는 걸 도와주기도 해서 내게 호의적이었다.

무엇보다 마도구를 좋게 평가해 주는 사람이라, 허락된다면 기사단의 정식 장비로 채택하고 싶다고 말해 줬다. 하지만 이 나라의 내정을 잘 아는 사람이기도 했다. 근위 기사단장이라는 입장에 있기에 정치에도 밝았다.

"폐하도 고민이 많으시겠지요."

"앞으로도 아바마마를 잘 보좌해 주세요."

"전하가 그 말씀을 하시는 겁니까. 그렇다면 좀 더 정숙해지시는 게 어떨까요?"

스프라우트 기사단장이 쓴웃음을 지으며 말했다. 스프라우트 기사단장은 아바마마와 동년배고 친분이 있었다. 이런 자리가 아니었다면 더 허물없는 태도로 나를 나무랐을 터다.

"……그리고 아니스피아 왕녀 전하에게는 다른 일 때문에 드리고 싶은 말씀이 있었습니다. 유필리아 양과 관련하여 정말로 죄송스럽게 생각합니다. 제가 할 말이 아닐지도 모르지만 부디 제 사죄를 받아 주십시오."

"아아…… 나블 군도 이번 소동에 관여했었죠. 그 심정 이해해요."

스프라우트 기사단장이 진지한 표정으로 고개를 숙여서 나도 쓴웃음을 짓고 말았다. 유피의 약혼 파기에 관여한 자들 중에 스프라우트 기사단장의 아들도 있었다.

스프라우트 기사단장은 그란츠 공과도 친하다고 들었다. 부모끼리 사이가 좋았던 만큼 이번 일로 큰 충격을 받았을 것이다. 이 사람, 좋은 사람이고.

"스프라우트 기사단장이 사과할 필요는 없어요. 그리고 저한테도 좋은 기회였어요. 이번 드래곤 토벌에는 유피의 힘도 빼놓을 수 없었으니까요. 이렇게 인연을 맺은 것도, 말하자면 그 사건이 있었기 때문이겠죠. 나쁘기만 한 일은 아니었어요. 마음 쓰지 마세요."

"……그렇게 말씀해 주시니 감사합니다. 아아, 축하 자리에서 할 얘기는 아니었네요."

"괜찮아요."

"그럼 드리고 싶었던 말씀도 전했으니 저는 이만 실례하겠습니다. ……끝으로 아니스피아 왕녀 전하. 근위 기사단장으로서는 전하의 행동을 마냥 칭찬할 수 없습니다. 하지만 전하가 이 나라에 계셔서 다행이라고 진심으로 생각합니다."

스프라우트 기사단장은 나를 똑바로 바라보며 말하고서 깊이 머리를 숙였다. 갑작스러운 말에 나는 스프라우트 기사단장의 머리를 바라볼 수밖에 없었다.

고개를 든 스프라우트 기사단장은 얼떨떨해하는 나를 진지하게 바라보며 말을 이었다.

"전하가 안 계셨다면 많은 사람이 죽었을 겁니다. 전하의 사정을 고려하더라도, 저는 전하가 정치 표면에 나서는 날이 오기를 바라고 있습니다."

"……제게는 과분한 말이에요, 스프라우트 기사단장."

"조촐하게나마 전하의 향후 활약을 기도하겠습니다. 그럼 저는 이만."

"네."

스프라우트 기사단장은 호감이 가는 온화한 미소를 짓고서 떠났다. 그 뒷모습을 지켜보고서 나는 깊은 한숨을 쉬었다. 아직도 놀란 마음이 가라앉지 않았나 보다.

'……스프라우트 기사단장도 그런 말을 해서 깜짝 놀랐어.'

좋게 평가해 주는 건 기쁘지만, 순순히 받아들이기도 어려웠다. 그렇게 생각하고 있으니 연주되던 곡이 바뀌었다. 춤추는 시간으로 바뀌면서 내게도 또래 귀족 영식이 다가와 춤을 신청했다.

나는 적당히 웃으며 허점이 드러나지 않도록 필사적으로 노력했다. 발이라도 밟았다간 큰 웃음거리가 될 것이다.

그런 일이 벌어지지 않도록 유피와 일리아에게 특훈을 받았는데 솔직히 트라우마가 될 것 같았다. 앞으로는 잊어버리지 않게 정기적으로 복습하자.

그렇게 한 번, 두 번, 상대를 바꾸며 춤을 추다 보니 슬슬 피곤해졌다.

'다음 신청자가 오기 전에 발코니로 도망치자…….'

나는 허둥지둥 발코니로 달아났다. 곡이 여전히 계속되며 분위기는 달아올라 있었다. 그래서 발코니에 오는 사람은 없는 듯했다. 아무도 없음을 확인하고 나는 왕녀 가면을 벗었다. 의식해서 전환하는 것만으로도 기분이 편해졌다.

"……사교 모임은 역시 불편해."

왕족으로서는 문제지만 불편한 건 어쩔 수가 없었다. 원래부터 나는 괴짜라는 말을 들었고, 마학 발상 때문에 이단시되었다. 나를 보는 눈들은 냉담했다.

나는 그저 마법을 쓰고 싶었다. 그 존재를 알아 버렸기에 꿈꾸기를 포기할 수 없었다. 그래서 통상적인 방법으로 쓸 수 없으니 새로운 방법을 찾은 것이다. 기존의 개념을 부숴서라도 마법을 손에 넣고 싶었다. 마법을 쓸 수 있으면 누군가를 웃게 할 수 있다. 그리고 나도 웃을 수 있다. 그러면 모두가 행복해질 수 있다.

"……그렇게 간단했다면 좋았을 텐데."

하지만 현실은 혹독했다. 유사 마법이지만 어쨌든 마법은 쓰게 됐다.

그러나 기존의 개념을 깨부수는 마학을 받아들이지 못하는 사람도 많아서 인정받지 못했다. 언제부터인가 마학 연구는 누군가를 위한 연구가 아니게 되었다. 자신을 위해 마도구를 만들며, 누군가에게 도움이 될 만한 게 만들어지면 좋고 아니면 말고 하는 식이 되었다.

이 세계에서 나를 이해해 주는 사람은 소수파니까. 소수파 사람들을 위한 연구면 된다고. 그렇게 별궁에 틀어박혔다. 물론 스프라우트 기사단장처럼 좋게 평가해 주는 사람도 있었다. 하지만 소수파였다. 이 나라에서 내 생각을 받아들여 주는 사람은 적었다.

"……나는 그저 마음대로 연구할 수 있다면 그걸로 좋았는데."

"—아아, 아니스 님. 여기 계셨군요."

"으악!"

갑자기 들린 목소리에 어깨를 흠칫했다. 돌아보니 유피가 있었다. 유피가 내 옆으로 걸어왔다. 둘이서 발코니 난간을 등지고 여전히 활기 넘치는 회장을 바라보았다.

"여기서 쉬고 계셨나요?"

"더는 무리야. 사교 모임 같은 건 어색하고, 원래부터 안 좋아하고. 유피야말로 괜찮아?"

내 물음에 유피가 눈썹을 모으고 곤란한 듯 웃었다. 어쩌면 좋을지 모르겠다는 듯한 애매한 웃음이었다. 그리고 시선을 내리며 작게 중얼거렸다.

"……아니스 님께 그렇게나 춤을 가르치고서 한심한 이야기지만. 남성과 접촉하는 게, 조금 숨이 막혀서요……."

그랬지, 참. 유피는 아르 군에게 심한 일을 당한 지 얼마 안 됐다. 며칠 지나기는 했지만 그래도 최근 일이었다. 남성과 춤추는 것을 고통스럽게 여겨도 별수 없었다.

유피의 손이 살짝 떨리고 있는 것이 그제야 보였다. 떨림을 감추듯 자신의 팔을 껴안는 유피를 본 나는 자연스럽게 손을 내밀어 유피의 손을 잡았다.

　"춤추자, 유피!"

　"네? 아니스 님이랑요?"

　춤을 가르쳐 줄 때는 유피가 남성 파트너를 담당했었다. 그러니 같이 춤출 수 있다는 건 알고 있었다. 하지만 공적인 자리에서는 여성끼리 춤추지 않는다. 그래서 유피도 곤혹스러운 표정을 짓고 있었다. 그래도 나는 같이 춤추자며 유피의 손을 잡았다.

　"여기라면 남들도 별로 안 보고, 누가 뭐라고 하든 무슨 상관이야? 춤을 싫어하는 건 아니지? 그럼 역시 아깝잖아."

　"……아깝다니."

　내 말에 유피가 눈을 끔뻑이다가 작게 웃었다. 유피가 손을 맞잡아 준 것을 나는 동의라고 인식하고 리드하며 춤췄다.

　배울 때와는 파트가 반대인데도 서로의 춤은 맞물렸다. 그게 묘하게 재미있어서 나와 유피는 얼굴을 마주 보며 웃었다.

　화려한 축하회에서 벗어난 발코니, 그곳에서 손을 맞잡고 춤추는 우리는 남들에게 기이하게 보일 것이다. 그렇게 생각하니 웃음이 났다. 유피도 마찬가지인지 작게 중얼거렸다.

　"……여자 둘이서 춤이라니 우스꽝스럽네요."

　"즐거우면 됐지, 뭐."

"아버지가 보시면 어이없어하실 거예요."

"어이없어하라고 해! 즐겁지도 않은 춤에 무슨 가치가 있겠어!"

스텝을 밟으며 둘이서 빙그르르 돌았다. 이윽고 음악이 멈췄다. 다음 곡으로 전환되기 전, 한순간의 침묵. 그래도 유피는 내 손을 놓으려고 하지 않았다. 서로의 손을 잡은 채 눈이 마주쳤다. 유피는 그저 나만을 바라보고 있었다.

"……그날, 아니스 님이 저를 데리고 나오시지 않았다면 어땠을까 가끔 생각해요. 분명 울다가, 무너지고, 모든 게 싫어져서…… 어찌 되든 좋아져서 망가졌을지도 몰라요."

"……응."

"하지만 전하가 저를 데리고 나와 주셨어요. 이제야 말씀드릴 수 있네요. 저는 기뻤어요, 아니스 님. 전부 실패한 제게 기회를 주셔서 정말 감사합니다."

"응."

"분명 전하는 앞으로도 드래곤을 토벌하는 것 같은 무모한 짓을 하시겠죠. 이런 사교장도 불편해하시겠죠. 그렇다면 전하의 부족한 부분은 제가 메꾸겠어요."

"……유피."

구름에 가려졌던 달빛이 나를 똑바로 바라보는 유피에게 쏟아졌다. 달빛을 반사하며 반짝이는 백은색 머리카락이 밤바람에 작게 흔들렸다.

"전하는 눈을 뗄 수 없는 소중한 분이에요. 그러니까 앞으로도 아무쪼록 잘 부탁드려요."

맞잡은 손을 깍지 끼고 반대쪽 손을 얹은 유피가 미소 지으며 말했다. 유피의 그 미소에 나는 시선을 빼앗기고 말았다.

내 마법은 누군가를 웃게 하는 마법. 모두가 웃으면 좋겠다는 어릴 적의 꿈은 형태를 바꿔 버렸다. 어린 꿈은 어른이 되면서 조금 차가워지고 좁아졌다.

내 손이 닿는 범위는 좁다. 내 손의 길이를 몽상하는 일은 없어졌다. 그렇기에 강하게 생각한다. 맞잡은 이 손은 놓지 않을 것이다. 이것이야말로 내가 원했던 행복이다. 그런 실감이 내 가슴에 불을 지폈다.

이 재미없는 파티가 끝나면 시간이 생길 것이다. 모르는 것을 더 해명해 나가자. 아직 본 적 없는 것을 보러 가자. 형태가 없는 것을 형태로 만들자.

그리고— 이 세계에서 살아가는 이 인생을 즐기자.

지금, 소중한 사람이 내 손을 잡아 줬다. 내가 동경했던 마법사. 내 이상에 가까운 그녀가 내 손을 잡아 줬다. 그리고 나를 인정해 줬다. 나의 동경은, 나의 마법은 틀리지 않았다고 말해 줬다.

그것이 허락 같았다. 나는 이 길을 걸어도 되는 것이다. 다른 사람이 인정해 주지 않아도 된다는 건 사실 허세다. 받아들여 준다면 그게 더 좋다. 하지만 혼자서 걷는 데 익숙해져 버렸다. 인정받지 못하는 것을 받아들이고 말았다.

하지만 어쩌면. 유피와 함께라면. 나 혼자서는 할 수 없었던 일도 유피와 함께라면 할 수 있을지도 모른다. 이 가슴의 온기를 얼리지 않아도 될지 모른다.

아직 불확실한 이 마음을 전하기에는 부끄러웠다. 얼버무리듯 고개를 가로젓고 진심으로 웃었다.

"앞으로도 나를 따라와 줘, 유피!"

마법을 쓰는 여자아이라고 하면 빗자루를 타고 하늘을 나는 꼬마 마녀가 연상됩니다.

처음 뵙는 분은 처음 뵙겠습니다. 인터넷 등으로 뵌 적이 있는 분들에게는 매번 신세 지고 있습니다. 카라스 피에로 입니다.

「전생 왕녀와 천재 영애의 마법 혁명」을 구매해 주셔서 진심으로 감사드립니다. 서적화하면서 수정 작업을 한 본작은 어떠셨나요?

「소설가가 되자」에 투고한 본작은 당시에 「전생 왕녀님은 계속 마법을 동경하고 있다」라는 제목으로 연재했는데, 이야기의 줄거리는 바꾸지 않으면서 내용은 상당히 고쳐 썼습니다. 비교해 읽으면서 차이를 찾아보는 건 어떨까요?

서적화하면서 아니스피아와 유필리아의 만남부터 이야기를 재검토하고 편집자님과 상담을 거듭하여 지금의 형태가 되었습니다. 연재 당시에는 미처 묘사하지 못했던 것이나 재검토하면서 보인 것. 다시금 묘사하고 싶어진 것. 그것들을 이 한 권에 꽉꽉 담았습니다.

다시금 작가로서 생각한 것이 있습니다. 작품의 원형을 세상에 내보내는 것은 원작자만이 할 수 있지만, 태어난 것을 꾸미는 것은 다름 아닌 여러분의 목소리입니다. 새롭게 전달받음으로써 제 안에 깊이 새겨지는 것이 있었습니다.

그리고 일러스트의 힘은 대단해요. 문장으로는 풍경을 전하고 상상시키기 어려운 면이 있습니다. 일러스트가 더해지면서 전달되는 든든함을 느꼈습니다.

덕분에 자신의 작품이면서도 더더욱 해석이 깊어지는 것을 실감했습니다. 일러스트를 그려 주신 키사라기 유리 님께 이 자리를 빌려 다시금 감사하다고 말씀드리고 싶습니다.

책을 내게 되면서 1권은 인터넷판의 1장, 아니스피아와 유필리아의 만남과 무도회에서 두 사람이 손을 맞잡는 내용으로 끝내고 싶다는 바람을 들어주신 담당 편집자님께도 진심으로 감사드립니다.

본작을 구매해 주신 독자님들. 정말로 고맙습니다. 여러분의 독서 시간을 꾸미는 책이 되었다면 좋겠습니다. 부디 다음 권도 읽어 주시길 바랍니다. 괜찮으시다면 또 만나요.

카라스 피에로

전생 왕녀와 천재 영애의 마법 혁명 1

1판 1쇄 발행 2021년 8월 10일
1판 3쇄 발행 2023년 3월 2일

지은이_ Piero Karasu
일러스트_ Yuri Kisaragi
옮긴이_ 송재희

발행인_ 신현호
편집장_ 김승신
편집진행_ 권세라 · 최혁수 · 김경민 · 최정민
편집디자인_ 양우연
관리 · 영업_ 김민원

펴낸곳_ (주)디앤씨미디어
등록_ 2002년 4월 25일 제20-260호
주소_ 서울시 구로구 디지털로 26길 111 JnK디지털타워 503호
전화_ 02-333-2513(대표)
팩시밀리_ 02-333-2514
이메일_ lnovellove@naver.com
ㄴ노벨 공식 카페_ http://cafe.naver.com/lnovel11

TENSEI OJO TO TENSAI REIJO NO MAHO KAKUMEI Vol.1
©Piero Karasu, Yuri Kisaragi 2020
First published in Japan in 2020 by KADOKAWA CORPORATION, Tokyo.
Korean translation rights arranged with KADOKAWA CORPORATION, Tokyo.

ISBN 979-11-278-6137-7 04830
ISBN 979-11-278-6136-0 (세트)

값 7,800원

달이 이끄는 이세계 여행 1~11권

아즈미 케이 지음 | 마츠모토 미츠아키 일러스트 | 김성래 옮김

어느 날, 부모의 사정으로 인해 츠쿠요미노미코토에 이끌려
이세계로 가게 된 나, 미스미 마코토.
치트 능력도 하사받고 이건 그야말로 용사 플래그인가! 라고 생각했더니
이 세계의 여신에게 「너 얼굴 못생겼다」라는 이유로 거절당하고
나는 『세계의 끝』으로 전이당하고 말았다…….
……뭐, 어쩔 수 없지. 기왕에 이렇게 된 거 이세계를 즐겨볼까!
이렇게 오직 내 한 몸만 가지고
타인의 온기를 찾아 여행을 시작하게 되었지만,
만난 것은 향기로운 냄새가 나는 오크 소녀, 시대극에 심취한 드래곤,
마조히즘 속성을 지닌 변태 거미 etc─
……내 주위는 멋들어질 정도로 이종족 페스티벌입니다.
젠장! 웃기지 마! 난 절대로 지지 않을 거니까!!

제5회 알파폴리스 판타지 소설 대상 『독자상 수상작』!

©Tatematsuri/OVERLAP
Illustration Ruria Miyuki

신화 전설이 된 영웅의 이세계담 1~12권

타테마츠리 지음 | 미유키 루리아 일러스트 | 송재희 옮김

오구로 히로는 일찍이 알레테이아라는 이세계로 소환되어
《군신》으로서 동료와 함께 나라를 구하고,
주변 나라들을 정복하여 거대한 제국을 건설했다.
그 후, 히로는 모든 것을 버리기로 각오하고
기억을 잃는 대가로 원래 세계로 귀환한다.
그 후, 매일 행복한 날을 보내던 히로는
무슨 운명인지 또다시 이세계로 소환되고 만다.
그곳은 바로— 1000년 후의 알레테이아?!

**자신이 이룩한 영광이 『신화』가 된 세계에서
『쌍흑의 영웅왕』이라 불렸던 소년의 새로운 『신화전설』이 막을 올린다!**

라이트노벨의 새로운 빛! L노벨의 신간은 매월 10일에 발매됩니다. http://cafe.naver.com/lnovel11

©Aiatsushi 2019
Illustration : Yoshiaki Katsurai
KADOKAWA CORPORATION

백수, 마왕의 모습으로 이세계에 1~9권

아이아츠시 지음 | 카츠라이 요시아키 일러스트 | 김장준 옮김

한창 즐겼던 게임이 서비스 종료를 맞이한 날.
홀로 대보스를 토벌하고 사기급 능력을 입수한 요시키는
낯선 장소에서 눈을 떴다.
마왕으로 착각할 만할 중2병 장비를 걸친
자신의 캐릭터, 카이본의 모습으로!
심지어 갈피를 잡지 못하는 그의 앞에
요시키의 세컨드 캐릭터, 엘프 류에가 나타나고……?!
그녀와 둘이서 생활하는 동안 그는 알게 된다.
자신이 이 세계에서 신화 수준의 영웅으로 전해져 내려온다는 것을—!

마왕의 모습으로 세계를 누비는
유유자적 여행기, 개막!!

라이트노벨의 새로운 빛! L노벨의 신간은 매월 10일에 발매됩니다. http://cafe.naver.com/lnovel11

© Kaoru Shinozaki / OVERLAP
Illustration Kohada Shimesaba

성수국의 금주술사 1~9권

시노자키 카오루 지음 | 시메사바 코하다 일러스트 | 김덕진 옮김

사가라 쿠로히코는 어느 날 하얀 빛에 휩싸여 의식을 잃게 된다.
그가 눈을 떴을 땐 성스러운 나무를 신앙하는 이세계에 서 있었다.
학원에 들어가게 된 쿠로히코는 어째서인지 아무도 읽지 못했던
『금주』의 주문서를 간단히 읽어 버린다.
—제9금주, 해방.
『성수사』를 육성하는 학원에 입학하게 된 한 명뿐인 『금주술사』.
그 새로운 인생의 막이 오른다!

제1회 오버랩 문고 WEB 소설 대상
『금상』 수상작의 이세계 판타지, 여기에 등장!

라이트노벨의 새로운 빛! L노벨의 신간은 매월 10일에 발매됩니다. http://cafe.naver.com/lnovel11